LE PREMIER
HOMME

〔法〕
阿尔贝·加缪 —— 著

潘聆 —— 译

第一个人

中国出版集团　现代出版社

图书在版编目（CIP）数据

第一个人 ／（法）阿尔贝·加缪著；潘聆译 . -- 北
京：现代出版社，2023.9
ISBN 978-7-5143-9943-1

Ⅰ．①第… Ⅱ．①阿… ②潘… Ⅲ．①长篇小说－小
说集－法国－现代 Ⅳ．① I565.45

中国版本图书馆 CIP 数据核字（2022）第 160581 号

著　　者　　[法]阿尔贝·加缪
译　　者　　潘　聆
责任编辑　　王传丽　王　羽

出 版 人　　乔先彪
出版发行　　现代出版社
地　　址　　北京市安定门外安华里 504 号
电　　话　　(010) 64267325
传　　真　　(010) 64245264
网　　址　　www.1980xd.com
印　　刷　　固安兰星球彩色印刷有限公司
开　　本　　880mm×1230mm　1/32
印　　张　　9
字　　数　　225 千字
版　　次　　2023 年 11 月第 1 版　2023 年 11 月第 1 次印刷
书　　号　　ISBN 978-7-5143-9943-1
定　　价　　49.80 元

目录

第一个人

第一部　寻父

一　寻父

代祷者：寡妇加缪
献给永远无法阅读此书的你

　　黄昏时分，在一辆沿着石子路向前滚动的马车上方，厚厚的乌云朝着东方飞驰。三天前，大团大团的乌云在大西洋上空聚拢，等待着来自西方的风。西风一到，它们便出发了，一开始移动得很慢，后来越来越快，飞过了秋天波光粼粼的海面，直奔大陆。它们在摩洛哥山峰解体，在阿尔及利亚的高原上再次聚成云团。现在，在接近突尼斯边境的上空，试图到达第勒尼安海并融入其中。这好像是一个巨大的岛屿，北面是翻腾的大海，南面有凝固的沙浪，在这片无名之地，细沙流动的速度仅仅比几千年来的帝国和民族的变更稍快一些。此时，飞越数千公里的云团动力已经耗尽，有些云朵偶尔融化成了大雨滴，噼噼啪啪地砸向四个旅行者上方的帆布车篷上。
　　马车吱吱嘎嘎地行驶在一条线路清晰但还没有夯实的路面上。金属轮辋或马蹄下不时崩出火花，一块小石子会打在车体板上或被压进车辙松软的土里，发出沉闷的声响。与此同时，两匹小马在前面稳稳地走着，时而有些退缩，它们向前挺着胸膛，拉着装满家具的沉重马车，以各自的步调向前奔跑着，将道路不断地抛在身后。当其中的一匹马喷着响鼻，乱了步调时，驾车的阿拉伯老人就会拉几下马背上破旧的缰绳，它就会加快步伐，重新有节奏地奔跑起来。

同车夫一起坐在马车前排座位上的男子是一个法国人，大约三十岁，面色沉静，用一种难以捉摸的眼神注视着在他面前有节奏地移动着的两匹马的臀部。他中等身材，体格健壮，长脸，高高的方额，结实的下巴，一双深蓝色的眼睛坚毅有神。虽然这个季节已经过去了，但他还是穿着一件三颗扣子的鸭绒夹克，按照当时的习惯，扣子一直扣到领口。他头发很短，戴着一顶轻巧的木髓头盔。当雨水开始从他们头顶上的帆布流下时，他转身朝向车内，大声喊道："你还好吗？"

夹在第一条长凳与一堆旧行李箱和家具之间的第二条长凳上坐着一个女人，虽然衣着破旧，但裹着一条厚实的羊毛披肩。她虚弱地笑了笑。"是的，是的。"她说，并做了一个道歉的手势。一个四岁的小男孩靠在她身上睡觉。她面色温和，五官端正，棕色的眼睛，纤细而挺直的鼻子，以及西班牙妇女所具有的黑色波浪形头发。但是，这张脸上有一种能够触动人心的神情，那不是偶尔流露出来的疲劳或类似的东西，倒像是一种遥远的，毫不在乎的样子，就像你在一些单纯的人身上看到的那种神情。在她温和的目光中，有时也会闪现出一丝稍纵即逝的恐惧。她用那因劳作而变得粗糙的、关节处有些粗大的手轻拍着丈夫的后背，说道："没事，好多了。"然后她的微笑就消失了，眼睛望着车下泛着水光的路。

男人转向阿拉伯老人，阿拉伯老人头上裹着用黄色细绳扎起来的头巾，肥腿裤在腿肚子上方束起，显得他更加结实。"还有很长的路吗？"阿拉伯老人那蓄着浓密白色胡子的嘴角向上扬了扬，微笑着说："还有八公里就到了。"

男人又转头看了看他的妻子，虽面无笑容却非常关切，女人的眼睛一直盯着路面。"把缰绳给我。"男人说。"好的。"阿拉伯老人把缰绳递给了男人，男人横跨过去，阿拉伯老人从他身后挪过来，他们互换了位置。男人拖了两下缰绳，驾驭着两匹马奔跑起来。"你懂马性？"阿拉伯老人说。"是的。"男人的回答很干脆，脸上挂满焦虑。

　　光线暗了下来，夜幕降临。阿拉伯老人从他左边的锁横头摘下方形灯笼，转向车内，用几根粗火柴点燃了里面的蜡烛。然后他把灯笼放回原处。雨一直下，雨丝在微弱的灯光中闪闪发亮，柔和的雨声弥漫在四周的黑暗中。马车不时地绕过灌木丛，微弱的光亮中时而闪现几棵小树，其他时间则在暗夜中辽阔的土地上驶过。烧过的草的气味，或者突然之间袭来强烈的粪便的气味，让人觉察到他们正在经过一片已经开垦过的土地。女人跟正在赶车的男人说话，男人拉了一下缰绳，身子向后靠着。"你说什么？""这里一个人也没有。"女人又重复一遍。"你害怕了吗？"男人几乎是在喊。"不，不，跟你在一起，我不怕。"她的声音中流露出一丝不安。"很痛吗？"男人问道。"是的，有点。"于是男人扬鞭催马，夜色中再次响起了车轮碾压辙沟的沉重声音，还有八只马蹄踩踏路面的声响。

　　那是1913年秋天的一个夜晚。两个小时前，他们一家离开了阿尔及尔，在坚硬的三等长椅上度过了一天一夜的旅程，抵达了波恩火车站。在车站，他们找到了要把他们带到附近农场的阿拉伯老人，那里距车站大约二十公里，男人要去那里接管一片开垦地。他们花了好长时间装箱子以及其他物品，而糟糕的道路又延长了到达时间。阿拉伯老人似乎意识到男人的不安，对他说："不要害怕，这里没有强盗。""他们无处不在，"男人说，"但我有准备。"男人拍了拍他身上的口袋。"你说得对，"阿拉伯老人说，"总有些疯子。"

　　这时，女人叫她的丈夫："亨利，我感觉肚子疼。"男人骂了一句，又扬鞭催马，加快前行。"马上就到了。"过了一会儿，他又望了望妻子，"还疼吗？"她以一种心不在焉的表情对他微笑着，好像没有感到痛苦一样。"是的，有点。"男人一直望着她，她再次表示歉意，

"也没什么，也许是坐火车的缘故。"

"你们看，村庄！"阿拉伯老人叫道。的确，他们看到在路的左前方，索尔费里诺的灯光在雨中变得模糊不清。"但你要走右边的路。"阿拉伯老人说。

男人犹豫了一下，然后转向他的妻子。"是直接去新家，还是去村庄？""哦，还是回家好些。"不远处，马车向右拐去，奔向他们那个陌生的家。

"还有一公里。"阿拉伯老人说。"我们快到了。"男人对他的妻子说。她弯着腰，脸埋在怀里。"露茜，"男人叫着，她没有反应，男人发现她在默默地流泪。他大声喊着，同时打着手势："你马上就可以休息了！我去找医生！"

阿拉伯老人看着他们，感到很奇怪。"她马上要生了，"男人说，"这里有医生吗？""哦，如果你愿意，我可以去找他。""不，你待在家里照看她，我去会快一些，医生有车或者马吗？""他有车。"接着，阿拉伯老人对女人说："你一定会生个男孩，很漂亮的男孩。"女人朝他笑了笑，好像没听懂。"她听不见，"男人说，"在家里，你要大声跟她说话，并且要做一些手势。"

突然间，马车好像在凝灰岩路面上滚了起来，没有一点儿声音。现在路变窄了，路旁是一些瓦片棚屋，后面可以看到近处的葡萄园，能闻到一股发酵葡萄的气味。在经过一些高大的建筑后，马车进了一个没有树的院子里。阿拉伯老人一声不响地接过缰绳，让马车停了下来，其中一匹小马打了个响鼻。阿拉伯老人用手指着一所粉刷过的小房子，一棵蔓生的藤蔓绕着一扇低矮的门，门框被硫酸铜染成蓝色。男人跳下车，冒雨跑到房屋前，他打开了门。那是一个黑暗的房间，里面空荡荡的，充满了空炉子的味道。跟在他身后的阿拉伯老人径直穿过黑暗，走到壁炉前，擦着一根火柴，点燃了挂在房间中间圆桌上的煤油灯。男子匆匆看了眼那间粉刷过的厨房，里面有一个红色瓷砖水槽，一个旧的餐具柜，墙上挂着一本沾满灰尘的日历，用同样的红色瓷砖铺成的楼梯通向二楼。"把火生着吧。"他说，然后他转身回到马车处。那女人在沉默中等待着。他把她抱在怀里，紧紧扶住她，抬起她的头。"你能走路吗？""能。"她说，她用粗糙的手抚着他的手臂。他把她带到了房子里。"在这里等一下。"他说。

阿拉伯老人正以熟练的动作，用细藤蔓点燃了火。她站在桌子旁边，双手捂着腹部。现在，她那张面向灯火的美丽脸庞上划过了一阵痛苦的表情。她似乎没有注意到房间里的潮湿和贫穷的气味。男人在楼上的房间里忙碌着。不一会儿他出现在楼梯口。"卧室里没有壁炉？""没有，"阿拉伯老人说，"另一个房间也没有。""跟我来一下。"男人说。阿拉伯老人上了楼，然后又背身和男人从楼上抬下一个床垫。他们把床垫放在壁炉旁边。男人把桌子拉到房间的角落，阿拉伯老人又回到楼上，很快拿着长枕和毯子下来了。"躺在床垫上吧。"男人对他的妻子说，然后把她扶到床垫前。她犹豫了一下，现在她才闻到床垫上散发出的潮湿气味。女人说："我不能脱衣服。"她恐惧地环顾着房间，仿佛她现在才看到那个地方。

"脱掉下面的衣服，"男人重复着说，"脱下你的内衣。"然后他对阿拉伯老人说："请帮我准备一匹马，我要去村里。"阿拉伯老人走了出去。男人转过身去，女人背对着丈夫开始脱衣服，然后慢慢躺下，把被子盖在身上，随即发出了一声痛苦的呻吟，仿佛要立刻摆脱她心中积聚的所有痛苦。站在床垫旁的男人无助地看着她，当她安静下来时，他摘下髓盔，单膝跪在床垫边，女人闭着眼睛，他吻了下妻子的美丽前额。然后他戴上髓盔，走到雨中。那匹卸掉绳套的马正在院子里打转，前蹄踩在煤渣路上。"我去拿一个马鞍。"阿拉伯老人说。"不，戴好缰绳，我就这样去。把箱子和其他东西拿进厨房。

你有妻子吗?""她死了。""有女儿吗?""不,我有儿媳。""让她过来吧。""我会的,您放心吧。"

男人望着站在雨中一动不动的阿拉伯老人,他正翘着湿漉漉的白胡子对他微笑。他仍然一脸严肃,用急切的目光注视着阿拉伯老人。然后他伸出了手,另一个人用手指末端以阿拉伯的方式握住他的手,将其举到嘴边。男人转过身来,脚踩在煤渣上,发出嘎吱嘎吱的声响,他大步走到马前,跳上马背,向黑暗驰去。

离开垦区后,男人朝他们第一次看到村庄灯光的十字路口飞奔。此时,灯光更加明亮,雨已经停了下来,右边通往村庄的道路笔直地穿过葡萄园,有些地方可以看到铁丝网在夜色中闪闪发光。大约走了一半的路程,马放慢了脚步。前方是一个长方形的棚屋,一边是砖石砌成的房间,另一边较大,是用木板建成的,一个巨大的挡雨屋檐遮在一个突出的柜台上方,一扇嵌在砖石中的门上写着"雅克夫人的农场食堂"。光线从门缝中透了出来。男人勒马停在门口,但没有下马,伸手去敲了下门。立刻,一个坚定而响亮的声音从里面传了出来:"什么事?""我是圣·阿波特尔庄园的新主人,我妻子要生孩子了,我需要帮助。"没有人应答。过了一会儿,门闩被拔出,门开了一条缝。他隐约能辨认出这是一个欧洲女人,黑色的鬈发,脸颊丰满,厚厚的嘴唇上方有一个扁平的鼻子。"我叫亨利·科尔梅利,您能去我妻子那里照顾一下她吗?我去请医生。"她用一种习惯于权衡男人的异样眼光注视着他。他正视着她的目光,没有解释。"我这就去。"她说。"您快点。"他谢了她,然后用脚后跟踢了下马,疾驰而去。

几分钟后,他穿过用干水泥砌成的围墙,进入了村庄。在他面前伸展着一条似乎是唯一的街道,两旁都是一层的小房子。他沿着这条路来到一个铺满凝灰岩的小广场,他发现那里有一个用金属做成的音乐台。广场和街道一样,空无一人,科尔梅利向其中一所房子走去。

马听到了声响，一个穿着破旧深色斗篷的阿拉伯人从阴影中向他走来。"请问，怎么去医生家？"科尔梅利问道。阿拉伯人看了看骑马的男人，"跟我来吧。"他说。

他们向街的另一头走去，看到了一栋地基加高，有着白色楼梯的建筑上面写着"自由、平等、博爱"，它的旁边有一个小花园，四周是粗糙的石灰围栏。阿拉伯人指着花园最里面的一所房子说："那就是。"科尔梅利立刻从马背上跳下来，迅速穿过花园，他注意到花园的中心有一棵干枯的棕榈树，地上有些枯叶。他抬手敲了下门，但无人回答。他转身看了看阿拉伯人，阿拉伯人依然默默地等在那里。他又敲了敲门，门内有脚步声传来，但并没有开门。科尔梅利赶紧继续敲门，并大声说："我要找医生。"

门闩被拔了下来，门开了，里面站着一位看起来很年轻的男人，但他的头发大多都白了，他个子很高，身材健壮，下身穿着紧身裤，上身穿了一件狩猎夹克。他笑着说："哦，你从哪儿来？我从未见过你。"科尔梅利解释道："哦，是的，有人告诉我您在这儿。但是，到这个偏僻的地方生孩子是有点奇怪。"科尔梅利说，他以为女人生产的时间会晚一些，也可能是他弄错了。"好吧，这种事每个人都会遇到。你先走，我骑上'斗牛士'跟着你。"

半路上，雨又下了起来，医生骑着一匹灰斑马追上了科尔梅利。浑身湿透了的科尔梅利仍然挺立在那匹农场马上。"很好奇，为什么会来这里，"医生喊道，"但你会看到，这个地方也不错，除了蚊子和强盗。"他们并驾前行。"关于蚊子，你知道，春天来临之前你不必担心，至于强盗……"他嘿嘿笑着，但科尔梅利一言不发地继续往前走。医生好奇地看着他，"不用担心，"他说，"一切都会顺利的。"科尔梅利坚毅的目光望向医生，平静地说："我不怕，我习惯了生活的沉重打击。""这是你们的第一个孩子吗？""不，我把一个四岁的男孩留在阿尔及尔，和我的岳母在一起。"[①] 他们来到十字路口，走上通往垦区的路，很快煤渣在马蹄下飞扬起来。马停下来时，寂静再次降临，他们听到了从房子里传来的一声尖叫，两个男人迅速下了马。

一个身影躲在一棵正在滴水的藤蔓下等着他们。走近后，他们认出了那个戴着麻袋做的临时兜帽的阿拉伯老人。"你好，卡杜尔，"医生说，"怎么样了？" "我不知道，里面是女人们待的地方，我没进去。"老人说。"很好，"医生说，"尤其是当女人叫喊的时候。"但再没有喊叫声从屋子里传来，医生打开门走了进去，科尔梅利跟在他身后。

在他们面前，壁炉里一堆藤蔓树枝正腾腾燃烧着，火光照亮了房间，比挂在天花板中间那个用铜和珠子装饰的煤油灯更明亮。在他们的右边，水槽里全是毛巾和金属水罐，房间中间的桌子被推到了左边，一个摇摇晃晃的餐具柜上放着一个旧旅行袋、一个帽盒和各种各样的包裹。一些旧行李，还有一个大柳条箱，填满了房间的各个角落，只在离火不远的地方，留下一个狭小的空间。在这个空间里，妻子躺在一张与壁炉成直角摆放的床垫上，舒展着身子，头倚在没有枕套的枕头上，头发也散乱地垂了下来。毯子现在只盖住了床垫的一半，食堂女主人跪在床垫左侧，将床垫裸露的部分挡了起来，看不见后面有什么。她在一个脸盆上面拧着一条毛巾，上面滴着淡红色的血水。右边盘腿坐着一位没有戴面纱的阿拉伯妇女，举着另一个颜色剥落的搪瓷盆，里面装满了热气腾腾的热水，好像在做祷告，然后两人扯开妻子身下折叠床单的两侧。壁炉中炉火的影子和着灯光忽明忽暗，落在粉刷过的墙壁上，落在房间里乱七八糟的行李上，落在两个看护和裹在毯子下面的妻子的脸上，泛着红润的光。

---

① 前后文不统一，叙述中作者改变了想法。——译者注

当两个男人走进房间时，阿拉伯女人扭头看了他们一眼，微微笑了一下，然后转向床垫，纤细的棕色手臂仍然捧着搪瓷盆。食堂女主人看着他们，高兴地说："医生，不需要您了，她已经自己生了。"她站起身来，两个男人看到，在躺着的女人身边，有一个带血的圆形东西蠕动着，发出一种持续的声音，很低沉，像哼哼声。"好吧，"医生说，"但我希望你们没有碰脐带。""没有，"女人笑着说，"我们得给您留点事做。"她站起来，把自己的位置让给了医生，医生又一次挡住了科尔梅利望向新生儿的目光。

　　他仍站在门口，此时已脱掉上衣。医生蹲下来，打开医药箱，然后从阿拉伯女人手中接过脸盆。阿拉伯女人立刻退到光环外，隐身在昏暗角落里。医生背对着房门，洗好手然后又在手上倒了一些酒精——闻起来有点葡萄酒的味道，房间里立刻充满了它的气味。这时，妻子抬头看到了丈夫，一个温馨的微笑在那张疲惫的脸上绽开。科尔梅利走到床垫前。"他来了。"她喘着气低声地说，并把手伸向婴儿。"是啊，"医生说道，"不过，你最好还是安静地躺着。"妻子的目光望向医生，科尔梅利站在床垫边上，向她打了平静下来的手势，她这才仰头躺下去。这时雨更大了，雨点不断敲打着房顶的瓦片。医生在被子下面忙活着，接着直起身，似乎在摇晃什么东西，一声柔弱的哭叫声传了出来。"是个男孩，"医生说道，"一个漂亮的小东西。""一开始就很顺利，"食堂女主人说道，"乔迁之喜。"躲在角落的阿拉伯女人笑起来，高兴地拍了两下手掌。科尔梅利看她一眼，她便羞愧地转过身去。"好了，"医生说，"现在，给我们留点儿时间吧。"科尔梅利看着他的妻子，她的脸一直向后面仰着，唯独那双手在粗布被子上放松了，他走向房门。"你想给他起个什么名字？"食堂女主人问道。"还不知道，我没有想好呢。"他望着婴儿，又说道，"就叫他雅克吧，既然是您看着他出生的。"对方愉快地笑了起来。科尔梅利走出屋子，阿拉伯老人还等在葡萄藤下，头上一直顶着大口袋。老人看着科尔梅利，什么话也没说。"拿着。"阿拉伯老人把口袋的一端递给他。科尔梅利躲到口袋下，他碰到了阿拉伯老人的肩膀，闻到了他衣服上散发出来的烟味，而雨滴则不断地落到两个人头顶的口袋上。"是个男孩。"他说，眼睛并没有看向阿拉伯老人。"谢天谢地，"阿拉伯老人回道，"您是一家之主了。"

　　来自数千公里外的云变成了雨，落在煤渣和坑坑洼洼的地面上，形成许多小水坑。雨也落在更远处的葡萄园，葡萄架上的铁丝在雨滴中闪闪发亮。那些云无法到达东方的大海，现在它作势要淹没这个地区：河流两岸的沼泽和周围的群山，以及这片几乎无人居住的广阔土地。两个男人蜷缩在一个袋子下面，嗅着大地散发出来的强烈气味，而他们身后不时传来婴儿微弱的哭声。

　　夜已深了，科尔梅利穿着长裤和粗布衫，睡在妻子旁边的另一张床垫上，眼睛望着天花板上映出的跳动的火光。现在，房间已经收拾得很整洁，在妻子的另一边，婴儿睡在洗衣篮里，偶尔发出微弱的鼾声。他的妻子也睡着了，脸面向他，嘴巴微张着。雨已经停了，明天就得开始干活，妻子那双粗糙的、已经木质化了的手也在提醒他。他伸出手，轻轻放到妻子的手上，身子和头往后一仰，闭上了双眼。

二　圣布里厄

　　四十年后，在通往圣布里厄火车的过道里，一个男子望着窗外闪过的景色，一副心不在焉的神态。这是一个春天的下午，耀眼的阳光下，这条狭小而平坦的路两边分布着一个个小村庄和简陋的房屋，从巴黎一直延伸至芒什省。牧场还有已耕作了几个世纪的田地，连绵不断地从他的眼前掠过。他个子很高，理着平头，长方脸，五官精致，蓝色的眼睛透着直率，尽管他已四十岁，但穿着雨衣仍然能显出他修长的身材。他双手紧紧地握着扶手，身体重心偏向一侧，风衣敞开着，这让他看起来十分干练，充满活力。此时火车开始慢慢地减速，停靠在一个破烂不堪的小站上。过了一会儿，一个年轻漂亮的女子从男人倚靠的车门下走过，她停下来将行李箱从一只手移到另一只手，就在这时她注意到了那个男人。他微笑着看着她，她也忍不住笑了。男人放下窗户，但火车已经开动。"太糟糕了。"他低声自语，那年轻女子一直在朝他微笑着。

　　男子走到三等车厢里找了个座位坐下，那是一个靠窗的座位。他的对面是一个头发稀疏的男人——并不像他肿胀的脸那样老。他蜷缩着坐在他对面，闭着眼睛，呼吸急促，显然是备受消化不良之苦，偶尔向男子投去快速的一瞥。在同一条长椅靠走廊的座位上，坐着一个盛装打扮的农妇，头上戴着一顶奇特的帽子，帽子上装饰着一串蜡葡萄，正在给一个红头发的孩子擤鼻涕，她的脸看起来昏暗无光。男子的笑容渐渐消失了，他从口袋里拿出一本杂志，心不在焉地读着一篇文章，可文章的内容也乏味得令他哈欠连天。

过了一会儿，火车缓慢地停了下来，写着"圣布里厄"的站牌出现在车窗里。那位男子立即站起来，轻松地从行李架上取下旅行箱，并礼貌地与周围的乘客道别，人们惊讶地回了礼。而后，他一步跨下车门处的三级台阶，快步离开。在站台上，他看了看自己的左手，上面还留着他刚刚抓过的铜扶手上的炭黑，他拿出一块手帕，仔细地擦拭着。他朝出站口走去，很快融入一群背影模糊的乘客之中。他在遮雨棚下耐心地等着检票，看着一言不发的职员把票还给他。他穿过候车大厅，大厅的墙面看起来很脏，上面只贴了些旧宣传画，因时间久远，画上的蓝色海岸已经变成了灰黑色。然后他出了车站，在午后的斜阳下，快步向市区走去。

在旅馆里，他要了预订的房间，拒绝了想为他提包的土豆脸女服务员的帮助，并在她带他到房间后，给了她一笔小费，这让她感到惊讶，脸上出现了友好的神情。他在房间里洗了洗手，步伐轻快地来到了楼下，连房门都没锁。在大厅里，他又遇到了那个女服务员，于是向她询问墓地的位置，她指点得非常详尽。他友好地听完，然后向她指明的方向走去。现在他正走在狭窄而令人沮丧的街道上，两边是铺着丑陋红瓦的普通房屋，偶尔可见到一些带有房梁的老房子，房顶上的瓦片尚显整齐。为数不多的路人甚至没有在展示玻璃制品的商店橱窗前停留，橱窗里摆放着塑料和尼龙制品，以及当代西方世界每个城镇都有的可悲的陶瓷制品。只有食品店生意好些。高大的围墙将公墓包围起来，在其大门附近，有几家花店和雕刻墓碑的店铺。男人停在一家店铺前，看到角落里有一个看起来很聪明的孩子正在一块尚未刻好的大理石板上做功课。然后他走进墓园，向守墓人的房子走去。守墓人不在，他只好在家具简陋的小办公室里等着，他注意到一张地图，正在研究地图时，守墓人进来了。守墓人是个高个子，鼻子很大，他厚厚的高领外套带有一股汗味。男子询问了在1914年战争中死去的人的墓区位置。"噢，"他说，"那叫'法国纪念广场'。您找谁？""亨利·科尔梅利。"男子答道。

守墓人翻开一本包着书皮的厚册子，用他那脏兮兮的手指在名字的清单上划着。他的手指停了下来。"亨利·科尔梅利，"他念道，"在马恩河战役中受了致命伤，1914年10月11日死于圣布里厄。"就这些了。"是他。"男子说。守墓人合上了名册。"跟我来吧。"他在前面领路，向墓地的前几排走去。墓碑有的十分简陋，有的丑陋而自命不凡，上面都是珠子和大理石的装饰物，无论在什么地方，这种装饰都毫无美感。"他是你什么人？"守墓人漫不经心地问道。"是我父亲。""真令人难过啊。""噢……不，他死的时候我还不到一岁。所以，你能理解。""是的，"守墓人答道，"但即便如此，死的人也太多了。"雅克·科尔梅利没有回答。肯定死了太多的人，但是对于他来说，他无法拿出对父亲的孝心。这些年来，他一直生活在法国，他答应过要完成留在阿尔及利亚的母亲很久以来要他做的事情：去墓地看看他的父亲，因为她自己从未去过。他觉得这种探望毫无意义。首先，对他而言，他从来没有见过他的父亲，对他的过去几乎一无所知，而且他讨厌那些陈规旧俗；其次，对他的母亲而言，她从来没有提到过那个去世之人，也无法想象他在那里能看到什么。不过，他以前的老师回到了圣布里厄，他觉得这也是拜访老师的机会，便下定决心要去看望这个死去的"陌生人"，甚至坚持要先于见老师，以便随后能自由自在，了无牵挂。"就是这里。"守墓人说道。他们来到了一个方形的区域，用一条被涂成黑色的沉重链条围着。墓碑很多，样式基本相同，都是刻着名字的长方形墓碑，以相等的间隔一排一排地排列着。每座墓碑前都摆着一小束鲜花。"四十年来，一直是法国纪念协会维护着墓地。看，他在那儿。"他指着第一排的一块石碑说道。雅克·科尔梅利在距石碑几步远的地方停了下来。"您请自便。"守墓人说道。

科尔梅利走近墓碑，心里一片空白。不错，这确实是他的名字。他抬起头来，泛白的天空中几小片灰白色的云正慢慢飘过，从天空中落下的光亮和阴霾交替出现，时晴时暗。在他周围，墓地笼罩着死一般的沉寂。只有城里沉闷的嘈杂声从高墙上方传来，偶尔会有一个黑色的人影从远处的墓碑间穿过。雅克·科尔梅利抬头望着天空中浮游的云彩，试图嗅到湿润的花香，还有来自远方寂静的大海的咸味。忽然，一个水桶撞击大理石的叮当声把他从臆想中拉了回来。这时，他发现他并不知道他父亲的出生日期。他看了一下墓碑上的生辰卒年："1885—1914"，并机械地计算了一下：二十九岁。霎时间，一种无以名状的感觉涌上来，震撼了他整个身心。现在的他已经四十岁了，而埋在那块石板下的，那个曾是他的父亲的人比他还年轻。

顿时，一股温情和怜悯涌上了他的心头，这不是儿子怀念死去的父亲灵魂激荡，而是一个成年男子对被不公正杀害的孩子的同情。这不符合常理，用常理也讲不通，当儿子比死去的父亲年龄大时，内心就只剩下疯狂和混乱了。

他一动不动地站在那里，时间在他视而不见的墓碑周围粉碎，岁月也不再沿着时间这条大河前进，而是一些炸裂的声响、海浪和漩涡，而雅克·科尔梅利正挣扎其中，与痛苦和怜悯作斗争。他看着其他墓碑的铭文，上面的日期让他意识到，这片土地上埋葬的都是些孩子，是现在生活中那些已头发花白，自以为懂得生活的人们的父亲。他一直觉得自己生活得很好，他知道自己的力量，自己的活力，他可以应付生活中的一切，命运掌握在他自己手中。但是，在那一刻奇怪的晕眩中，他感到每个人的雕像最终都会竖起，并在岁月的火焰中变硬，然后等待最后的崩溃——那座雕像正在迅速开裂，它已经坍塌了，只剩下这颗痛苦的心，渴望活着，反抗已经伴随他四十年的世界的死亡规律。这颗心仍在与那堵将他与所有生命的秘密隔开的墙作斗争，想要向前再进一步去了解生命的秘密。想在死前发现，为了生存而了解，只需活那么一次，那么一秒就够了。

他回顾着自己的生活：愚蠢、勇敢、懦弱、固执，总是朝着那个他一无所知的目标努力，而实际上，这种生活已经过去了，他甚至还没有去设想一下这个给了他生命，然后在大洋彼岸的一片陌生土地上死去的男人究竟是怎样的一个人。二十九岁的时候，他自己不也是脆弱、痛苦、紧张、固执、感性、多梦、愤世嫉俗、勇敢的人吗？是的，那正是他自己，而且还有其他不足的地方，总之他是一个人，还活着。然而，在他的思想里，他从未把睡在这里的男人当成一个活生生的人，而是把这个男人当作在他出生的那片土地上生活过的一个陌生人。他的母亲说，他看起来像他，他死在战场上。然而，他曾急切地想通过书本和人了解的秘密，现在他觉得这个秘密与这个死去的人——这个年轻的父亲密切相关。这个男人最开始怎么样，后来又如何，他自己曾苦苦追寻的正是在时间和血缘上都与这个男人极为贴近的东西。说实话，想要了解这些事情，家里没人能帮助他。在一个人们很少说话，没有人读书或写作的家庭里，还有一位不幸的，沉默而又漫不经心的母亲，谁能向他描述这个年轻而又可怜的父亲呢？没有人，除了他的母亲，没有人了解这个男人，而他的母亲也早已经忘记了他。他坚信情况就是如此。这个男人无声无息死在这片他匆匆经过的土地上，像一个陌生人。毫无疑问，这一切本应该由他去了解，询问究竟。但对于他这样一无所有却想拥有整个世界的人，没有足够的力量去征服或了解这个世界。毕竟，现在还不算太晚，他仍然可以寻找，去了解这个男人到底是谁。现在，他觉得这个男人比世界上的任何人都更亲近。他一定能做到……

现在，这个下午即将结束。身旁传来了裙子的沙沙声，路过的一个黑影又把他带回到身处墓地的现实环境中。他该离开了，这里已经没有什么可做的了。但他再也无法拒绝这个名字和生死日期。那块石碑下埋着的只有他的骨灰和尘埃。但是对他来说，他的父亲又活了过来，一个神奇的沉默的生命。他的父亲又将在这无尽的孤独中，继续孤独地度过一个个漫漫长夜，然后被遗忘。空旷的天空突然响起一声巨大的爆炸声：一架看不见的飞机越过了高墙。雅克·科尔梅利转身离开，再次将父亲抛在身后。

三 圣布里厄与马朗（J.G.）[①]

那天晚饭时，雅克·科尔梅利看着他的老朋友贪婪地吃着第二片羊腿肉。起风了，风吹着这座临近海滨大道的小矮屋。雅克·科尔梅利来到这里的路上，在路边一条干涸的小溪里看见了几片干海带，散发着咸味，表明这里离海很近。

维克多·马朗在海关管理部门做了一辈子行政工作，退休后他来到这座小镇。这里并不是他想要选择的地方，不过后来倒也觉得不错。他为此辩解道：没有什么能让他从孤独的冥想中分心。极美或奇丑，甚至孤独本身都不能妨碍他。对事物和对人的管理让他积累了很多经验，但从表面上看，似乎所知不多。然而，他学识渊博，这让雅克·科尔梅利非常敬佩他。因为马朗在这个杰出人物如此平庸的时代，是一个有自己想法的人。在他的能力范围内，在他随和的表象下，他都拥有一种自由的判断，与众不同。

"就这样吧，孩子，"马朗说，"既然你要去见你的母亲，那就去吧。试着了解一下你父亲的情况。然后回来以最快的速度告诉我都发生了什么。我很少能听到什么有趣的事情了。"

"是的，这很荒唐。但现在我的好奇心被激起了，我不妨尝试一下了解更多的信息。这有点反常，我以前从来没有关心过这件事。"

---

① 要写并要删的一章。

"不，在这种情况下，这是一种智慧。我和玛尔特结婚三十年了，你认识她，一个完美的女人，我仍然想念她。我总觉得她爱这个家庭。"

"毫无疑问，你是对的。"马朗说着，眼睛看向远方。科尔梅利等待着他赞同后必然会有反对意见。

"然而，"马朗又说，"一定是我错了。我不让自己去了解更多，而只满足于生活所赋予我的。在这方面，我不是个好榜样，总之我缺少生活的激情，肯定是我的错。而您（他的眼中透着狡黠）是一个活动家。"

马朗长得很像中国人，圆脑袋，扁鼻子，眉毛很淡，还有一撮遮不住他厚嘴唇的大胡子。柔软、圆润的身子，粗大的手指，都表明他是个不愿意锻炼的人。当他微闭双目，吃得津津有味时，就会让人联想到他身穿丝绸长袍、手持筷子的样子。但他的眼神让他看起来像换了个人，那深棕色的眼睛，有时突然凝神不动，仿佛思想集中在一个非常具体的点上。这是一双西方人的眼睛，高度敏感，极为睿智。

年老的女佣端来一盘奶酪，马朗用眼角瞟了一下。"我认识一个人，"他说，"他在与妻子生活了三十年后……"科尔梅利听得更认真了。每当马朗以"我认识一个人……"或"一个朋友"或"一个和我一起旅行的英国人……"开头时，科尔梅利可以断定他说的是自己。"……他不喜欢甜点，他的妻子也从来不吃。一起生活了三十年后，他在甜点店撞见了他的妻子，经过观察，他发现她每周都会去那里吃几次咖啡饼小糕点。是的，他以为她不喜欢吃甜食，而实际上，她喜欢吃咖啡饼。"

"所以，"科尔梅利说，"我们不了解任何人。"

"您愿意这么说也行。但在我看来，这也许更准确，在任何情况下，我想我更愿意说，您可以说我无法加以证实——是的，如果三十年的共同生活不足以了解一个人，那么在一个人死后的四十年，这种调查必然是肤浅的。尽管，从另外的意义上来说……”

他举起手里的餐刀，刀刃直接落在了山羊奶酪上。

“抱歉，你不想吃点奶酪吗？不吃吗？还是那么节制！？想讨好你真不容易！”他半闭的眼睛里再次闪现出顽皮的光芒。

科尔梅利认识他的老朋友已经有二十年了（在此补充说明原因和过程），他坦然地接受了这种幽默的讽刺。

“这不是讨好的问题。吃得太多消化不了，我不行了。”

“是的，您就不会再超脱于其他人了。”

科尔梅利望着低矮的有着白色房梁的饭厅，里面摆满了漂亮的乡村家具。

“亲爱的朋友，”科尔梅利说，“你总是认为我很傲慢。是这样的，但并不总是如此，也不是对所有人都如此。例如对于您，我就傲不起来。”

马朗移开了目光，这是他被感动的标志。

“我知道，”他说，“但这是为什么呢？”

“因为我爱您。”科尔梅利平静地说。

马朗把冰水果沙拉盆拉向自己，没有说话。

“因为，”科尔梅利继续说，“当我非常年轻，非常愚蠢，非常孤独时，您还记得吗，在阿尔及尔的时候？您注意到了我，并在不经意间为我打开了通往世界上我所爱的一切的大门。”

“噢！你很有天赋。”

“当然。但即使是最有天赋的人也需要有人来引导。在人生道路上的某一天，把你引向正确道路的那个人，他应该永远受到爱戴与尊重，即便他的作用不大。这就是我的信仰。”

“是的，是的。”马朗淡淡地说。

“我知道你觉得这很难相信。不要以为我对您的爱是盲目的。您有非常……非常大的缺点。至少在我眼里是这样。"

马朗舔了舔他的厚唇，突然间，他似乎来了兴致。

"什么缺点？"

"例如，您节俭。不是因为吝啬，而是因为恐惧，害怕失去，诸如此类。反正这是个大缺点，我不十分认同。但最重要的是，您总是怀疑别人在打如意算盘，总是不相信别人无私的感情。"

"我承认，"马朗喝干了杯中的酒说道，"我不应该再喝咖啡了，然而……"

科尔梅利依然很镇定。

"我经常把自己明知永远也拿不回来的钱借给我不关心的人。因为我不知道该如何拒绝，这让我很烦恼。但我深信，如果我对您说，只要您提出来，我会立即把我的一切给你。"

马朗犹豫了一下，这次他正视着他的朋友。

"哦，我知道。您是慷慨的。"

"不，我并不慷慨。我对我的时间和精力很吝啬，也很吝啬我的辛劳。但我说的是真的。您呢，您不相信我，这正是您的错误，是您软弱的地方，尽管您是个高明的人。因为您错了。此刻，您只要说一句话，我所有的一切就都是您的了。我知道您不需要这些，这只是一个例子而已。但我并不是随口说说而已。是的，我的一切都属于您。"

"谢谢你，真的，"马朗微闭着双眼说，"我非常感动。"

"好吧，是我让您感到难为情了。您不喜欢别人说得太直白。我只想告诉您，尽管您有很多缺点，但我还是爱你。我爱戴或崇尚的人很少。至于其他人，我为我对他们的冷漠感到羞愧。但对于我所爱的人，没有什么，也没有谁，无论是我还是他们自己，都无法使我不再爱他们，我花了很长时间才明白这一点，说了这些话。现在让我们继续我们的谈话：您不赞成我去了解我父亲吗？"

"不，不是这样的，我是赞同的。我只是担心你会感到失望。我的一个朋友曾对一个姑娘很有好感，想和她结婚。但他犯了一个错误，向别人打听她的情况。"

"一个俗人。"科尔梅利说。

"是的，"马朗说，"那个人就是我。"

他们两个人都大声笑了起来。

"我当时很年轻。我听到很多人关于她的互相矛盾的说法，我直接对她的看法也变得很混乱。我不确定我是否爱她。总而言之，我娶了另一个女人。"

"我却无法为自己找到第二个父亲。"

"是的。但您很幸运。根据我的经验，一个就足够了。"

"好吧，"科尔梅利说，"不管怎么说，我几周后要去看我母亲，这给了我一个机会。我跟您说起这件事，是因为我被这种年龄差距困扰了，是的，我的年龄更大。"

"是的，我明白。"

科尔梅利看了看马朗。"想想他未曾衰老过，他幸而免除了这种漫长的痛苦。"

"还有很多的欢乐。"

"是的，您热爱生活。您应该这样做，因为您相信生活。"

马朗沉重地坐在一张铺着印花装饰布的安乐椅上，突然间，他的脸上出现了一种难以言喻的忧郁。

"你说得对。我一直热爱生活，我对它充满了渴望。同时，生活对我来说似乎很可怕，无法深入。因此，我虽相信生活，但也有疑虑。是的，我愿意相信，我想活着，永远活着。"

科尔梅利陷入了沉默。

"我现在六十五岁了，每一年临近死亡，我都想过要平静地死去，死亡让我感到恐惧。我没有任何成就。"

"有些人的生活恰恰证实了世界存在的意义，他们通过自己的存在就能帮助别人活下去。"

"是的，但他们也会死。"马朗说。

他们沉默了，房子周围的风吹得更猛了。

"你说得对，雅克。"马朗说，"去试着了解一下吧。你已不再需要一个父亲了，你是独自成长起来的。现在，你可以按你自己的方式去爱他。不过……"他说着，有点儿犹豫，"多回来看我，我的人生已经没有多少时间了，原谅我……"

"原谅您？"科尔梅利说，"我的一切都是您给予的。"

"不，你并不欠我什么。请原谅我有时不知道该如何回应你的爱意……"

马朗凝视着挂在桌子上方的老式吊灯，他的声音很低沉。当科尔梅利独自走在郊外的风声中时，脑海中还久久地回响着他的话：

"我心中有一种可怕的空虚，它使我难过，但又无法解脱……"

我还是个孩子的时候，就试图自己找出什么是对的，什么是错的。因为身边没有人可以告诉我。而现在，一切都离我而去，我意识到我需要有人给我指路，指责我，赞扬我，我需要的不是权力而是权威，我需要的是我的父亲。

我以为自己掌控着一切，对此，我不再深信。

四 孩子的游戏

　　在七月酷暑中，海浪轻推着客船前行。雅克·科尔梅利半裸着上身躺在船舱里，望着海面反射的细碎阳光在舷窗铜框上跳动着。他起身关掉了风扇，毛孔里的汗水还没有流下来的时候，就已经被电风扇烘干了。还是流点儿汗好，他躺在床上放松下来，他喜欢床的狭窄和坚硬。随即，机器沉闷的轰鸣声从船舱深处传来，好似军队正在行进中。不管是白天还是黑夜，他喜欢听客轮这种轰隆声。他还喜欢那种如行走在火山上的感觉，而周围巨大的海洋给他提供了自由开放的视野。不过甲板上太热了，午饭后，乘客们或躺在有顶棚的甲板的躺椅上，或逃到甲板下的通道里去了。雅克不喜欢睡午觉。"去睡午觉。"他痛苦地想起了这句话，这是他外婆让他睡觉时的独特用语。他还是个孩子时，住在阿尔及尔，外婆总是强迫他睡午觉。阿尔及尔那个三室的小公寓里，斑驳的光影从密闭的百叶窗射进来，照着昏暗的房间。外面，热浪烘烤着干燥的尘土飞扬的街道，在半明半暗的室内，一两只精力充沛的大苍蝇像飞机一样嗡嗡地飞来飞去，不知疲倦地寻找着出口。天太热，不能去街上找伙伴们玩儿，不得不待在家中。天气太热了，也没法读《帕尔达兰》或《无畏者》。在极少数情况下，当他的外婆不在家或正在和邻居聊天的时候，他就会把鼻子探进面向街道饭厅的百叶窗里。街上没有一个人，街对面的鞋店和纽扣店门前的红黄帆布帘子已经拉下，五颜六色的珠帘遮住了烟草店的入口，让的咖啡馆里空无一人，只有一只猫躺在铺满锯末的地面上沉睡着，好像死了一般。

然后，孩子回头看了看那间空荡荡的房间，墙上粉刷过白灰，中间有一张方桌，靠墙有一个餐具柜，一张伤痕累累、墨迹斑斑的小书桌，以及地板上铺着的一张小床垫，晚上他的半哑叔叔就睡在那里。还有五把椅子，另外在角落里一个只有顶面铺了大理石的壁炉上，放着一个在市集上随处可见的细长颈小花瓶。孩子见昏暗闷热的屋里和骄阳似火的外面都空无一人，便开始绕着桌子转起圈来，像唱圣歌一样重复着："我很无聊！我很无聊！"他很无聊，但同时这种无聊也是游戏的方式，是一种快乐，一种享受。因为当他听到外婆那句"去睡午觉"真的让他发疯。他反抗过，但他的反抗都是徒劳的。外婆在乡村独自一人养大了九个孩子，她自有一套教育孩子的方法。

她轻轻一推，就把他推到了卧室。这是一间朝向院子的房间。另一个房间里有两张床，一张是妈妈的，另一张是他和他哥哥共用的。外婆有权拥有一个自己的房间。孩子晚上常睡在她那张又高又大的木床上，中午午睡时也在那儿。他脱掉凉鞋，自己爬上去。自从有一天，他在外婆睡觉时滑到地上，继续围着桌子转圈，背诵他的祷文被发现后，他就只能挨着外婆靠墙睡了。他躺到里面，看着外婆脱掉外面的衣服，并放下她的粗麻布长衫，长衫的顶部有一个带着丝带的抽绳固定着。她会解开一条丝带，然后上床。于是，孩子注意到了外婆那青筋暴露、长满老年斑的变形的脚，嗅到了老人的味道。"好了，去睡午觉。"外婆说完很快便睡着了。孩子则睁着眼睛望着两只不知疲倦的苍蝇飞来飞去。

是的，多年来他一直憎恨这一切，甚至长大以后，他得了重病，都不能安心在炎热季节的午后睡觉。如果偶然睡着了，醒来时就会感到恶心。直到前不久他患了失眠症，才会在白天睡上半个小时，醒来后会感觉自己精神焕发。去睡午觉……

太阳很毒，一丝风也没有，船身也停止了摇晃，似乎是在沿着一条直线前进。现在发动机全速运转，螺旋桨直接穿过水的深处，活塞的声音也终于有节奏了，以至于再也无法将它与水的柔和声区分开来。雅克半睡半醒着，想到就要见到阿尔及尔市郊那个贫穷的家，他心里充满了一种幸福的忧虑。每次他离开巴黎去非洲，心里都会有一种隐秘的喜悦，有一种逃过一劫的满足感：暗中狂喜，心情开朗，就像一个逃过一劫的人。同样，他每次回到巴黎，无论是走公路还是坐火车，他的心情都会很压抑。郊区的周围没有树林，也看不见河流，也不知怎么就靠近了它，就像一个命运多舛的癌症，伸出了贫穷和丑陋的神经，吸收这个外来的身体，把它带到城市的中心。繁华的城市有时让他忘却了围在他周围，让他失眠的水泥与钢铁森林。现在他已经逃出来了，在大海的怀抱里呼吸着，在阳光的沐浴下，他终于可以入睡了。他可以重回他留恋的童年，回到使他得以成长的温暖而贫穷的家，温暖的贫穷使他得以生存并战胜一切。

舷窗铜板上那片海水反射阳光的零碎倒影，现在几乎一动不动，它们都来自太阳，在外婆那个昏暗房间，它照在外婆睡觉的黑暗房间的百叶窗上，只从一个散开的木结缺口处刺入黑暗中。使他昏昏欲睡的、四处乱飞的、嗡嗡作响的苍蝇不见了。海上没有苍蝇，它们已经死了。那些孩子很喜欢苍蝇，因为它们总是很吵，它们是酷热季节里唯一活着的生物，所有的人和动物都躺下休息了，而只有它们除外。他在墙和他外婆留给他的狭窄空间里翻来覆去，他也想活动。在他看来，正是睡觉夺去了他的生活和玩耍的时间。他的玩伴们正在等着他，这一点是肯定的。普雷沃斯特·巴拉多尔街上有一个小花园，傍晚时分，花园里弥漫着浇水后的潮湿气味，还有到处都是的金银花的香味。一旦他的外婆醒来，他就会冲出去，跑到里昂街，那里的榕树下依然很冷清，一直跑到普雷沃斯特·巴拉多尔街角的喷泉，迅速转动喷泉顶部的铸铁曲柄，把头伸到水龙头下，接受喷涌而出的水流，这些水流过他的鼻孔和耳朵，顺着敞开的衬衫颈部流到腹部，顺着短裤下的腿流到凉鞋里。感受着水在他的脚和鞋底的皮革之间的泡沫。他高兴极了，狂奔着去找皮埃尔及其他人，小伙伴们正坐在街上唯一的一座三层小楼的门口，使劲地磨着雪茄木棒，那是他们一会儿玩万嘎棒射击游戏时的工具。人都到了，他们就拖着球拍，沿着房屋前面花园四周生锈的铁栅栏追逐打闹，吵醒了整个社区，紫藤树下酣睡的猫都被惊吓得跳了起来。他们连蹦带跳，一路打打闹闹地穿过街道，朝着目的地绿场——前进。"绿场"并不远，距离他们学校也就四五条街道。不过，路上有一个所谓的喷泉，他们会在那里停下来。这是一个巨大的圆形喷泉，在一个相当大的广场上，有两层，但水管早就堵了。虽然喷泉喷不出水来，但是会被这个地方丰盛的雨水暴雨灌满。然后，覆盖着旧苔藓、瓜皮、橘子皮和各种垃圾的水成了一个大水塘，直到太阳把它晒干，或是引起了市政府的注意，决定用水泵将水吸干。而肮脏的干裂污泥在盆底停留了很长时间，直到太阳继续努力，把它变成灰尘，或被风吹到和清扫者的扫帚扫到环绕广场的榕树的闪亮叶子上。不管怎么说，在夏天里，喷泉是干的，露出池边暗色的石头经过成千上万只手和裤底的常年摩擦，已经非常光滑，亮得发光。雅克、皮埃尔还有其他孩子把池边当鞍马，坐在上面不断转圈，直到一个不小心，跌进干水池中，身上沾满了尿液和阳光的焦煳味。然后他们冒着酷暑，穿过热浪并覆盖在他们脚上、凉鞋上的灰尘，冲向绿地。

那是制桶工场后面的一片空地，在生锈的钢圈和腐烂的桶底之间，一丛丛细小的杂草从成片的白垩质凝灰岩之间长了出来。在那里，他们大声叫喊着，在凝灰岩地面上画一个圈，他们中的一个人在圈中占据一个位置，手里拿着球拍，其他人将轮流把木质雪茄扔进圈中。如果谁的雪茄落在圈内，他就可以拿起球拍到圈中去守卫。技巧较高的人会快速地击打雪茄，使它向远处飞去。此时，外面的人可以跑到雪茄的落点，用球拍的边缘击打雪茄的一端，使其在空中跳跃，然后再把它赶得更远，如此反复。直到有人失手或其他人在空中抓住了雪茄，于是他们迅速后退，重新回到圈附近防御，以防对手迅速灵活地投进的雪茄木棒。这种穷人玩的网球，规则更为复杂，能玩整个下午。皮埃尔是最灵活的，他比雅克更瘦，更小，非常柔弱，他的头发与雅克不一样，雅克的头发是棕色的，而他的头发和睫毛都是金黄色的，率真的蓝眼睛透着灵气，他看起来有些笨拙，但行动却又准又稳。至于雅克，他往往能做出别人难以招架的动作，却挡不住送上手的反手球。由于雅克总能化解对手最刁钻的攻击，小伙伴们对他赞赏不已，他便以为自己是最棒的，并经常为此吹嘘。其实，皮埃尔常常打败雅克，但他却未说过一句大话。游戏结束后，他站起身，一边自嘲地笑，一边默默地倾听着别人的谈论。

当天气不好或他们不想去街道和空地上奔跑时，他们会先在雅克家的楼梯过道里集合，再从后门出去，来到一个三面环墙的小院。小院的另一面是一座花园的围墙，花园里一棵大橘子树的树枝从墙头伸了过来。当它开花的时候，它的香味就会飘到破旧的房子这边，或顺着台阶飘进院中。一栋 L 形的房屋占了一整面墙及另一侧的一半，里面住着一个西班牙理发师，他临街开了一个理发馆。还有一家阿拉伯人住在那里，有些晚上，他家的女人会在院子里炒咖啡豆。第三面墙一侧，住户在高大破旧的木栅栏笼子里养鸡。最后在第四面，在楼梯两边，在黑暗中洞开大嘴的是这个建筑的地窖：没有出口或照明的洞穴，被切入土中，没有任何隔断，潮湿阴暗。人们可沿着覆盖着绿色霉菌的四级阶梯下到里面，住户们在那里随意地堆放着他们的无用之物，都是些毫不值钱的东西：发霉的旧麻袋，箱子的碎片，生锈的漏了洞的旧盆，还有些随处乱丢，即使是最贫穷的人也用不着的东西。孩子们就集中在地窖里。西班牙理发师的两个儿子让和约瑟芬都喜欢在那儿玩。因为地窖就在他们小屋的门口，所以地窖是他们自己的领地。约瑟芬胖乎乎得很调皮，总是笑眯眯的，会把他的一切都分享给别人。又矮又瘦的让永远都在捡拾他发现的哪怕是最小的钉子或螺丝钉，而且他对他的弹珠和杏核特别吝啬，这是他们喜爱的一种游戏中的工具。这对孪生兄弟之间的巨大反差令人无法想象。他们同皮埃尔、雅克和另一个同伴马克思一起跳进潮湿发臭的地窖里的洞穴中。他们会拿着在地上腐烂的破麻袋，在清除了他们称之为豚鼠的带关节的灰色蟑螂后，把麻袋放在生锈的铁架子上。在这个肮脏的帐篷下，在他们自己的领地（当时他们中没有一个人有过房间，甚至没有一张可以称为自己的床），他们会燃起微弱的火苗，在潮湿的空气中，火苗奄奄一息，化作了烟，呛得他们从洞穴中跑了出来，直到他们在院子里抓一些潮湿的土把火堆盖住。然后，他们与小个子让争吵着部分食物，食物摊在一个爬满了苍蝇、带轮的木货箱上，有大块的薄荷糖、干的盐渍花生和鹰嘴豆，还有被称作"塔木丝"的羽扇豆以及阿拉伯人常在电影院门口出售的颜色鲜艳的大麦糖。下暴雨时，院子里的雨水便会流向地窖，因此，它常常被淹。每当这个时候，他们就站到旧货箱上，在没有蓝天与海风的地方充当鲁滨孙，在他们的悲惨王国里自得其乐。

不过，最美好的日子还是夏天的那些日子。男孩们用这样或那样的借口，用巧妙的谎言逃避午睡，然后，他们就能到试验园去玩。由于他们没有钱坐电车，他们会走很长的路去试验园，穿过附近一连串的黄灰色街道，穿过马厩区，还有那些为内地地区提供马车的大车房。然后从大拉门旁边经过，在门后听到了马匹的跺脚声，马嘴突然发出的突突声，缰绳的金属链撞击马槽木头的声音，而男孩们高兴地呼吸着来自这些禁地的粪便、稻草和汗水的气味，雅克在睡觉时还会梦到这些气味。他们在一个敞着门的马厩前徘徊，马厩里，人们正在洗刷马匹。这些马都是来自法国的，瞪着流亡者似的眼神，被酷暑和苍蝇弄得不知所措。随后，在马车夫的驱赶下，他们向种植着最珍稀树种的试验园跑去。在那条通往大海的大路上，沿路都是水塘和鲜花，他们装成散步的人，漫不经心、颇有教养地从守门人猜疑的目光中走过。但刚到第一条横道，他们便向园子的东部奔去，穿过一排排巨大的红树林，枝条如此紧密，树荫下就像夜晚，然后穿过大橡胶树，下边的树杈已垂至地面，根本无法分辨那些垂枝与繁密的树根。他们继续往远处跑，来到了真正探险的目标——大棕榈树林，这些棕榈树的顶端长着一串串紧密的圆形橙色水果，他们称之为"椰子"。他们首先要侦察一下，以确保附近没有看园人，然后各自去寻找武器，也就是石头。当每个人都塞满了口袋回来时，他们轮流向在天空中轻轻摇曳的一串串果实发射石头，这些果实在所有其他树木之上。每颗石子都能击落几个果子，这些果子属于获胜的射手。其他人必须等到他拿起他的战利品后才能开火。在这个游戏中，雅克与皮埃尔不相上下。不过，他们俩都会把果实分给那些不太幸运的人。他们中最不擅长这个游戏的是马克思，他戴着眼镜，视力很差，但长得矮壮结实，不过自从见到他打架那天起，他便得到了大家的尊重。在经常发生的街战中，他们——尤其是雅克——总是控制不住怒火，通常用身体凶猛地扑向对方，以期给对手以最重的打击，哪怕冒着被反击的危险。马克思的名字听起来像德国人。一天，他被屠夫那个绰号为"火腿"的胖儿子称为"肮脏的德国佬"，他平静地把眼镜交给了约瑟芬，摆出了他们在报纸上看到的拳击手的姿势，让对方再重复一遍对他的谩骂。然后他不动声色，躲开了"火腿"的每一次进攻，将其几次痛打，自身却毫发未损，最光荣的是，他给了吉戈特一个黑眼圈。那天以后，马克思在这个小团体中的声望便很牢固了。当口袋和双手都被果子弄得黏糊糊时，他们便溜出园子，跑向大海。一旦出了围墙，他们就吃着堆在脏手帕上的椰子，高兴地咀嚼着纤维状的浆果，这些浆果令人作呕，但作为胜利果实，却又如此清淡可口。随后，他们匆匆忙忙地跑向海滩。

要想到达海滩，必须要穿过一条绵阳大道。的确如此，成群结队的羊群经常往返于阿尔及尔东部的各个市场，必须走这条路。实际上，这是一条环形马路，将大海和依山而建的弧形城区分隔开来。路与大海之间有工厂、砖厂及一个煤气厂，它们被绵延的沙地隔开，沙地上覆盖着成片的黏土或石灰粉，还有涂白了的碎木屑与碎铁片。穿过这片毫无生机的地带，便到了萨博尔特海滩。沙滩上的沙子有些脏，初潮的海浪也不是很清澈。右边有一个海边浴场，配有更衣室，节假日里人们可以在浴场的大木屋里跳舞。通常，这里每天都有一个卖油炸土豆的商贩。这群小家伙很少有机会得到甚至是一个炸土豆的钱，如果他们中一个人偶尔有了所需的硬币，就会买上一小纸袋，然后得意地走到海滩上，后面跟着恭恭敬敬的小伙伴们。来到海边，在海边一艘废弃的旧驳船的阴凉处，他把脚放在沙子里，然后坐下，一只手拿着锥形食物，另一只手盖在上面，以确保他不会把大土豆片掉在地上。通常他会给每个伙伴一片炸土豆，他们虔诚地品味着这唯一的、热乎乎的、散发着浓郁油味的美味。吃完后，他们望着幸运者认真地、一片又一片地品尝着剩余的土豆片。袋子底部总会留下一些碎屑，他们会恳求贪婪的主人与他们一起分享。除了让以外，他们几个都会展开油汪汪的纸袋，摊开土豆屑，让每个人轮流吃上一点儿，并由"有号召力"的人来决定谁先吃最大的那块碎片。当他们的盛宴结束后，无论是愉悦还是争执都被抛到脑后，他们会在刺眼的阳光下奔向海滩的西端，直到他们来到一个拆了一半的建筑边上，这应该是一个已经消失的海滨木屋的地基，他们可以在那里脱衣服。几秒钟后，他们就脱光了衣服，然后下水，兴奋又笨拙地游戏着，叫着、喊着，呛了水再吐出去，比赛跳水或比谁潜水的时间长。海水柔和而温暖，太阳轻轻地落在他们湿透的头上。这些年轻的身体充满了喜悦，他们不停地欢叫着。他们统治着生命和海洋，接受着这个世界所能赋予的美好，就像他们是财富无限的贵族，不顾一切地消费这个世界上最华丽的礼物。

他们玩得忘记了时间，在海滩和大海之间来回奔跑，让沙子吸干他们身上发黏的咸海水，然后再到海水中去洗掉身上的细沙。他们不停地奔跑着，燕子带着它们急促的叫声开始在工厂和海滩上空飞翔，白天的燥热已经散尽，天空变得更加纯净，变成了绿色，光线变暗。在海湾的另一边，一直笼罩在雾中的房屋与城市轮廓更加清晰了。天还未黑，但人们已经点起了灯，准备迎接非洲的短暂黄昏。皮埃尔总是第一个发出警告："天晚了。"大家立刻相互告别，一窝蜂般散去。雅克、约瑟芬和让向他们的家跑去，根本顾不上其他人。他们一路奔跑着，直到他们喘不过气来。因为约瑟芬的母亲经常会动手打人，而雅克的外婆……

他们在迅速下降的夜色中继续奔跑，眼见第一盏煤气灯亮起，开了灯的有轨电车从面前驶过，这让他们更加惊慌失措，甚至在门口分别时，都来不及说一句再见。每逢这样的晚上，雅克会在黑暗发臭的楼梯上停下来，靠在墙上，等待着他悸动的心平静下来。然而他知道不能再等，害怕让他更加喘不过气来的后果。他三步并作两步走到了楼道上，经过厕所的门，然后打开了饭厅的门。饭厅尽头的饭厅里有一盏灯，他听到了勺子和盘子的碰撞声，他感到浑身发凉。他走了进去，在一盏油灯圆圆的光晕下，半哑的舅舅还在饭桌上大声地喝着汤，他的母亲那时还年轻，也很漂亮，棕色的头发很浓密。她用温柔的眼神看着他，说："你知道得很清楚。"

他的外婆打断了她的女儿，他只看到了她的背影，她穿着黑色的衣服，身姿挺拔，嘴角坚定，眼神直接而严厉。"你去哪儿了？"她厉声问道。"去找皮埃尔帮我看算术了。"外婆站起身，走近他，闻了闻他的头发，然后用手摸了摸他还沾着沙子的脚踝。"你是从海滩回来的。""你说谎了。"舅舅一字一顿地说。外婆从他身后走过，去拿挂在门后的那根粗糙的牛鞭，在他的腿上和屁股上抽了三四下，疼得他一直号叫。过了一会儿，他坐在可怜的舅舅端来的一盘汤前，他浑身绷紧，不让泪水流出来。他的母亲迅疾地瞥了一眼外婆，然后把那张他很喜欢的脸转向他。"快喝汤吧。"她说，"没事了，没事了。"这时他才松开手，开始大声地哭起来。

雅克·科尔梅利醒了。舷窗的铜条上已没有了阳光，而是落到了对面的板壁上。他穿好衣服，走到甲板上。黑夜过去，他就能回到阿尔及尔家乡了。

五　父亲·死亡·战争·谋杀

　　他把她紧紧抱在怀里，就在门口，仍然气喘吁吁。他是四级一跨，一口气冲上楼梯的，一级都不差，似乎他的身体里仍然记得每个楼梯的级数。

　　当他从出租车上下来时，街道上已经很热闹了。清晨，刚洒过水的路面，有些地方还在闪闪发光，天气很热，喷洒在地面上的水慢慢变成了水蒸气。他一下子就看到了她，依然是以往的那个地方，在两个房间之间的狭窄阳台上，理发店雨棚的上方。但这时的理发师不再是让和约瑟芬的父亲了，他死于肺结核。他的妻子说，这是理发师的职业病，因为总是呼吸着头发上的味。铁皮屋顶上，总是残存着一些干瘪的榕树果实、皱巴巴的纸片和烟头。她就站在那里，浓密的头发几年前就已经变白，尽管她已经七十二岁了，腰板依旧挺直。她很瘦，充满活力，看上去比实际年龄要年轻十岁，她们家族的人都这样：身体瘦削，态度冷漠，精力充沛，岁月似乎对他们没有任何影响。五十岁时，他半哑的舅舅埃米尔看起来仍像个年轻人。外婆至死都没有驼背。至于母亲——他现在正跑向她——好像没有什么能削弱她柔弱中的坚韧，几十年的辛苦劳作，她身上却始终有着少妇的风采，孩提时的科尔梅利就很爱她。

　　当他到达门口时，母亲打开了门，直扑到他的怀里。就在门口，正如他们每次重逢时一样，她吻了他两三次，用尽全身力气抱住他。他感觉到她的肩胛骨在微微地颤抖，他呼吸着她身上的淡淡的味道。

这使他想起颈窝那块地方，他不敢再亲吻那里，但他小时候很喜欢亲吻这个地方，有那么几次，她把他抱在膝盖上，他假装睡觉，鼻子伸在这个小窝里……对他来说，那种温柔的气味是他童年时期极为珍贵的柔情。她拥抱着他，然后松开手，看看他，然后再将他拥入怀中，就好像她在内心估量了一下自己所能给予他或向他表达的爱意后，觉得还欠缺一点儿什么似的。"我的儿子，"她说，"你回来真好。"随后她转过身，回到房间里，在面向街道的饭厅里坐了下来。她似乎不再关注他，也不再想任何事情，甚至不时用奇怪的表情看着他，就好像——或者至少在他看来——他扰乱了她的生活，扰乱了她那狭窄、空旷、封闭的世界。一旦他坐在她身边，她就似乎被某种焦虑抓住了，时而悄悄以漂亮忧郁的眼神望向外面的街道，而目光再次回到雅克身上时，眼神又变得平静了。

街道上行人多了起来，声音越来越嘈杂，笨重的红色有轨电车不断地驶过。科尔梅利望着母亲，她穿了一件灰色白领罩衫，侧身坐在窗前那不太舒服的椅子上。她一直那样坐在那儿，由于年老，她的背有点儿驼，但依然坐得很直，双手紧紧握着一块小手帕，时不时地将手帕卷成一团，头微微扭向街道。透过皱纹，他又看到了如同她三十年前一样的美丽容颜，眉弓光滑，好似融在额头上，小而直的鼻子，尽管她的嘴角有些细纹，但仍然清晰地勾勒出她的轮廓。她的颈部老化得最快，下巴也有点儿松弛。

"您理过头发了。"雅克说。她笑了，表情就像一个犯了错的小女孩。"是的，你知道，因为你回来了。"她并不刻意打扮自己，几乎不被人觉察，尽管她穿得朴素，但雅克并没有过她穿着难看的记忆。即使是现在，那灰色上衣和黑色衣裙都是她精心挑选的，这是他们家族的品位，这个家族一直处于贫穷之中，偶尔也会有几个人生活得好一些。但这个家族的人，尤其是男人，都像所有地中海人一样，坚持穿白衬衫和用熨斗熨烫得笔挺的裤子，不过由于衣柜里的衣服不多，母亲或妻子们不得频繁地清洗熨烫，男人们认为这份工作由女人们来做是理所当然的事情。至于他母亲，她总是认为仅仅为别人洗洗衣服和做做家务是不够的，从雅克记事起，他总是看见她在熨烫他和哥哥的裤子，直到他离开，进入既不熨衣服也不洗衣服的女人的世界里。"理发师是意大利人，"他母亲说，"他理发很好。""是的。"雅克说。他本来想说"你很漂亮"，但并没有说出口。他一直认为母亲漂亮，但从来没有这样对她说过，他并不是担心她是否喜欢这样的评价，而是因为这样就打破了那道无形的屏障，在他的一生中，他一直看到她躲在这道屏障后面——温柔、有礼、哀怨，甚至被动，但她却从未被任何人或任何事所征服，因为她的半聋，她难以表达自己而被孤立，这种不可接近的生活无疑是美妙的，但实际上是不可接近的。而她越是笑容满面，他的心就越向她靠近。是的，她一生都是如此，一直保持着那种胆怯、顺从，却又难以接近的神态，她的目光和三十年前看着他的时候一样。三十年前，当她看着她的母亲用鞭子抽打雅克时，她也是这样的表情，而她自己从来没有碰过他们，甚至没有真正骂过她的孩子们。毫无疑问，那种鞭打对她来说也是一种巨大的心理折磨，但由于身心疲惫、听力和语言缺陷及对母亲的尊重，她一直没有干预。在漫长的岁月里，她忍受着鞭子打在孩子们身上的痛苦，正如她忍受着为他人日夜辛劳的苦难时光。跪着洗地板，整天处在油腻的剩饭和他人的脏衣服之中，没有男人、没有慰藉。由于被剥夺了希望，这种生活也变成了一种没有任何怨恨的生活，不知不觉，坚持不懈，对各种痛苦，她自己的和别人的痛苦都甘之如饴。他从来没有听过她的抱怨，除了在她洗了大量衣物累了或腰疼时。也未听过她说别人的坏话，除非某个姐妹或姨妈对她不友善，或"自以为是"之外。但另一方面，他也很少听到她发自内心的笑声。自从由孩子们供养她的生活，不用如此操劳后，她笑的多了起来。雅克环顾着房间，房间也没有什么变化。她不想离开这个她已经住惯了的房子和生活便利的社区，去一个对她来说一切都比较舒适但不便利的地方。是的，还是那个房间，里面的家具已换过，现在已经比较体面，不那么破旧不堪了。但家具上依旧没有什么摆设，只是简单地靠墙摆放着。

"你总是四处翻看。"母亲说。是的，他无法阻止自己打开橱柜，尽管他竭力要求，但里面仍然装着简单的食物，空荡荡的碗柜使他十分困惑。他又打开餐具柜的抽屉，里面放着两三种药品，两三份旧报纸、一个装着奇怪纽扣的小纸箱，一张旧的身份证照片。在这个家中，从来没有多余的东西，因为根本用不上。雅克清楚地知道，即便是在他那个物品丰富的家中，她也只会使用那几样必要的东西。他还知道，在另一间母亲的卧室里，摆放着一个小衣柜，一张窄床，一个木质梳妆台和一把草编椅，仅有的一扇窗户上挂着钩编的窗帘，在那里，他同样也找不到任何物品，可能偶尔会有一条卷起来的小手帕，她会把它放在光亮的梳妆台上面。

这正是他第一次看到其他家庭，即他在中学的同学或后来更富裕的家庭时感到震惊的地方。那些房间里挤满了花瓶、高脚杯、雕像和画。而他的家里，人们只会说"壁炉上的花瓶"，至于罐子、盘子以及你可能找到的少数物品都没有名字。他的一个舅舅家则不同，在那里可以欣赏来自沃日的釉面陶器，晚餐用的是埃佩尔的整套餐具。雅克在赤裸裸的贫穷中长大，所知道的物品名称都很普通，正是在舅舅家，他知道了那些专有名词。如今，在这刚粉刷过的铺着方砖的房间里，在这个普通而洁净的家具上，除了一个阿拉伯的铜质烟灰缸（因为他要来）和墙上的邮局日历外，什么都没有。这里没什么可看的东西，也没有什么可说的话题，这就是为什么他对他的母亲一无所知，除了他自己了解到的情况外，他对父亲也一无所知。

“父亲？”她看着他，现在她注意到他了。

“是的。他叫亨利，还有呢？”

“我不知道。”

“除了亨利外，他没有别的名字吗？”

“我不知道。”

“他没有别的名字吗？”

“我想他有，但我不记得了。”她突然心烦意乱，眼睛看向阳光普照的街道。

“他看起来和我像吗？”

“是的，你和他一模一样。他有一双蓝眼睛。额头也一样。”

“他是哪一年出生的？”

“我不知道。我比他大四岁。”

“那你呢，是哪一年出生的？”

“我不知道。去看户口簿吧。”

雅克走进房间，打开了衣柜。在上层的毛巾里放着户口簿、抚恤金证和几张古老的西班牙文件。他拿着这些东西回来了。

“他是 1885 年出生的，你是 1882 年，你比他大三岁。”

“噢！我以为四岁。那是很久以前的事了。”

“你告诉我，他在很小的时候就失去了父母，他的兄弟们把他送到了孤儿院。”

“是的，还有他的姐姐。”

“他的父母有家农场？”

“是的，他们是阿尔萨斯人。”

“在乌莱—法耶。”

“是的。而我们是在切拉加斯，就在他们附近。”

“他父母去世时，他多大呢？”

"我不知道。他当时很小。他姐姐不想管他，她很伤他心，再也不想见他们。"

"他姐姐当时多大？"

"我不知道。"

"他的兄弟们呢？他是最小的吗？"

"不，他是第二个孩子。"

"那么，他的兄弟们太小，无法照顾他。"

"是的。"

"那这不是他们的错。"

"不，他怨恨他们。在孤儿院待到十六岁后，他回到了他姐姐的农场，他们让他做很多很累的活。"

"他来到了切拉加斯。"

"是的，他到了我们那里。"

"你就是在那里遇到他的？"

"是的。"

她又一次把头转过去，面向街道，他觉得自己无法沿着这个问题继续问下去了。但她又提起了他。

"你应该知道，他不识字。他们在孤儿院学不到任何东西。"

"但你给我看过他在战场上寄给你的明信片。"

"是的，他跟克拉斯肖特先生学的。"

"里科姆。"

"是的，克拉斯肖特先生是他们的头儿。他教他们读书写字。"

"他当时多大？"

"我想应该是二十岁。我记不清了，所有这些都是很久以前的事了。不过，我们结婚时，他已学会了酿葡萄酒，他可以在任何地方工作。他很有头脑。"她望着他，"像你一样。"

"后来呢？"

"后来？你哥哥出生了。你父亲为里科姆工作，里科姆派他去了圣·阿波特尔庄园。"

"圣·阿波特尔？"

"是的，然后就发生了战争。他死了。他们给我寄来了炮弹的碎片。"

射进他父亲头颅的炮弹碎片就放在一个小饼干盒里，在那个衣柜的毛巾后面，前面放着他在战场上写的那些简短的明信片，文字很少，他都能背出来。"亲爱的露茜，我很好。我们明天要换营地。好好照顾我们的孩子。吻你。你的丈夫。"

是的，就在他们搬家时，他——一个移民的孩子——出生的那个深夜，欧洲已经在调试大炮，几个月后，这些大炮便炮弹齐发，将科尔梅利一家从圣·阿波特尔驱赶出去，他进了驻扎在阿尔及尔的军团，而她则被赶到了她妈妈所在的那个可恶的街区的小公寓，怀里抱着被塞浦兹的蚊子叮咬得浑身发肿的孩子。"给您添麻烦了，妈妈。亨利回来，我们就走。"那位外婆，身板挺拔，白发绾起，眼睛明亮而坚毅。

"女儿，你得去工作。"

"是的，他在摩洛哥打仗。"

的确如此，只是他已经忘记了。1905 年，他的父亲已经 20 岁，正如他们所说的那样，他一直在执行对摩洛哥人的作战任务。雅克想起几年前，他在阿尔及尔街头遇到他的校长莱韦斯克先生时他告诉他的话。莱韦斯克先生与他的父亲同时被征召入伍，但他们在一起的时间只有一个月。据他说，他并不了解科尔梅利，因为他很少说话。他坚韧、沉默、随和且公正无私。只有一次，科尔梅利发怒了。那是傍晚时分，在经历了炎热的一天之后，露营在阿特拉斯山脉的小分队在一个由岩石山口保护的山顶上扎了营。科尔梅利和莱韦斯克要到隘路脚下去换岗，没有人回应他们的呼叫。在一排仙人掌下，他们发现他们的战友仰着头，诡异地望着月亮。起初他们并没有发现有什么诡异的地方，直到看到那个怪异的脑袋。原因很简单：他的喉咙被割断了，口中含着他的生殖器。这时，他们才看到那具尸体，双腿大大地张开着，军裤被撕开了，月光下可见裂口中间血迹斑斑。再往前一百米，在一块大岩石后面，他们又发现了第二个哨兵，以同样的方式被杀害了。他们发出了警报，哨兵的数量增加了一倍。黎明时分，当他们回到营地时，科尔梅利说那些狗东西不是男人。正在思考的莱韦斯克回答说，对他们来说，男人就应该这样做，换作我们，也会不惜一切代价战斗。科尔梅利的脸色很凝重。"也许吧。但他们错了。一个男人不会这样做。"莱韦斯克说，在某种情况下，他们可以毁灭一切。但科尔梅利因愤怒而大喊："不，一个人不会让自己做出这种事！""是一男人就不能，否则……"然后他冷静了下来。"至于我，"他用低沉的声音说，"我很穷，我来自一个孤儿院，他们给我穿上这身军装，把我拖进了战争，但我不会让自己那样做。""但有些法国人确实是这样做的。"莱韦斯克说。"那么，他们也一样，也不是男人。"突然他吼叫起来，"一个肮脏的种族！畜生！全都是！全都是……"然后，他脸色煞白地走进了他的帐篷。

当雅克想到这一点时，他意识到，正是从那个了解父亲最少的小学校长那里，他对父亲的了解更多了一些。但是，除了细节之外，这并不比他从母亲的沉默中推测出来的东西多。一个沉默的、痛苦的男人，他一生都在工作，经历战争，接受了一切无法避免的事情，却在内心深处保留了自己的某些部分，不允许任何人侵犯。毕竟，贫穷不是一个人的选择，但一个穷人可以选择保留尊严。从母亲的那一点零星回忆中，他试着想象那个从孤儿院出来的男人，九年以后结了婚，成了两个孩子的父亲，生活刚有起色，却被召回阿尔及尔。那漫长夜路，他带着忍耐的妻子和哭闹的孩子一路奔波，在火车站分离。三天后，他突然出现在贝尔库特的那个小套房里，然而在七月的酷暑中，他穿着红蓝相间的帅气制服，宽松的裤子，厚厚的羊毛服装令他大汗淋漓，手里拿着一顶草帽，因为他既没有小圆帽也没有头盔。他偷偷溜出兵站，在当晚启程前往他从未见过的法国之前跑，回来吻别他的妻子和孩子们。他热烈而迅速地拥抱了他们，又以同样的速度离开了，小阳台上的妻子向他挥手，他在奔跑中回应，转身挥舞着草帽，然后再一次飞奔在那条灰蒙蒙的街道上，消失在电影院的前面，消失在晨光中，再也没有回来。其余的情景，他不得不靠想象了。其实，雅克无法通过母亲提供的信息去想象，因为她对历史和地理都一无所知，她只知道她住在靠近大海的陆地上，法国在大海的另一边，她也从来没有去过，无论如何，法国是一个模糊的地方，在昏暗的夜里，人们通过一个叫马赛的港口到达，她把它想象成阿尔及尔的港口。在那里，据说有一座非常漂亮的城市，叫巴黎，还有一个叫阿尔萨斯的地区，她丈夫的家族来自那里——那是很久以前，他们为了躲避被称为德国人的敌人而在阿尔及利亚定居。在这里，他们也同样遇到了敌人，这些敌人总是凶恶残忍，特别是对待法国人，而且是毫无理由的。法国人被迫同这些好战的敌人抗争。她也不知西班牙在哪里，但应该不是很远，她的父母都是马翁人，和她丈夫的家人一样，很久以前就移民到了阿尔及利亚，因为他们在马翁快饿死了，她甚至不知道那是在一个岛上，反正不知道什么是岛，因为她从来没有见过岛。至于其他国家的名字，偶尔会引起她的兴趣，但她从来没有正确地说出过它们的名字。她从来没有听说过奥匈帝国，也没有听说过塞尔维亚，不知道大公是什么，也不可能说出萨拉热窝这名字。战争就在那里打响，就像一朵邪恶的云，充满了黑暗的威胁，但你无法阻止它入侵天空，就像你无法阻止蝗虫或破坏性的风暴一样。德国人正在迫使法国再次陷入战争，而我们将遭受痛苦——没有任何理由。她不知道法国的历史，也不知道什么是历史。但她知道自己的经历，知道一些她所挚爱的人的经历，她知道他们像她一样经受着人生苦难。在她无法想象的世界中，一个更加黑暗的夜晚来了。密令已经传来，由一个汗流浃背、疲惫不堪的警察带到了这偏远的地方。于是，男人们就不得不离开就要采摘葡萄的农场——神父在车站等候被征召者的到来。"应该祈祷。"他对她说。她回答说："是的，神父先生。"但实际上她并没有听到他的话，因为他说话的声音不够大，而且她也不会想到要祈祷。此外，她不想打扰任何人，而现在她的丈夫穿着他那件漂亮的五颜六色的衣服走了。他很快就能安全回来，大家都这么说，德国人会受到惩罚，但与此同时，她必须找到工作。一位好心的邻居对外婆说，部队的军工厂需要女工，而且会优先考虑服役男子的妻子，尤其是有家庭负担的人。然后她就在那里工作，每天十个小时，按照厚度和颜色排列小纸板管，然后能够拿回钱给外婆，孩子们就有吃的了，直到德国人被打败，亨利就能回家来。当然，她不知道有一条俄国战线，也不知道什么是战线，更不知道战争会蔓延到巴尔干半岛、中东以及全世界，更不知道发生在法国的一切：德国人在没有发出警告的情况下突袭法国，并向孩子们开枪。是的，在那些地方战争正在打响，军队被火速调往前线，其中就包括科尔梅利所在的非洲军团。他们被带到了一个人们经常议论的神秘之地——马恩河，甚至都没有时间给他们找头盔，因为那里不像阿尔及利亚那样烈日炎炎。于是，由一拨又一拨的阿拉伯人和法国人组成的阿尔及利亚军团，穿着光鲜亮丽的衣服，头上戴着草帽——红蓝相间的靶子，几百米以外就会被发现——他们成群结队地上了火线，又成群结队地被消灭，被丢在了那片狭窄的阵地上。四年间，来自世界各地的士兵蜷缩在泥泞的掩体中，为每一寸土地战斗着。天空中闪烁着信号弹，炮弹尖叫着，大炮轰鸣着，宣告着他们进攻的徒劳。而非洲军团几乎没有掩体，军队在炮火中融化，就像五颜六色的蜡像。

于是，在阿尔及利亚各地，每天都有数以百计的新孤儿，包括阿拉伯人和法国人，他们都是失去了父亲的孩子，以后必须学着自己生活，没有人关爱，也没有财产。

　　几个星期后，在一个星期天的早晨，在二层楼内唯一的室内小平台上，在楼梯与昏暗的两个厕所之间——石砌的蹲式厕所黑洞洞的，虽然经常用甲酚清洗，却总是臭气熏天——露茜·科尔梅利和她母亲坐在两把低矮的椅子上，借着楼梯顶上窗户的光亮挑选扁豆，小洗衣篮里的婴儿正在吮吸沾满口水的胡萝卜，这时一位严肃而衣着整齐的先生拿着一个信封出现在楼梯上。两位妇女惊讶地放下了摆放在她们之间锅里的扁豆，擦了擦手。这时，那位站在了最后一级台阶上的先生示意她们不要动，并询问哪位是科尔梅利太太。"她是，"外婆说，"我是她的母亲。"那位先生说他是这里的市长，他带来了一个非常糟糕的消息，她的丈夫在战场上牺牲了。法国为他悲哀，也为他骄傲。露茜·科尔梅利没听见他说的话，但她站了起来，非常恭敬地向他伸出手。外婆则身体僵硬，用手捂着嘴巴，不停地用西班牙语说着"我的上帝"。这位先生握住露茜的手，喃喃地说着慰问的话，把信封递给了她，然后转身，迈着沉重的步伐下了楼。

　　"他说什么？"露茜问道。

　　"亨利死了，他被杀了。"

　　露茜一直盯着信封，没有打开，她和她母亲都不认识字。她翻看着信封，没有说话，没有流泪，无法想象发生在那么遥远而又陌生的夜幕中的死亡。然后她把信封放进围裙的口袋里，从孩子身边经过，没有看他们一眼，走进她和两个孩子共用的卧室。她没有流泪，只是静静地在床上躺了几个小时，双手紧紧抓着口袋里她看不懂的信，凝视着黑暗中她所无法理解的不幸。

"妈妈！"雅克叫道。

她仍旧以她的方式凝视着街道，没有听到他的话。他碰了碰她瘦弱的、起皱的手臂，她微笑着转过身来，看着他。

"父亲的明信片，你知道的，医院里的那些。"

"是的。"

"你是在市长来了之后收到的？"

"是的。"

一枚炮弹的碎片掀开了他的头盖骨，他被送上了一辆在战争屠宰场与圣布里厄疏散医院之间来回穿梭的救护火车，血水染红了稻草和绷带。在医院里，他凭感觉潦草地写下两张卡片，因为他已经看不见了。"我受伤了。这没什么。你的丈夫。"几天后，他牺牲了。护士写道："这样好些。不然他会为失明而发疯。他很勇敢。"并随信便寄来了弹片。

一支由三名武装士兵组成的巡逻队在街上经过，四处巡视着。其中有一个黑人，身材高大，皮肤上涂满了伪装的斑点，看起来像一只花斑猛兽。

"他们在抓强盗。"她说，"很高兴你去了他的墓地。我太老了，况且那里很远。它漂亮吗？"

"什么？墓地？"

"是的。"

"它很美。有花。"

"是的。法国人做得很好。"

她这样说，也这么想，但并没有提到她的丈夫，他已被她遗忘了，一起被遗忘的还有过去的苦难。无论在她心中，还是在这个房间中，都没有留下那个被战争吞噬了的男人的痕迹，他成了一个不可触碰的记忆，就像在森林大火中被焚的一只蝴蝶翅膀的灰烬。

"烤肉要煳了，等一下。"

她起身去了厨房，他便坐在了她的位置上，注视着那条许多年来毫无变化的街道，那些商店已经被太阳晒得褪了色，只有街对面的烟草店挂起了长条形的五颜六色的塑料布，代替了小空心芦苇的帘子。那帘子发出特殊的声音——今天雅克还能听到——当他穿过它，进入散发着油墨味和烟草味的商店去买《无畏者》杂志，那时他常为那英勇的故事而振奋不已。此刻的街道已现出周日上午的热闹，穿着刚洗过和熨过的白衬衫的工人们正边聊天边走向附近的三四家咖啡馆，咖啡馆凉爽的树荫下散发着八角的味道。几个阿拉伯人走过去，他们虽穷，但衣着得体，他们的妻子始终遮着面纱，穿着路易十五式的皮鞋。偶尔也会有一些阿拉伯人带着盛装的家人一起经过。其中一个家庭带着三个孩子，其中一个孩子身着伞兵制服。就在这时，伞兵巡逻队转回来了，这让严肃的气氛中有了几分轻松的味道。就在露茜·科尔梅利进入房间时，街上传来了爆炸声。

爆炸声听起来很近，响声巨大。爆炸声过去良久，饭厅的灯泡还在随着玻璃罩晃动。他的母亲退到了房间一角，脸色苍白，眼睛里充满了她无法控制的恐惧。"是这边，是这边。"她说着。"不是。"雅克说着跑到窗前。街上的人们正在逃亡，但不知向哪里跑，那家阿拉伯人跑进了街对面的杂货店，催促着孩子们快点进去，店主让他们进去后关上门，上了锁，然后站在窗户后面看着街道。这时，伞兵巡逻队回来了，以最快的速度向相反的方向跑去。汽车匆匆停在人行道上，在几秒钟内街道便空荡荡了。雅克探出头去，看到稍远处的塞特电影院和无轨电车站之间人群骚动。"我去看看。"他说。

在普雷沃斯特·巴拉多尔街的拐角处，一群人在大声叫骂着。"那个肮脏的败类。"一个穿着贴身衬衫的矮个子工人朝着站在咖啡馆门边的一个阿拉伯人骂道，并朝着阿拉伯人走了过去。"我什么都没做。"那个阿拉伯人说。"你们都是一伙的，你们这些该死的东西。"而后，他向阿拉伯人扑去，其他人急忙拉住了他。雅克对那个阿拉伯人说："跟我来。"拉着他进了咖啡馆，现在咖啡馆是由他儿时的伙伴让经营的。让也在那里，还是老样子，但满脸皱纹，又矮又瘦，精明而专注。"他什么也没干，"雅克说，"把他带到你家里去吧。"让一边擦拭着柜台，一边打量着这个阿拉伯人。"来吧。"他说，然后将他带到了后面。

雅克出来后，那个工人皱着眉头看着他。"他什么也没干。"雅克说。"应该把他们都杀了。""还是理智一点，好好想想吧。"那位工人耸了耸肩，"去那边看看再说。"救护车的警笛声响起，急促而迫切。雅克一直跑到有轨电车车站，炸弹在车站附近的电线杆处爆炸，有很多人在等车，都穿着假期的盛装。小咖啡馆里哀号声一片，令人无法判断是痛苦还是愤怒。

他回到了母亲身边。她挺直地站着，脸色非常苍白。"坐下吧。"他将她扶到桌子旁边的椅子上，他坐在她身边，握住她的手。"这个星期发生两次了，"她说，"我不敢出去。""别担心，"雅克说，"会停止的。""是的。"她说。她用一种犹豫不定的眼神望着他，好像既相信儿子的判断，又深信生活的全部就是一种不幸，对于不幸，你不能与之抗争，只能忍耐。"你看，"她说，"我老了，跑不动了。"她的脸上渐渐恢复了血色。远处传来救护车急促的尖叫声，但她听不到。她深深地吸了口气，让自己平静下来，坚定地对着儿子微笑。她跟她的家人一样，都是在苦难中长大的，危险使她恐惧，但她会像对待其他事情一样忍受它。反而是他，无法忍受在她脸上突然出现的绝望神情。

他对她说："跟我到法国去吧。"但她坚决地摇了摇头，面带忧伤："噢！不，那里太冷。我太老了，想留在家里。"

六　家庭

"嗯！"母亲轻声地对他说，"你回来了，我很高兴。晚上我就不会那么无聊了。尤其是冬天，天黑得很早，如果我认字，能读书就好了。在这种光线下我也不能织毛衣，我的眼睛很痛。艾蒂安不在的时候，我就在床上躺着，直到吃饭时间。这个时间很长，大概有两个小时。如果有小家伙们陪着我，我就会和她们聊聊天。不过她们来了一会儿就走了。我太老了，身上有老人味儿了。所以只能这样，一个人待在房间里……"

她不停地说着，简短的句子，一句接着一句，就像她正在清空自己的思想，而这些思想以前一直都是沉默的。然后，她的思想枯竭后，她又沉默了，嘴唇紧闭，神情温和而忧郁地望着从饭厅百叶窗透进来的街上的光线。她一直坐在窗前那把并不舒适的椅子上，她的儿子依旧围着房间中间的桌子转，就像从前那样。

她重新看向围着桌子转的他。

"索尔费里诺，还那样美？"

"是的，它一尘不染。但自从你上次看到它之后，它肯定已经发生了变化。"

"是的，有变化。"

"医生问你好。你还记得他吗？"

"不记得，那是很久以前的事了。"

"没人记得父亲。"

"我们在那儿没待多久。而且，他不爱说话。"

"妈妈？"她望着他，目光温柔且漫不经心，脸上没有笑容。

"我一直以为你和父亲从未在阿尔及尔一起生活过。"

"不，不。"

"你明白我的话吗？"

她没听懂，他可以从她那略带慌乱和歉疚的神态中猜测到这一点。于是，他一字一顿地重复了一遍他的问题：

"你们没有在阿尔及尔一起生活过？"

"没有。"她说。

"那么，父亲去看皮雷特被砍头的时候呢？"为了方便她理解，他用手在自己的脖子比画着。她立刻就明白了。

"是的，他三点钟就起来了去了巴贝鲁斯。"

"那么，你们是在阿尔及尔？"

"是的。"

"但那是什么时候？"

"我不知道。他在为里科姆工作。"

"在你们去索尔费里诺之前？"

"是。"

她说是，也许就是否定的。她不得不通过模糊的记忆回到过去。记忆，没有什么是确定的。首先，穷人的记忆本来就没有富人的丰富。记忆的空间地标更少，因为他们很少离开他们居住的地方。同样，在时间上的参考点也较少，因为他们的生活是灰色的，没有特色的。他们说心灵的记忆是最可靠的一种，但心灵会因悲伤和劳累而消磨殆尽。在艰苦生活的重压下，它很快就会忘记了。回忆只是对富人而言的东西，对穷人来说，它只是在通往死亡的道路上留下的微弱痕迹。此外，为了承受生活的苦难，也为了避免更多的伤害，穷人们不应有太多的记忆，而是紧紧抓住过去的每一天。就像他的母亲那样，也许有点儿迫不得已——因为她年轻时得的那场病（顺便说一下。据他的外婆说，那是伤寒所致。但伤寒并没有这种后遗症。也许是斑疹伤寒或者其他，总之是个谜）。儿时的疾病使她失聪，说话困难，又使她无法学习甚至是穷人都能学的东西。因此，她只能默默地屈从于命运。但这也是她面对生活的唯一方式，她还能做什么，谁能在她的位置上找到其他方法呢？谁能找到另一种方式？

本来他还想让她详细地向他讲述一个四十年前已经去世的、与她共同生活了五年的男人的经历。但她做不到，他甚至不知道她是否曾深爱过那个男人。但无论怎样，他不能问太多，在她面前，他也以自己的方式沉默着。在内心深处，他甚至不想知道他们两人之间发生了什么，所以他不得不放弃从她那里了解任何情况。甚至那个细节，那个在他小时候时给他留下了深刻的印象，在他一生中经常出现在梦中的细节，即他父亲夜里三点钟起床去看一个犯人被砍头这件事，他也是听外婆说的。皮雷特是萨赫勒地区一个农场的农业工人，离阿尔及尔很近，他曾用一把锤子杀死了他的雇主和屋里的三个孩子。"要抢劫他们？"雅克从小就问。"是的。"艾蒂安叔叔说。"不。"外婆说，但她没有进一步解释。他们发现了那些被毁坏的尸体，血溅到了天花板上，在其中一张床下，最小的孩子还在呼吸，最后他也死了，但他用尽最后的力气，用沾满鲜血的手指在粉刷过的墙上写道："是皮雷特。"人们追捕凶手，在野外找到吓傻了的皮雷特。惊恐的人们要求判他死刑，死刑很快就被批准了。在巴贝鲁斯监狱前，很多人赶来看这场死刑。雅克的父亲也是半夜起身，赶到那里去看对犯罪者最严厉的惩罚。外婆说，这起犯罪事件使他感到愤怒，但他们从不知道发生了什么。很显然，行刑不会遇到什么麻烦，但雅克的父亲回到家后脸色铁青，躺到床上，几次爬起来出去呕吐，然后他再也没有提起此事。在雅克听到这个故事的那天晚上，为了避免碰到在同一个床上的哥哥，他蜷缩成团，回想着人们讲给他听的以及他所想象的细节，并使劲吞咽着恐惧带来的恶心。这些情景一直追随着他，甚至进入他的梦，时不时的，但有规律的，一个反复出现的噩梦困扰着他。这个梦有多种形式，但总是有一个主题：他们要来抓他，雅克，要被处决。在很长一段时间里，当他醒来时，他会摆脱恐惧和痛苦，回到那个舒缓的现实中，在那里他绝对没有可能被处决。直到他长大以后，这个萦绕着他的梦才有了变化，执行死刑已成为被漠视的事件之一，现实不再能释去噩梦之苦，相反，多年来，他被父亲当年同样的恐惧所滋养，他把这种恐惧留给了他的儿子，作为他唯一明确的遗产。但这是一种神秘的纽带，将他与圣布里厄死去的陌生人联系在一起，这种联系是他的母亲所不能及的。他的母亲知道这件事，看到过他的呕吐，并忘记了那个早晨。就像她后来没有意识到时代已经改变一样。对她来说，时代总是一样的：灾难随时都可能出现，而不会有任何变化。

外婆

外婆则不同，她对事情的看法总有自己的主见。

"你迟早会被送上断头台的。"她经常对雅克这样说。为什么不呢？这已经不是什么稀奇事了。她不知道最终的结局是什么，但依她的性格，没有什么能让她感到吃惊。她腰板笔直，穿着长长的预言家似的黑色长裙，不明就里，固执己见。更过分的是，她比任何人都更能主宰雅克的童年。

她在萨赫勒的一个小农场里长大，父母是马翁人，很年轻的时候她就嫁给了另一个敏感而脆弱的马翁男人。在 1848 年祖父悲惨去世后，他的兄弟们已经在阿尔及利亚定居了。他们的祖父是那个时代的诗人，常常骑着母驴在菜园边的石墙之间构思作诗。就在其中一次外出中，一个受到侮辱的丈夫看见他戴着宽边帽子的身影，误将他认作情夫，为了报复，从背后开枪射杀了他，从而杀死了一个家庭美德的典范，然而他没有给孩子们留下什么。诗人被误杀的悲剧影响深远，没受到过教育的孩子们移居到了阿尔及利亚的沿海地带，在那里繁衍生息，远离学校和城市，在烈日下的田间辛苦劳作。

但从雅克外婆的照片上来看，她的丈夫遗传其诗人祖父的某些风采，瘦削的脸庞，高耸的眉毛，精致的五官以及他那梦想家的表情。但这并不表明他能与他年轻、美丽、充满活力的妻子抗衡。她为他生了九个孩子，其中有两个很小就死了，有一个女孩救活后成了残疾，最小的一个生下来就又聋又哑。她在那个闭塞的小农场里，辛勤劳作，养育着她的孩子们。她坐在桌子的最里面，手里总是拿着一根长棍子，使她免去了不起作用的责骂，无论谁犯了错，头上都会挨一棒子。她统治着这个家，要求孩子们尊重她和她的丈夫，必须按照西班牙人的习惯，以礼貌的方式称呼他们。可惜她的丈夫享受这种尊重的时间并不长，过早地死了，也是被太阳和劳动折磨得筋疲力尽，也许还因为他的婚姻。雅克从不知道他死于什么病。外婆卖掉了那个令她伤心的小农场，带着年幼的孩子们去了阿尔及尔，孩子们一到可以当学徒的年龄就被送出去工作了。

当雅克学会了观察后，他发现无论是贫穷还是厄运都无法使她动摇。她只剩下三个孩子。卡特琳·科尔梅利在外面帮佣，身有残疾的小儿子成了一个精力充沛的箍桶匠，老大约瑟芬还没有结婚，他在铁路上工作。这三个人都挣着微薄的工资，加起来也只能够五口人生活。

开始雅克的母亲被命名为露茜。从这里开始，她被称为卡特琳。

外婆掌管着家中的财权，这就是为什么雅克对她的第一印象是她的精打细算，但这并不是说她是一个吝啬鬼。她并不吝啬，或至少她的吝啬是为了生存，就好像人们吝啬能给人以生命的空气。

孩子们的衣服全都由她来买。雅克的母亲很晚才回家，她只是看看、听听家里人都说些什么，她没有外婆的精力好，便把一切都交给外婆打理。于是，在雅克的童年生活中，一直都得穿着又大又长的外套，因为外婆买衣服时总想让他能多穿几年，并认为按自然生长规律，孩子的个头总会赶上衣服的尺寸。但雅克长得慢，因此衣服还未合身就穿破了。按照同样的节俭原则，又买了一件。同学们嘲笑他的衣服，他没有办法，只好想法让外套在腰带处蓬松起来，以使可笑的东西看起来很有创意。其实，这些学校里的耻辱事件很快就被人们遗忘了，因为在班里，雅克不仅学习成绩名列前茅，而且在操场上，足球场就是他的王国，他很快成了人人仰慕的王子。不过，这个王国大多时候是禁止他入内的。因为操场是用水泥做的，鞋底很快就会被磨破，外婆因此禁止雅克课间踢足球。她亲自为外孙们买那种结实、厚底的高鞒皮鞋，希望能永远穿不坏。为了增加鞋子的寿命，她还会在鞋底钉上巨大的锥形钉子，这有双重作用：你必须在鞋底磨损之前把钉子磨掉，另外还可以查验他是否不听话去踢球了。事实上，在水泥院子里跑步很快就会磨损鞋钉，并使鞋钉变得光亮，出卖了犯错的人。

每天晚上回到家，雅克都得去厨房向正在黑色灶台上做饭的卡桑德尔（外婆）展示他的鞋底，他弯曲膝盖，鞋底朝上，姿势就像钉铁掌的马蹄一样。当然，他无法抗拒朋友们的呼唤和他最喜欢的运动的诱惑，因此他不是努力修炼诚实的品德，而是想尽各种办法去掩盖过错。于是，无论是在小学还是在中学时，出了校门后，他都要花大量的时间在潮湿的土地上摩擦他的鞋底。有时，这种诡计是成功的，但是当鞋钉的磨损非常明显的时候，或者有时鞋底本身会被损坏，或者最糟糕的情况是，鞋底会被踢到地面或保护树木的栅栏上，从而使鞋底与鞋面分了家，雅克回家时，只能用一根绳子固定着要分成两半的皮鞋。在这些大难临头的夜晚，雅克就得挨鞭子。他的母亲给哭泣的雅克的唯一安慰是："你知道它们很贵，为什么不能更小心一点？"但她从不打孩子。第二天，她们给雅克穿上了草底布鞋，皮鞋被送到鞋匠那儿去修补。两三天后，取回来的鞋又布满了新铁钉，他不得不再次学习如何保持平衡，因为鞋底很滑，很容易滑倒。

外婆还能做得更过分，即使过了这么多年，雅克回忆起这个故事时，也不禁感到羞愧和厌恶。他和哥哥从未有过任何零花钱，除了他们有时去看望一个做买卖的舅舅或嫁得不错的姨妈时。去舅舅家会很愉快，因为他们爱他。但他的姨妈却很爱炫耀她的相对富有，他和哥哥宁愿不要她的钱，不要这种钱带来的快乐，也不愿去承受心灵上的屈辱。尽管大海、阳光和玩耍的游戏不要钱，但炸薯片、焦糖、阿拉伯糕点，以及雅克喜欢看的某些足球比赛，都需要一点钱，至少几个苏。一天晚上，雅克买东西回来，臂上挎着从街区面包房取回的烤苹果甜点（当时家里既没有煤气，也没有炉灶，他们在酒精炉上做饭。所以没有烤箱，当他们有东西要烤的时候，他们会把准备好的东西拿给面包师，只要花几个苏，面包师就会把菜放进烤箱并帮忙照看），甜点透过蒙布冒着热气，蒙布既遮灰，还可以当作手握盘边的垫布，以免烫到手。他右臂肘弯的网兜里装着那点儿买来的食品（半斤糖、四分之一块黄油、五个苏的奶酪丝等）并不重。雅克嗅着土豆和奶酪的香味，灵活地躲避着人行道上往来的人群。就在这时，一个两法郎的硬币从他口袋里的一个洞里滑落，"当"的一声掉在人行道上。雅克捡起它，数了数他的零钱，都在那里，然后把它放进另一个口袋里，"我差点儿把它丢了。"他突然意识到，他一直克制自己不去想的第二天的球赛又回到了他的脑海中。

实际上，从来没有人教导过孩子们什么是善，什么是恶，哪些行为应该被禁止，违规会受到什么严厉的惩罚。只有小学老师们在课下的时间里，有时会向他们讲起道德。不过，禁令也许比解释道德表达得更明确。雅克所能看到和体验到的关于道德的一切都是一个普通家庭的日常生活，除了辛苦劳作挣钱糊口外，没有人会想到其他方面的问题。但这是一个关于勇气的教育，而不是道德。尽管如此，雅克知道隐藏那两个法郎是不对的。他不想这么做，他也不会这么做。也许，他可以像以前那样，从练兵场改建的旧体育场的两块板条之间钻进去白看一场比赛。这就是为什么他自己也不明白为什么他没有立即把零钱还回去，为什么他从卫生间回来时撒谎说那两个法郎从他的裤袋掉入了厕所。即使是"厕所"，对于这个临时搭建的小空间来说，也是个文雅的词。这个地方没有空气，没有电灯，没有水龙头，只是在门与里墙间的半高台上挖了个蹲坑，每次使用后，他们不得不再将水罐倒入洞中冲洗。但根本没办法阻止臭味儿弥漫整个楼道。雅克的说法倒也合乎情理，这使他能免除到街上去寻找丢失的硬币的痛苦，还能切断事态的任何发展空间。只是，雅克在说出这个坏消息时，心里紧张得直打鼓。外婆正在厨房那块凹陷的旧菜板上切大蒜和芹菜。她立刻停下来，看着雅克，雅克正等着她爆发。但她却没说话，只有冰冷的目光审视着他。

"你确定吗？"她最后问道。

"是的，我感觉它掉下来了。"

她又看了看他。"好吧，"她说，"我们去看看。"

雅克惊恐地看到她卷起右胳膊的袖子，露出白净粗壮的手臂，走上了楼层平台。他反身冲进了饭厅，恶心得几乎要吐了。当她召唤他时，他发现她在盥洗池边。

她的手臂上沾满了灰色的肥皂，她正在用大量的水冲洗这些肥皂。

"那里什么都没有，"她说，"你是个骗子。"

　　他结结巴巴地说。"但它可能是被冲下去的。"

　　她犹豫了一下。"也许吧。但如果你在撒谎，那就是你的运气不好，可没有好下场。"的确，这不是什么好运气。因为在那一瞬间，他明白外婆并不是因为贪婪才去粪坑中翻找，而是那令人可怕的生活需求。对于这个大家庭而言，两个法郎是很重要的一笔钱。他深感羞愧和不安，因为他清楚地认识到，这两个法郎是他从亲人们的辛劳所得中偷走的。即使是今天，雅克看着窗前的母亲，依然无法解释他当时为什么没有归还那两个法郎，并且还在第二天高高兴兴地去看足球比赛。

　　对外婆的回忆中，还夹杂着许多其他不合情理的事情。她曾坚持让雅克的哥哥亨利学小提琴。雅克则拒绝，说这会增加学习负担，他将无法继续保持优秀的学习成绩。于是，亨利学会了让那把冰冷的小提琴发出一些刺耳的音符，勉强能拉一些流行歌曲。雅克的乐感很好，出于好奇，他也学唱了同样的歌曲，根本不知道这种无辜的消遣会带来什么灾难性的后果。果然，在星期天，当外婆已出嫁的女儿们回来——其中两个是战争中的寡妇，或者是她那仍然住在萨赫勒的一个农场里说法语的姐姐，抑或是她那仍然住在萨赫勒地区的一个农场里，宁可说马翁土语也不愿讲西班牙语的妹妹来拜访她时——外婆把大碗的黑咖啡端到铺着油布的桌子上之后，然后大声召唤他和哥哥来表演节目。沮丧的男孩们带来了金属音乐架和两页名曲的乐谱，他们必须要表演。雅克强忍着亨利那走调的小提琴声，唱着《拉莫娜》："我做了一个美梦，拉莫娜，我们一起去旅行"，或是"跳啊，噢，我的吉尔美，今晚我要爱的是你"，或是具东方情调的"中国之夜、温柔之夜、爱情之夜、醉人之夜……"还有几次，外婆要求唱流行歌曲。于是，雅克演唱着："是你吗，我的爱人，我曾深深地爱着你，你曾向我发誓，上帝保证，永不让我哭泣。"这是雅克唯一能唱出真正感情的歌曲，因为曲中女主人公在她情夫被执行死刑时，在围观的人群中又唱了一遍这个感人的唱段。但外婆更喜欢那首托赛利的《小夜曲》，这首曲子带有她的性格中所缺失的忧郁和温情。亨利和雅克以极大的热情演唱着，尽管他们的阿尔及利亚的口音并不适合这首曲子所描述的那个迷人时光。在一个阳光明媚的下午，四五位身着黑衣的妇女，除了外婆之外，她们都把西班牙妇女戴的黑色面纱放在一边。她们围着家具简陋、墙壁粗糙的房间坐成一排，轻轻地点头，不停地赞扬着音乐之美。直到从来分辨不清"do"和"si"，甚至不识音符的外婆用一句简短的"你那里错了"来打破这个魔咒。两个"音乐家"立刻停了下来。"从那里开始。"外婆指示道。当棘手的段落以她满意的方式完成后，女人们还摇着头陶醉其中，为两个"演奏家"鼓掌时，他俩却急忙撤除乐架，去街上跟伙伴们会合。只有卡特琳·科尔梅利坐在角落里沉默不语。雅克仍然记得那个星期天的下午，当他带着乐谱准备离开时，听到一个姨妈正在跟他的母亲夸奖他，母亲说："是的，他很好，也很聪明。"仿佛这两句话之间有什么联系。就在他转过身时，明白了其中的爱意。母亲的目光闪烁着，温柔而热烈地落在他身上。孩子后退着，犹豫不决，然后逃离。"她爱我，是的，她真的爱我。"他在楼梯上对自己说。同时他也知道，自己也深深地爱着她。他一直希望被她全身心地爱着，却也一直在怀疑她是否爱他，直到那一刻他才明白她的爱。

看电影也是孩子们喜欢的事……这样的快乐时光大多是在星期天下午，有时是星期四。社区影院离他们家不远，以一个浪漫派诗人的名字命名，街道也是这样命名的。进入电影院前，人们要经过阿拉伯商贩摆摊儿的通道才能进入电影院。那些摊位上摆放着花生、咸鸡豆干、羽扇豆，还有各种颜色的大麦糖和黏稠的酸奶球。还有美味的甜点，有覆着玫瑰糖的螺旋奶油金字塔，有滴着油和蜂蜜的阿拉伯炸糕。

摊位前挤满了成群的孩子，还有被糖果吸引而来的苍蝇，苍蝇嗡嗡地叫着，孩子们喊着叫着打闹着，商贩们咒骂着，不停地用手驱赶着苍蝇和孩子们，唯恐堆满食品的摊位被碰倒。还有一些商贩把摊位摆在了影院一侧的玻璃棚下，食品直接暴露在烈日及孩子们玩耍时扬起的灰尘下。

雅克跟在外婆身后，为了看这场电影，外婆把她的白发梳理得很整齐，并用一个银色胸针扣上了她一直穿在身上的黑色长裙。她严肃地推开堵在影院门口不断叫喊的孩子们，并在一个售票窗口前购买"保留"专座。事实上，她也只能在这些"专座"与长椅之间进行选择。"专座"就是那些木质折叠椅，并不舒服，坐上去椅背吱吱作响。长椅放在最后一排，当一扇侧门为他们打开时，孩子们便涌向长椅，为他们的位置争吵不休。长椅的两端各站着一个带着皮鞭的人，负责维持现场秩序，经常将惹是生非的孩子或大人驱赶出去。那时候，剧院放映的是无声电影，先是新闻片，然后是短篇喜剧，再是主旋律，最后是以每星期一集的速度播放的系列短片，每集都在悬念中结束。例如，高大威猛的英雄抱着受伤的金发姑娘跑上峡谷的藤桥，桥下激流湍急，每集的最后一个镜头都是：一只刺青的手，正在用一把粗糙的砍刀砍向藤桥。男主角不顾"长凳"上的观众对他发出的警告，继续优雅地前行。关键不在于这一对恋人是否能逃脱——这是毫无疑问的——而是想知道他们是怎么逃脱的。这就是为什么有那么多的观众，包括阿拉伯人和法国人，下个星期又来看这对必死的恋人落在了天意之树上，好让影片继续。

整个放映期间都有钢琴伴奏。弹琴的人是一个不再年轻的小姐，瘦弱的脊背像个水瓶，脑袋好像水瓶上盖着的带花边的瓶盖。平静的琴声与"长凳"上喧闹的人群形成鲜明的对比。当时，雅克认为这位令人印象深刻的女士在最严酷的热浪中戴着无指手套，是一种与众不同的标志。她的工作也不像人们想象得那么容易。为新闻提供音乐，需要她根据屏幕上显示的事件的性质改变旋律。她会在没有过渡的情况下，从为春季时装秀伴奏的活泼的四重奏到为中国的一场洪水或一个重要人物的葬礼演奏肖邦的《葬礼进行曲》。不管是什么作品，总是被不紧不慢地演奏着，就像十台小机械在发黄的老键盘上执行精确的操作，而这些操作是由法条规定的，一劳永逸。在那个墙壁光秃秃的大厅里，地板上堆满了花生壳，甲酚的气味与强烈的人类气味混杂在一起。正是因为她弹奏出了前奏曲，营造出日场影片的氛围，才将震耳欲聋的喧闹声压制下来。巨大的响声预示着电影开始了。这时，雅克的磨难也开始了。

　　因为是无声电影，所以电影中会有一定数量的文字，目的是说明情节。由于他的外婆不识字，雅克的工作就是给她读这些文字。尽管他的外婆年事已高，但她的听力一点也不差。但首先他必须让自己的声音在钢琴声和观众的声音中被听到。此外，尽管字幕简单，有些雅克也不认识，他希望不要打扰到邻座的人们，而且特别是不愿意让身边的人知道外婆不识字（她自己有时也为此感到难为情，在电影开始的时候，她会大声地说："你得读给我听，我忘了戴眼镜"），所以雅克不能大声音地读字幕，结果外婆只听懂了一半，又要他再大声重复一遍。雅克试图提高自己的声音，但周围的嘘声让他陷入羞愧之中，他开始结结巴巴，外婆便骂他，但很快又出现了新字幕，对于可怜的外婆来说，这段文字更加难懂，因为她还没弄明白前一段文字的意思。于是，情节越讲越乱，直到雅克突然灵光一闪，用几个词来总结其中的关键时刻。例如，由老道格拉斯·费尔班克斯主演的《佐罗的标志》。"恶棍想把女孩从他身边带走。"雅克利用钢琴或嘈杂声暂停的间隙坚定地说道。一切都变得清晰了，电影继续进行，而孩子也可以轻松地呼吸了，通常烦恼也就此结束。但有些影片，如《两个孤女》这样的电影实在是太复杂了，雅克左右为难，一边是外婆的责备，一边是邻座越来越强烈的指责，他只好默不作声。他记得有一次，外婆终于愤怒地起身离场，而他哭着跟在后面，想到自己破坏了可怜的外婆的雅兴，还有她为此花掉的冤枉钱，他就感到很不安。

至于他的母亲，她从不去电影院。她也不识字，而且是个半聋的人。因此，她知道的东西甚至比外婆还有限。即便是在今天，她的生活中也没有任何娱乐。四十年来，她看了两三次电影，什么都看不懂。为了不使邀请她的人不高兴，她才会说裙子很好看，或者说那个留着小胡子的人看起来像个坏人。她也无法听广播。有时她也翻翻画报，让她的儿子或孙女来给她讲画报上的图片。她认为英国女王很不幸，然后合上画报，目光再一次从那同一扇窗望向街上的街景，她已这样生活大半生了。

艾蒂安

从某种意义上来说，她对生活的参与远不及她的弟弟欧内斯特。他和他们住在一起，耳朵全聋，平日就靠口语、手势及他所掌握的一百多个词表达自己的想法。不过，因为全聋的欧内斯特不能干活，所以他小时候稀里糊涂地上了学，并学会了认字。他有时会去看电影，回家后对电影的描述会让那些已经看过电影的人感到震惊，因为丰富的想象力弥补了他知识上的不足。此外，他还很精明，很狡猾，这使他能在这个无声的世界中自如畅游。更令人称赞的是，他每天都会埋头看报，努力地辨认着报纸上的大标题，这让他了解了很多国际大事。比如，在雅克长大后，他对雅克说："希特勒，不好。嗯。""不，那不是好事。""德国佬，总是这样。"舅舅补充说。不，不都是这样。"是的，有一些是好的，"舅舅也同意，"但希特勒不好。"随后，他幽默地逗趣道："莱维（街对面的服饰店老板），他很害怕。"他放声大笑起来。雅克会试图解释，但舅舅又严肃起来："对。为什么要伤害犹太人？他们同其他人一样。"

他始终以自己的方式爱着雅克。他夸赞雅克学习好，经常用他那长了硬茧的手抚摸着雅克的脑门。"这小家伙儿头脑聪明。固执（他用大拳头敲着自己的头），但聪明。"有时他还会说："像他的父亲。"有一天，雅克借机问自己父亲是不是聪明。你父亲，很固执。喜欢做他自己想做的事，总是这样。你母亲总是对他说："是的，是的。"雅克无法从他那里得到更多的信息。欧内斯特常把孩子带在身边。他身强体壮，精力充沛，却不能用语言来抒发情感，也没办法从复杂的社会生活关系中找到出口，于是他就通过体能和感知来展现自己。当有人把他从聋人的封闭式睡眠中摇醒时，他也会睁大眼睛，吼叫着"哼哼哼！"就像一只史前的野兽，每天醒来面对着一个陌生而充满敌意的世界。然而一旦他醒了，浑身的部件开始运转，进入工作状态。尽管箍桶匠的工作很辛苦，但他还是喜欢游泳和打猎。当雅克还是个孩子的时候，舅舅经常会带他到细沙海滩，然后背起他就直奔大海。他不怎么会游泳，但游得很有力，嘴里含混不清地叫嚷着，开始是冷水对身体刺激的惊讶，然后是他在水中的快乐，或者是他对迎面而来的海浪的愤怒。"你别害怕。"他不时地安慰雅克。是的，雅克当然害怕，但他没有说出来。他被天空和大海之间的苍茫所吸引，当他回头看时，海滩就像一条看不见的线。他开始感到恐慌，想象着水下巨大的深渊，假如舅舅松开他，他将像石头一样沉下去。于是，他把舅舅的脖子抓得更紧一些。

他舅舅马上说："你害怕吗？"

他立刻辩解道："不，但是回去吧。"

舅舅转过身，喘了几口气后就开始往回游，像在陆地上那么轻松自如。回到海滩，他只是微微有点气喘，他大声笑着，用力揉搓着雅克，然后转过身去小便，溅起一大片水花。他用力拍着肚子，显示着自己身体的健壮，嘴里不断地发出"好，好"的声音，这声音伴随着他所有愉快的感觉，不管是排泄还是进食，他都以同样的执拗与天真享受着，而且他总是希望与他的家人共同分享自己的快乐。但在餐桌上，这样往往会遭到外婆的反对。她是能够接受人们谈论此类事情的，她自己也会经常这样，但正如她所说，"在我们吃饭的时候不能说"。不过，她倒还能容忍有关西瓜的玩笑。大家都知道西瓜利尿，欧内斯特也特别喜欢吃西瓜，他先是哈哈大笑，调皮地对着外婆眨眼睛，发出各种吸气、咀嚼、反胃的声响，咬几口西瓜后，他便开始了表演。用手反复演示着红白相间的西瓜从嘴中到尿道的全过程，做着鬼脸，翻着白眼，以说明他有多么享受，抑制不住地念叨着："好。洗干净了，好。"直到每个人都爆发出笑声。同样，这种亚当式的纯真，使他对一系列转瞬即逝的"小事"重视程度被夸大了。他眉头紧皱，目光转向内侧，仿佛他是在抱怨。他提到身上某个"点"疼，痛点变化不定，像是一个在他身上到处游荡的"肿块"。

　　当雅克读高中后，他认为有一门学科对每个人都同样适用。于是，当舅舅指着他的小腹问雅克："就是这里，它在动，这很糟糕吗？" "不，这没什么。"于是他松了一口气，迈着匆忙的小碎步到街区的咖啡馆里去找他的伙伴们了。那里有木质的家具和钢质的吧台，散发着茴香酒和锯末的气味。雅克有时不得不在晚餐时间去找他，此时，他看到这个聋哑人被他的同伴们包围着，在他们的笑声中滔滔不绝地讲述着什么，笑声中没有嘲弄，因为他的朋友们都很喜欢欧内斯特，他性情好，慷慨大方。当舅舅带着他同他的伙伴们一起打猎时，雅克会很清楚地体会到这种爱，这些人就是那些箍桶匠或港口及铁路上的工人。他们在黎明时分就起床了。雅克负责叫醒舅舅，因为闹钟根本无法将他从睡梦中唤醒。铃声叫醒了雅克，睡梦中的哥哥在床上翻了个身，另一张床上的母亲轻轻动了一下，并没有被吵醒。他摸索着起身，划着一根火柴，点亮了两张床中间床头柜上那盏小油灯。（啊！房间里的陈设：两张铁床，一张是母亲睡的，另一张是两个孩子睡的，两张床之间有一个床头柜，在床头柜的对面，有一个带镜子的衣柜。母亲的床脚方向，有一扇面向院子的窗户。窗户下边放着一个藤条大箱子，上面盖着一条钩织的毯子。雅克小时候不得不跪在箱子上关百叶窗。因为房间里没有椅子。）然后他就去饭厅，用力摇醒舅舅，他先是吼着，惊恐地望着眼前的油灯，最后终于清醒了过来。他们穿好衣服，雅克在小酒精炉上加热昨晚喝剩的咖啡；舅舅收拾背包，准备食物。吃的有奶酪、西班牙红肠、椒盐番茄，还有一个切成两半的面包，里面夹上外婆做好的大蛋卷。然后，最后一次检查了双管猎枪和子弹，虽然昨天晚上已进行过了隆重的验枪仪式。昨天晚饭后，他们清理了桌子，并仔细地擦洗了油布之后，在桌子的一侧坐了下来，在餐桌上方大油灯的照耀下，他取出那些被拆开的步枪零件，一个个地涂上了油。坐在另一边的雅克等着自己的活儿。小狗布里昂也一样，它是一只杂种长鬛毛猎犬，性格十分温顺，连一只苍蝇都不忍心伤害。雅克亲眼见到过：当它碰巧咬住一只苍蝇，会立刻将它吐出来，然后不停地伸着舌头，用尾巴拍打屁股，一脸厌恶。欧内斯特和他的狗形影不离，它们之间有一种完美的默契。他们成双入对（只有不了解也不爱狗的人才会认为这很荒谬）。狗会对人很温顺，人也愿意为它尽点责任。他们一起生活，不离不弃，睡在一起（男人睡在饭厅的沙发上，狗睡在床头简陋的地毯上，那地毯已经磨损了），一起去上班（狗会躺在店里的工作台下面专门为它做的木屑床上），一起去咖啡馆，狗会耐心地等在主人的两腿之间，直到他的表演结束。他们用拟声词说话，享受着对方的气味。千万不要跟欧内斯特说他那条很少洗澡的狗散发着强烈的气味，尤其是在下雨之后。他会说："根本没味儿。"然后充满爱意地嗅着狗的大耳朵里的气味。狩猎是他们两个的狂欢，比大公出行还要隆重。欧内斯特只要把背包拿出来，狗就会在小饭厅里疯狂地跑来跑去，用它的屁股撞击椅子，把它的尾巴甩到餐具柜上。欧内斯特会大笑。"它明白，它明白。"然后他安抚着它，狗便安静下来，把嘴巴放在桌子上，看着他们细微的准备工作，不时谨慎地打着哈欠，但在结束之前它从未离开过这个令人愉快的场地。

当猎枪再次组装好后，舅舅便把它递给雅克。雅克恭敬地接过来，用一块旧亚麻布擦了擦枪管。与此同时，舅舅正在准备他的子弹。他摆弄着装在背包里的色彩鲜艳的铜底硬纸管，在袋子里取出了装着火药的葫芦形金属瓶以及棕色的毛毡絮。他小心翼翼地在管子里装上火药和填充物，然后又拿出一个小机器，把纸管嵌在里面，一个小手柄将管子的顶部压扁，使其与填充物平齐。当子弹准备好后，欧内斯特把它们一个一个地递给雅克，后者虔诚地把它们放在他面前的子弹袋里。早上，当欧内斯特把沉重的子弹带围在他的腰间时，人们就知道他们要离开了，而他的肚子已经被两层毛衣撑大了。雅克把皮带扣在他的背后。小狗布里昂一早醒来便静静地绕来绕去，极力控制自己的喜悦，以免惊醒任何人，并开心地与主人分享着快乐。现在它靠在主人身上，爪子放在他的胸前，并试图通过伸展他的背部和脖子，去舔深爱着的主人的面庞。

天空已经渐渐亮了起来，空气中飘浮着榕树的清新气味。他们急匆匆地向阿加车站走去。狗在他们前面以"之"字形路线奔跑着，有时它还会在被夜晚的湿气弄得湿漉漉的人行道上滑倒，然后又以同样的速度返回来，由于刚才离开了主人，神态略显慌乱。艾蒂安背着塞有猎枪的帆布箱，还有一个背包和一个猎物袋，雅克双手插在短裤的口袋里，肩上背着一个大背包。到车站时，他的伙伴和他们的狗都已经到了。这些狗除了在同类的尾巴处嗅一下外，并没有离开它们的主人。伙伴中有丹尼尔和皮埃尔两兄弟，他们是与欧内斯特一起工作的兄弟，丹尼尔总是笑嘻嘻的，非常乐观，皮埃尔则更有内涵，更有条理，对人和事有着自己独特的看法。还有乔治，他在煤气厂工作，他偶尔会通过参加拳击比赛挣取额外收入。此外还有两三个人，都是好伙伴，至少在这个场合，他们很高兴能从车间、从拥挤的小公寓，有时也从他们的妻子那里逃出来一天，不受拘束，处于一种有趣的放松情绪中，这是男人们为了某种短暂的暴力快感而聚在一起时所特有的。他们兴高采烈地爬上一节车厢，踩着门边的脚踏板，把背包一个个传到车上，让狗也上了车，然后他们并排坐下来，享受着彼此的热情。在这些外出打猎的日子里，雅克知道了男人们集体行动有很多好处，既快乐又能滋养灵魂。火车启动了，机车在短促的喘息声中加快了速度，时而发出一声困倦的汽笛声。火车穿过了萨赫勒，当看到第一片田野时，刚才还在大声吵嚷的男人们都沉默了下来，看着精心耕种的田地上的黎明到来，那里的晨雾像薄纱一样笼罩在干枯的大芦苇篱笆上。时不时的，一丛丛的树木会从窗前滑过，还有隐隐约约显现出粉刷过的农舍，那里的人都还在睡梦中。突然，一只受惊的鸟儿从围堤的壕沟中突然飞起，在车窗前与火车同向而飞，直到它突然与火车的路线成一个直角，犹如被从车窗上抛到了飞驰的车后。远处的地平线上霞光初现，随后一下子染红了大地，太阳在天空中冉冉升起。它吸走了田野上的薄雾，不断上升，车厢里突然热了起来；男人们脱下一件又一件毛衣，让烦躁的狗躺下，开起了玩笑，欧内斯特已经在用他的方式讲述关于食物、疾病的故事，还有关于他总是占上风的战斗。偶尔有伙伴会问雅克关于他学校的情况，然后他们继续谈起其他事情，或者叫他来见证一下欧内斯特的猜谜游戏。"他是最棒的，你舅舅！"

窗外的乡村景色渐渐地变了，岩石更多了，橘子树让位给了橡树，而小火车费力地喘息着，不断喷出大团大团的蒸汽。突然间，山已经挡住了太阳，车内冷了起来，然后他们意识到现在才早上七点。终于，火车发出了最后一声汽笛，降低了速度，慢慢地绕过了一个狭长的弯道，到达了一个小站。小站通向一些偏远的矿区，站内生长着高大的桉树，镰刀状的叶子在山谷的晨风中沙沙作响。他们像往常一样喧闹着离开了火车，狗从车厢里越台阶而下，伙伴们又排着队互相传递着麻袋和枪支。在车站的出口处便是层层山峦，空旷的原野淹没了人的赞叹声和狗的叫声。他们静静地爬上山坡，狗则以无尽的八字形奔跑着。雅克不想被那些强壮的男人甩在后面。他最喜欢的丹尼尔不顾他的反对，拿走了他的背包，但他仍然不得不加快脚步才能赶上其他人，而早晨稀薄的空气，让他觉得胸口有一团火在燃烧。一个小时后，他们终于来到了一个广阔而平缓的高原边缘，那里生长着矮小的橡树和刺柏，一片郁郁葱葱，这就是他们的狩猎地。猎狗们回来了，仿佛它们已经知道，并聚集在男人周围。男人们商定下午两点在一片松树丛中见面吃午饭，那里有一个水泉，位于高原的边缘，很方便，而且他们可以看到山谷和远处的景色。他们调准了表，两两结伴而行，并对着他们的狗吹口哨，然后向不同的方向出发。欧内斯特和丹尼尔一组。雅克将猎物袋小心翼翼地斜挎在肩上。欧内斯特远远地向其他人喊着，他将比其他人带回来更多的兔子和鹧鸪，比其他任何人都多。他们大声笑着，挥手告别，然后消失在丛林中。

　　然后，激动人心的时刻来了，雅克至今仍难以忘怀。两个男人相距两米，但并肩而行，狗在前面，他自己则一直在后面，舅舅不时用狂野而狡猾的眼神瞟向他，以确保他在近旁。他们在寂静中前行，经过灌木丛时，不时会有鸟儿尖叫着飞出。他们走下花草飘香的谷底，沿谷底前行，再攀向高处。此时阳光四射，天气越来越热，很快蒸干了早上出发时还潮湿的大地。峡谷对面传来了清脆的枪声，一群小鹧鸪被狗追赶着，扑棱一声飞入了草丛。紧接着又传来两声枪响，狗冲向前方，叼着一团带羽毛的东西跑了回来，嘴上沾满了血。欧内斯特和丹尼尔从狗嘴里拿下猎物，雅克接过猎物，既兴奋又略感恐惧，然后他们又去寻找是否还有其他的猎物。当他们看到更多的猎物时，欧内斯特兴奋的吼叫与小狗布里昂的吠声混为一片，很难区分。然后他们继续向前推进，雅克在太阳下垂头丧气，尽管他戴着小草帽，周围的高原开始像太阳锤下的铁砧一样剧烈地震动起来，偶尔有一两声枪响，但绝不会更多，因为只有一个猎人看到野兔，它跑掉了。如果野兔在欧内斯特瞄准的范围内奔出，它肯定是逃不掉的。此时的欧内斯特像猴子一样灵活，现在他几乎和他的狗跑得一样快，像它那样叫着，直到倒提起兔子的后腿，远远地展示给丹尼尔和雅克看。丹尼尔和雅克兴高采烈、气喘吁吁地赶来，雅克把猎物袋张得大大的，把战利品装进去。然后他们又出发了，在太阳下蹒跚而行，就这样，他们在一片没有边界的土地上无休止地走了几个小时，在广阔的天空和灿烂的阳光下，雅克觉得自己是世界上最富有的孩子。

当猎人要返回他们约定吃午饭的地方时，一路上他们还注意着机会，但他们的心已经不在这里了。他们拖着疲惫不堪的脚步，擦着额头上的汗水，饥肠辘辘，他们两个两个地来到这里，从远处向对方展示他们的战利品，嘲笑着空着猎物袋的人。大家纷纷讲述着自己的狩猎经过，每个人都有一些特别的细节要补充。但最骄傲的叙述者是欧内斯特，他终于得到了发言权，并以雅克和丹尼尔所能判断的准确性，模拟了鹧鸪起飞的方式，而那只乱窜的兔子则跑了两步，然后像橄榄球运动员在对方球门线内带球达阵时的样子。此时，做事有条不紊的皮埃尔将茴香酒倒入他从每个人那里收集来的金属高脚杯中，然后去松树边上涓涓流淌的泉水处将它们装满清水。他们用抹布拼出一块用餐的地方，每个人都拿出了自己的食物。但是欧内斯特，作为一个有天赋的厨师（夏季钓鱼时，他总是当场做一锅海鲜鱼汤，调料丰富，味道鲜美），他把一些细棒削尖，插入带来的那些西班牙红肠中，然后放在柴火上微烤，直到它们爆裂开来，浸出来的红油滴在炭火上噝噝燃烧着。他把炙热而芬芳的香肠放在两片面包之间，递给其他人，大家一阵欢呼，大口吃着面包，喝着泉水中冰镇过的玫瑰酒。随后便是一阵阵笑声，还有关于他们工作的故事和笑话。此刻，雅克感觉自己又脏又累，他的嘴和手都黏糊糊的，几乎听不进去他们的谈话，因为他已经昏昏欲睡了。事实上，所有的人都累了、困了，他们或是眼神空洞地注视着远处热气笼罩下的平原，或是像欧内斯特一样，用手帕遮住脸，酣然入睡。然而，在四点钟的时候，他们必须下山去赶火车，火车将在五点半到达。现在他们坐到车厢里，疲惫地挤在一起，狗睡在座位下或男人的大腿间，男人们在沉睡中做着血淋淋的梦。日光在平原的边缘开始褪色，令人不安的黑夜将不经意间降临。抵达车站后，男人们都急着回家吃饭睡觉，以不影响第二天上班。他们在黑暗中很快就分开了，几乎没有任何言语，只是友好地互拍一下。雅克听着他们远去的脚步声，听着那些温暖低沉的嗓音，他爱他们。然后，他拖着双腿，紧跟着毫无倦意的欧内斯特走回家。

在家附近，欧内斯特在黑暗的街道上转向他："你高兴吗？"雅克没有回答。欧内斯特笑了笑，对着他的狗吹了声口哨。又往前走了几步，孩子把他的小手伸进了舅舅那长满硬茧的手里，舅舅用力地捏着他的手。就这样，他们默默地回家了。

然而，欧内斯特的愤怒也像他的快乐那样来得直接而猛烈，你根本不可能与他讲道理，甚至不可能与他交谈，他的愤怒看起来像是一种自然现象，是一场暴风雨，你只能等待它的爆发，没有其他解决的办法。如同许多聋人一样，欧内斯特有着非常灵敏的嗅觉（除了与他的狗有关的时候），这种得天独厚的条件给他带来了极大的乐趣，比如当他吸入豌豆汤或那些他最喜欢的菜肴的气味时，或者他最爱吃的炖墨鱼，香肠煎蛋，牛心和牛肺炖的杂碎汤（穷人的红酒洋葱烧牛肉，外婆的拿手菜）时，或当他星期天洒上廉价的古隆水或蓬珀罗花露水（雅克的妈妈也使用这种乳液）时，洒在自己身上时，其温和的、以柠檬为基础的佛手柑香味总是萦绕在饭厅和欧内斯特的头发上，他带着狂喜的心情深深嗅着瓶子……不过，灵敏的嗅觉也会给他带来巨大的麻烦。他无法容忍某些平常人闻不到的味道，比如他养成了在开始用餐前闻盘子的习惯。当他嗅出他所声称的生鸡蛋味儿时，就会气得脸色发红。接着，外婆会拿起可疑的盘子闻一闻，宣布她没有闻到任何东西，然后把它递给她的女儿，让她做证。卡特琳·科尔梅利将小巧的鼻子凑近盘子，甚至都不用闻就轻声说："对，它没有味道。"接着他们又闻了闻别人的盘子来判断，除了孩子们的铁盘子（这样做的原因成谜，也许是瓷盘少，或者像外婆曾经说过的那样，为了避免破损，尽管他和他的哥哥都不笨手笨脚。但家庭习惯往往没有更多合理的依据，当民族学家为这些神秘的规矩寻找依据时，肯定会让我发笑。在许多情况下，真正的奥秘在于根本就没有理由）。然后外婆宣布：它没有味道。事实上，她绝不会做出其他决定，特别是如果是她在前一天晚上洗碗的话。这事关她的荣誉，她决不会让步。而此时，欧内斯特的愤怒才真正爆发出来，特别是他找不到合适的词来证实他的判断。人们不得不让暴风雨顺其自然，无论他是不吃饭而生闷气，还是带着厌恶的神情挑剔他的盘子，尽管外婆已经换了盘子，甚至离开餐桌，暴跳如雷，叫嚷着他要去餐馆；事实上，他从来没有去过那种地方，他们家也没有任何人，尽管当人们在餐桌上表示任何不满时，外婆总是会说喊出那句话："去餐馆吧。"从那时起，餐馆在所有人看来都是那种罪恶的、虚假的、诱人的地方，只要你付得起钱，一切似乎都很容易，但它所提供的有罪的美味，总有一天会让你的胃付出沉重的代价。无论如何，外婆从未对她最小的儿子的愤怒作出回应。一方面是因为她知道那是没有用的，另一方面她对他总是很偏袒，雅克在读过一些书后，将其归结为欧内斯特是个残疾人（尽管我们有许多例子表明，她对欧内斯特的态度是："他是个残疾人"，但有些做父母的却抛弃了有残疾的孩子），过了一段时间，他对此有了更深的理解。后来有一天，他理解了这一点，因为他从外婆坚毅的眼神中捕捉到了一种从未见过的温柔，他转过身看到舅舅正在打扮自己。深色的西装显得他身材更加修长，五官清秀而年轻，他刚刮过胡子，头发被仔细梳理过。这一次，他穿上了新的衣领和领带，他看起来就像一个穿着节日服装的希腊牧羊人。雅克看到了舅舅的风采，那就是非常英俊。于是，他明白了外婆爱她的儿子，像所有的母亲一样，欣赏着他的优雅和力量。不管怎么说，她对他表现出的那种特别的偏爱是很普遍的，是人类所共有的，这种爱或多或少地使我们的内心变得更加温柔，而且令人愉快，并有助于使世界变得可承受——这就是我们对美的弱点。

雅克还记得欧内斯特的另一次暴怒，这次更严重，因为它几乎以与约瑟芬舅舅的拳脚相向而告终，约瑟芬是在铁路上工作的人。他不住在他母亲家里（事实上，家里太小，他也没有住的地方）。他在附近的社区里有个住处（他从未邀请过任何家人，雅克从未去过他的住处），但他在母亲这里吃饭，会交些饭钱。约瑟芬与他的弟弟有很大的不同。他比欧内斯特大十岁，留着短小的胡子，剪着平头，性格内向，善于算计。欧内斯特常常指责他吝啬。他表达得很直接："他是姆扎布人。"对于他来说，姆扎布人是这个地方的杂货商，他们来自姆扎布。在人生的前几十年中，他们几乎一无所有，没有家，也没有妻子，住在弥漫着油味儿和桂皮味儿的商店后面的房间，把赚来的钱都用于养活他们在姆扎布五个城镇中的家人。姆扎布处于荒漠的中心地带，几个世纪前，一个被正统教派迫害的伊斯兰清教徒部落来到那里，他们选择这个地方是因为他们确信没有人会为此与他们争斗，那里除了石头什么都没有，远离海岸的半文明世界，像一个无生命的火山口，一个最不适合人类生存的地方。他们确实在那里定居，并在贫瘠的水源周围建立了五个城镇，并设想了这种奇怪的禁欲主义生活，将他们的健壮男子送到海岸线上从事商业活动，以保持这种精神的创造，直到被其他年轻人替换，他们再回到信仰的王国中，回到他们用泥土筑成的城镇，享受他们为自己的信仰赢得的生活。因此，这些姆扎布人的节俭与贪婪与他们深层的思想紧密相连。不过，社区里的人们看到的只是表面现象，他们并不了解伊斯兰教及清教徒。对于欧内斯特还有其他人来说，将他哥哥比作姆扎布人就如将他和阿巴贡相提并论。约瑟芬很爱钱，欧内斯特与其相反，外婆称赞欧内斯特花钱大手大脚（但当外婆生气时，又会说他"散财"）。不过，除了他们本性不同之外，约瑟芬的收入比欧内斯特多一点，人们大多是越穷越慷慨。而那些有了大量资产的人，继续挥霍钱财的人却是少之又少，因为他们觉得金钱是生活的主宰，应对它们表示敬意。约瑟芬并没有多少钱，除了精心计划工资支出外（他采用所谓的"信封"管理的办法，但他并不会真的买信封，而是用报纸或其他用过的纸自己做信封），他还通过一些精心计算的小生意赚取额外的钱。他在铁路公司工作，有权每两个星期免费乘车一次。因此，每隔一个星期天他就会乘火车到所谓的"内地"——也就是偏僻的乡村——阿拉伯农场转转。他在阿拉伯农场周围以低价购买鸡蛋、瘦小的鸡或兔子，然后将这些带回来的商品加价后卖给邻居。他将生活打理得井井有条。众所周知，他没有女人，他每天都要上班，周日又要做点儿生意，没有时间去追求情感上的快乐。不过，他一直宣称在四十岁时要娶一个有地位的女人。在那之前，他将待在自己的小房子里，不断积累金钱，并继续在他母亲那里交伙食费。虽然他缺乏魄力，但奇怪的是，他竟然实现了梦想，四十岁时娶了一位钢琴教师，而且那个钢琴教师并不难看，还给他带来了家具，使他享受了几年资产阶级的幸福生活。但最终约瑟芬只守住了家具，却没能留住妻子。但这是另一个故事，让约瑟芬没有预料到的是，在他与欧内斯特争吵之后，他不能继续在母亲家吃饭了，不得不去饭馆吃昂贵的食物。雅克已经记不起吵架的原因了，无谓的争吵有时会使一个家庭分裂，事实上，也没有人能够厘清其原因，因为大家都缺乏记忆，以至于没有人能够回忆起争吵的原因，只是被动地接受后果。关于那一天的事情，雅克只记得欧内斯特在吃饭时站在餐桌前大声辱骂，除了"姆扎布人"这个词，其他的都听不懂。而他的哥哥就自然坐在桌前吃饭，对此不理不睬。而后欧内斯特打了他哥哥一记耳光，哥哥起身朝他扑来。不过，外婆已经紧紧抓住欧内斯特，而雅克的母亲则脸色惨白地往后拉着约瑟芬。"别理他，别理他。"她说道。两个孩子脸色苍白，张着嘴，一动不动地看着，听着潮水般涌出的愤怒的咒骂声，直到约瑟芬脸色阴沉地说道："他是个愚蠢的动物，跟他没有道理可讲。"并转身离去。外婆紧紧拽住想追出去的欧内斯特，门砰的一声关上了，欧内斯特还是不肯罢休，躁动不安。"放开我，我会把你弄疼的。"他对母亲叫嚷着。但她抓住他的头发，用力摇晃他的头："你会打你的母亲吗？"于是，欧内斯特跌坐在椅子上啜泣着说："不，不能。你是我的上帝！"雅克的妈妈没有吃完饭就去卧室了，第二天她的头一直疼。从那天起，约瑟芬再也没有回家，除了一次当他确信欧内斯特不在的时候，他才回家看望他的母亲。

还有一次欧内斯特舅舅的发怒是雅克不愿回忆的，因为他自己也不想知道其中的原因。在相当长的一段时间里，一个与欧内斯特相熟的安托尼先生经常到家里来。他是市场上的鱼贩子，马耳他人，长相相当英俊，身材修长高大，总是穿着一件奇怪的深色德比鞋，戴着一顶奇怪的深色圆礼帽，脖子上围着一条方格围巾。后来，雅克发现了自己在开始未曾留意的变化，那就是他母亲比以前穿得更漂亮了，她穿着鲜艳的罩衫，你甚至可以看到她脸颊上泛有一丝红晕。那时是妇女开始剪头发的时代，在此之前她们一直留着长发。雅克喜欢看他母亲或外婆梳理长发的情形：肩上披条毛巾，嘴里衔着发卡，将长及腰部的头发梳理了很久，然后向上拉紧长发，将头发盘成发髻，然后从她们双唇间取下发卡，一个一个插在浓密的发髻上。在外婆看来，这种剪掉长发的新时尚既可笑又可耻，她固执地认为，只有那些放荡的女人才会把自己弄得如此不堪。雅克的母亲也是这么认为的。但她们都低估了时尚的力量，大概一年后，也就是安托尼频繁来家里拜访的那段时间，有一天晚上，雅克的母亲回家时，她剪掉了长发，容光焕发，看起来更显年轻。她表面上很高兴，但隐约可以感觉到她的焦虑，她说想给他们一个惊喜。

这对外婆来说确实是个惊喜，她从头到脚打量着她，意识到这是一个不可挽回的灾难，就在她儿子面前对她说，她现在看起来像个妓女，然后就回到了她的厨房。卡特琳·科尔梅利脸上的笑容消失了，只剩下极度的悲伤与失望。忽然她看到了儿子凝视她的目光，本想再次微笑，但她的嘴唇在颤抖，她哭着冲向卧室，倒在了床上，那张床是她休息、孤独和释放悲伤的避难所。雅克茫然地走到她身边。她的脸埋在枕头里，脖颈露在短发外，瘦弱的背因啜泣而颤抖。"妈妈，妈妈，"雅克怯生生地用手摸着她，"你这样非常漂亮。"但她没有听到他的话，只是用手势告诉他，她想一个人安静一会儿。他退到门口，倚在门框上也开始哭泣，带着无助和爱。

在接下来的几天里，外婆没有和她的女儿说一句话。同时，安托尼也受到了冷遇，尤其是欧内斯特对他的态度更加冷淡，圆滑的安托尼肯定能感觉到什么。有几次，雅克发现母亲漂亮的眼中有泪痕。欧内斯特常常沉默不语，甚至烦躁地推搡小狗布里昂。一个夏日的夜晚，雅克注意到欧内斯特好像在阳台上守候着什么。"是丹尼尔要来吗？"孩子问道。他哼了一声。忽然间，雅克看到好几天没来家里的安托尼远远地走了过来，欧内斯特冲了出去，几秒钟后，沉闷的声响从楼梯上传来。雅克冲了出去，看到两个人在黑暗中打架。欧内斯特不顾自己受伤的拳头，用坚硬如铁的拳头不停地击打对方，过了一会儿，安托尼滚下了楼梯，爬起来的时候，嘴里流着血，他拿出一块手帕擦去血迹，眼睛一直盯着疯子一样离去的欧内斯特。雅克回来后，发现他母亲坐在饭厅里一动不动，面无表情。他也一声不响地坐了下来。随后，欧内斯特也回来了，嘴里不停地骂着人，并向他的姐姐投去了愤怒的目光。晚饭时，雅克的母亲没吃东西。当外婆坚持要她吃饭时，她只是说"我不饿"。饭后，她回到了她的房间。夜里，雅克醒了，听到她在床上翻来覆去。从第二天起，她又穿上了黑灰色的长裙。雅克发现她还是那么美，而且，素雅的衣裙外带几分疏离的神情显得她更加好看。此后，这种状态一直伴随着她，同时还有贫困、孤独和即将到来的老年生活。

　　此后很长一段时间，雅克一直对舅舅怀恨在心，却不知道自己究竟在责备他什么。但与此同时，他也知道自己不能责怪他。如果他们的家人都生活在贫穷、虚弱和基本需求的环境中，那么在任何情况下，都要保护那些正在遭受伤害的人。

　　他们本不想伤害对方，只是因为这个家庭中每个人都承担着辛苦的劳动及残酷的生活现实。而且，无论如何，他不能怀疑舅舅那种发自内心的爱。首先他是爱外婆的，然后是对雅克的母亲和她的孩子们的爱。在制桶工场发生事故的那一天，他已经感受到了这种奉献精神。每个星期四，雅克都要去制桶工场，如果他有什么功课，他会迅速完成，然后飞快地跑向工场，就像他在街头和伙伴儿玩耍一样快活。制桶工场位于练兵场附近，那是一个杂乱无章的院子，到处都是垃圾、旧铁环、炉渣和熄灭的火。在院子的一侧，用砖建了一个棚顶，每隔一段距离用瓦砾做成的柱子支撑。五六个工匠在这个棚顶下工作。每个人都应该有自己的区域：一个靠墙的工作台，工作台前面有一块空地，可以在这里组装木桶和酒桶。两个工作台之间有一条长凳，上面开有一个相当大的槽，桶头被滑入其中，然后用一种类似于切菜刀的工具手工塑形，但其锋利的一面却朝向持工具的人。很显然，这种布局乍一看没有实际用途。当然，这是最初的布局，但长凳逐渐被挪动，工作台之间堆积着铁环，铆钉包装箱从一处搬到另一处，得经过长久的观察，才能看出每个工匠所做的一切都发生在他的独立区域。在雅克拿着舅舅的午餐到达工场之前，他就可以辨认出锤子敲打铁箍的声音，这是为了用铁环箍住刚刚拼装好的酒桶，工人们用锤子敲打着铁环的一端，让另一端灵巧地围着铁环移动。或者，雅克就会从更大的、不那么频繁的声音中猜出有人在铆接一个固定在车间老虎钳上的铁箍。当他在此起彼伏的锤声中到达工场时，工人们会愉快地同他打招呼，然后又重新舞起铁锤。欧内斯特身穿打着补丁的蓝色旧裤子，脚上的帆布鞋沾满了锯末，一件无袖灰色法兰绒圆衫，头上戴着一顶褪了色的旧圆帽，以防头发沾染木屑还有灰尘。舅舅拥抱他并建议他去帮忙，有时，雅克会把铁环固定在铁砧上，而他的舅舅则会把铆钉大力敲击进去。箍筋在雅克的手中振动，每一次锤子的敲击都会震得手心发麻；或是当欧内斯特坐在长凳的一端时，雅克以同样的方式坐在另一端，两手握住桶底，看着他舅舅磨削桶底。不过，他最喜欢做的事情是到院里去取木桶板，然后，欧内斯特用一个铁环将其拦腰固定，把桶粗略组装一下。用一个箍子把它们固定住。在这个两头开放的木桶里，欧内斯特会放上一堆刨花，由雅克负责点火。铁遇热比木头更容易膨胀，利用这个物理特性，欧内斯特用锤子和凿子用力敲击铁环，烟雾呛得他流泪直流。当铁环被嵌入合适的位置时，雅克用水桶到院子尽头的水井处提水过来，然后退到稍远处，欧内斯特用力将水泼向木桶，水使箍筋变冷，箍筋收缩，更深地咬在木头里，周围散发着大量的蒸汽。

休息时，人们放下手里的活儿，聚在一起吃午饭。冬天他们围坐在木头和刨花的火堆旁，夏天则在屋顶的阴凉处。有一个叫阿博岱尔的阿拉伯人，下身穿着一条阿拉伯式长裤，裤脚在小腿处收紧，还有一件旧夹克，外面套着一件破毛衣，头戴一顶小圆帽，用奇怪的口音称雅克为"我的同事"，因为他为欧内斯特舅舅帮忙时，做与这个阿拉伯人一样的工作。老板实际上是一个老木桶匠，他和他的助手们一起为一个更大的、无名的桶厂制造水桶。他是意大利人，总是一脸忧郁，身体也不好。特别是快乐的丹尼尔，总是把雅克带到一边，跟他开玩笑和玩耍。雅克在工场里四处游荡，黑色的罩衫沾满了锯末，如果天气炎热，他就光着脚穿上破旧的凉鞋，上面也沾满了泥土与刨花，他用力地闻着比刨花更清新的锯末味，然后回到火堆旁闻着烟味，或小心翼翼地在他夹在老虎钳里的一块木头上试着给桶底镶边，他为自己的技能而骄傲，而工人们也会为此称赞他。

就在一次休息中，站在凳子上，脚底湿漉漉的，突然他向前滑倒，而长椅向后倾斜，他整个人倒在长椅上，他的右手被压在长椅下面。他立即感到手部钝痛，但还是在奔过来的工人们面前笑着爬了起来。此时欧内斯特向他扑了过来，把他抱起来，冲出了工场，嘴里含混不清地叫嚷着："找医生，找医生。"这时，他的右手中指已经完全被压扁，变成了一个不成形的模糊肉块，还在流血。他一下子失去了勇气，昏了过去。五分钟后，他们到了家对面的阿拉伯医生那儿。

"医生，这没什么，没什么吧，嗯？"欧内斯特紧张地问医生，脸色煞白。"去隔壁等着，"医生说，"他会很勇敢的。"他必须勇敢，他那被打上奇怪补丁的手指即使在今天也能证明这一点。处理好伤口后，医生把他的手包扎起来，并给了他一些药。即便如此，欧内斯特还是想抱着他过马路，雅克拒绝了。在家里的楼梯上，欧内斯特抽泣着，紧紧地抱着他，紧紧地抱着他，直到他感到疼痛。

　　"妈妈，有人敲门。"雅克说。

　　"是欧内斯特舅舅，"母亲说，"去给他开门吧。我现在把门锁上了，因为有强盗。"

　　当欧内斯特发现站在门阶处的雅克时，发出了一声惊喜的欢呼，听起来像是英语中的"how"，并张开双臂拥抱了他。尽管他的头发已经全白了，但他的脸却出奇的年轻，五官仍然很端正、很和谐，但是他的腿弯得更厉害了，背也驼了，走路时一瘸一拐。

　　"你还好吗？"雅克问。

　　他不太好，身上缝过针，有风湿病，情况很糟糕。而雅克呢？是的，一切都好，他的状态很好。她（他指着卡特琳）很高兴见到他。外婆去世后，两个孩子也都长大离家了，只有兄妹俩一直生活在一起，彼此都离不开对方。他需要人照顾，从这一点上来说，她就相当于他的妻子，为他准备饭菜，为他洗衣服，必要时照顾他。她所需要的不是钱，因为儿子们给她生活费，但需要一个男人陪伴，在他们共同生活的这些年里，欧内斯特一直以他的方式照顾着她；是的，就像男人和妻子一样，不是在肉体上，而是出于更深的血缘的关系。他们进行着无声的对话，不时用零星的句子，但是他们之间的关系却要比许多正常的夫妇更密切，更了解对方。

　　"是的，雅克，她总是提起你。"欧内斯特说道。

　　"好吧，我回来了。"雅克说。

　　是的，他确实回来了，又和他们两个人在一起，就像他以前一样，他从来没能和他们交谈过，但他从未停止过对他们的爱。因为自己以前没有爱过那么多值得爱的人，所以他现在更加爱他所能爱的人了。

"丹尼尔呢？"

"他很好，也和我一样老了。他的弟弟皮埃尔在监狱里。"

"因为什么？"

"说是工会的事。我，我想他是和阿拉伯人在一起。"他突然担心起来，问道，"你说，强盗好吗？"

"不，"雅克说，"其他的阿拉伯人好，强盗不好。"

"嗯，我对你母亲说过，老板们太强硬了，很疯狂，不过说都是强盗也不太可能。"

"就是这样。"雅克说，"我得为皮埃尔做点什么。"

"好，我会告诉丹尼尔。"

"多纳（那个喜欢打拳击的煤气厂工人）呢？"

"他死了。癌症。我们都老了。"

是的，多纳死了。他的姨妈玛格丽特也死了。小时候，外婆会在每个星期日下午拉着他去姨妈家，他感到非常无聊。除非米歇尔姨父在家。姨父是一个车夫，不喜欢在昏暗的饭厅里围着漆布桌子喝黑咖啡闲聊，他觉得这种闲聊很没趣。他会带雅克躲到旁边的马厩里。午后的太阳炙烤着外面的街道，在马厩舒服的阴凉中，他闻到了马鬃、稻草和粪便的气味，听到马具链子在木槽上来回摩擦的声音。马儿转向他们，眼睛上长着长长的睫毛。米歇尔身材高大，留着长长的胡子，他自己身上也有一股稻草味。米歇尔姨父将雅克举起，让他骑到其中的一匹马背上，马平静地把嘴伸进马槽里，嚼着他的燕麦。姨父又给了孩子一些胡桃，他一边咀嚼一边吸吮，深深地爱着这个一直喜欢马的姨父。在复活节的星期一，姨父会陪他们全家去西迪菲鲁克森林野炊。米歇尔会租一辆阿尔及尔市中心的马车——这是一种背靠背安放着条凳的篷车——套上米歇尔从他的马厩中挑选出来的马。一大早，他们就把大洗衣篮装上马车，里面装满了环形大面包和猫耳甜点，这些糕点是家里所有的妇女在出游前两天在玛格丽特姨妈家做的——在沾有面粉的油布上把面团压平，直到它几乎覆盖了整块油布，然后用小黄杨木刀切成片，孩子们会把这些糕点放在盘子里，然后大人们将它放进滚烫的大油锅中炸，炸好后再小心翼翼地把它们摆在大竹篮里。此时，大竹篮里飘出一股甜甜的香草味儿，与从海里涌到岸边道路上的浪花气味混合在一起，伴随着他们一路来到西迪菲鲁克森林。一路上米歇尔扬鞭策马，不时地把鞭子递给身边的雅克。雅克对这四匹马很着迷，肥大的马臀在他面前晃动，伴随着清脆的铃铛声，或是当马尾巴翘起时，他便看到一团团新鲜的马粪掉在地上。马车快速前行，马蹄铁与地面不断擦出火花，铃铛的响声也随着马匹的摆动而加快。在森林里，其他人在树下放好竹篮，铺好垫布，雅克则帮着米歇尔擦拭马身，然后在马脖子上系上灰色布食槽，马的嘴在里面咀嚼着草料，一对温顺的大眼睛时睁时闭，或不耐烦地用蹄子赶走一只苍蝇。

森林里四处都是人，人们一边散步一边吃着东西，或是在手风琴或吉他的乐曲声中翩翩起舞，近处的大海翻滚着浪花，哗哗作响——天气还没有热到可以下海游泳，但足以让人能够赤脚在海边踏浪——而其他人在绿荫下午睡。广阔的天空，柔和的阳光，孩子们快乐地欢呼着，为这美好的生活而心生感激。

但玛格丽特姨妈已经死了，她曾是那么美丽，而且总是很时髦——人们说她太娇媚了——但她并没有错，至少她享受过生活。因为糖尿病很快就会把她钉在她的扶手椅上，在凌乱的房间里，她的身体不断浮肿，几乎无法呼吸，样子非常丑陋，让人害怕。她的女儿们和跛脚的鞋匠儿子都心急如焚地看护着她，不知她什么时候会停止呼吸。她越来越胖，注射了很多的胰岛素，最后，她还是死了。

珍妮姨婆也死了，她是外婆的妹妹，那个参加周日下午音乐会的人。她和她那三个在战争中成寡妇的女儿在她粉刷过的农舍里住了很久。总是谈论她的丈夫，他早就死了。约瑟芬姨公只会说马翁方言，雅克很羡慕他，红润脸膛，白头发上始终戴着一顶阔边毡帽，即使是吃饭时也戴着，有一种高贵的气质，充满族长风范，但在吃饭时，他偶尔会微微抬起身子，发出不礼貌的声音，在他老婆的责备声中，他也会礼貌地请求原谅。外婆的邻居马松一家都死了。先是老婆婆，随后是大姐，还有她的弟弟亚历山德拉——大个子，长着招风耳——他是个柔术师，白天有时去阿尔卡萨电影院唱歌。是的，全都死了，甚至最小的女儿马特也死了，他的哥哥亨利曾向她献殷勤，而且不只是献殷勤。

从来没有人谈起过他们，不管是他母亲还是舅舅，都没有谈起过这些死去的亲戚，也不提他正在寻找的父亲的踪迹，更不谈其他人。他们继续过着简朴的生活，尽管他们已不再缺钱。不仅仅是他们的生活习惯已经养成，同时也是对贫穷的一种提防。他们本能地热爱生活，但他们从经验中知道，生命会定期产生灾难，甚至没有任何迹象。然后，他们两个人和他在一起的方式：弯腰驼背坐在那儿，沉默不语，没有记忆，只保留了一些模糊的图像。现在，他们生活在死亡的边缘，他永远不会从他们那里了解自己的父亲，不过只要他们还活着，就能打开他记忆的源泉，就能回忆起他那贫穷但快乐的童年，但他不能确定这些从他体内涌出的非常丰富的记忆是否真的忠实于那个孩子。不过，可以肯定的是，在他脑海中留下的两三个特殊画面，使他与他们融为一体，以他们为榜样，放弃了心有所图，甘心做一个默默无闻者。这么多年来，从他的家庭所学到的处世之道，使他真正与众不同。

例如，在那些炎热的夜晚，全家人吃完晚饭后的画面。在那些炎热的夜晚，晚饭后全家人会拿着椅子走到楼下的人行道上，从布满灰尘的榕树上下来的空气又热又脏，而附近的人在他们面前来来往往，雅克把头靠在母亲瘦弱的肩膀上，在椅子上稍稍向后靠，透过树枝凝视着夏日天空中的星星；或者另一幅画面，在圣诞节的夜晚，他们在午夜后从玛格丽特姨妈家回家，没有带欧内斯特，看到一个男人躺在他们门前的餐馆里，另一个男人在他身边跳舞。这两个人已经喝了酒，还想再喝一点。店主是一个虚弱的金发男子，叫他们离开。他们踢了他怀孕的妻子。然后老板开了一枪，子弹打在一个男人的右侧太阳穴上。此时，醉汉死了，他的脑袋枕在地上，另一个人在酒精和恐惧的作用下围着尸体跳舞。饭馆关了门，所有人都在警察到来之前逃离了。而此时，在一个僻静的角落里，他们紧靠在一起，两个女人紧紧搂住孩子们。街上灯光暗淡，汽车在刚下过雨的路面上打滑，偶尔会开过一辆有轨电车，车灯亮着，上面坐满了快乐的人们，他们对这个来自另一个世界的场景无动于衷。所有这一切都在雅克惊恐的心上刻下了一个形象，直到现在都记忆犹新：白天，这个街区温馨安定，他在这里开心玩耍，但在白天结束的时候，却突然变得神秘而令人不安。此时，街上的阴影多了起来，或者说，一个个无名的阴影有时会出现，伴随着轻柔的脚步声和模糊的声音，在药店的红色灯光中，浸着血淋淋的光环，孩子会突然充满恐惧，跑回那可怜的家中，回到他的家人中间。

（附）六　学校

　　这个人并未见过雅克的父亲，但经常以讲故事的形式向他谈起。可以说在一些特定的情况下，他能代替父亲的角色。这就是为什么雅克从来没有忘记过他，就像他从来没有真正感受过父亲的缺失一样。他在潜意识中认识到，先是在孩提时代，然后在他的余生中，有一个父亲的行为——深思熟虑又至关重要——影响了他的人生。因为伯纳德先生，他的小学老师，在那个重要时刻，想要以一个男人的力量来改变他班上的这个男孩的命运，而且他真的做到了。

　　此刻，伯纳德先生正与雅克面对面坐在他的小房间里。这座位于鲁维格街拐角处的公寓，几乎在卡斯巴的脚下，是一个可以俯瞰整个城市和大海的社区。社区里有各种各样的人，还有各种宗教的小店主，那里的房子同时散发着香料和贫穷的味道。他就住在那里，已经老了，头发更稀疏，老态龙钟的脸上和手上布满了老年斑，行动比以前更加缓慢，为能够回到他的藤质扶手椅而高兴。椅子就放在窗前，面向商业街，窗外有一只金丝雀在鸣叫。年龄也使他变得柔和，让自己的感情表现出来，以前他并不这样。但他仍然挺拔，声音有力而坚定，就像当年一样，站在班级面前说："排成两列！我没说五人一排！"于是对伯纳德先生既怕又崇拜的学生们在二楼走廊沿教室外墙排成两队，直到孩子们队列整齐、安安静静，他才发话："进去吧，你们这群捣蛋鬼！"队伍得到了信号，慢慢行进着，伯纳德先生以善意的方式严格监视着行进队伍。他身体强壮，衣着考究，面部棱角分明，头发梳得很整齐，散发着花露水的味道。

学校位于那个老街区的一个相对较新的地方，在 1870 年战争后建起的两层或三层小楼及一些货栈中间，最终连接了该社区的主要街道，雅克的家就在那里，与内港和码头相连。雅克每天步行往返学校，他从四岁起就在这个学校上学前班，现在他只记得操场的尽头有个深色长条石头盥洗池。有一天，他在那里一头栽倒在地，眉弓裂开了一道口子，爬起来时满脸是血，旁边围着几位惊慌失措的女老师。从那时开始，他知道了什么是创口夹子。不过，这个创口刚好，另一侧眉弓上又放上了创口夹子，那是因为在家玩耍时，哥哥给他戴了一顶旧瓜皮帽，遮住了他的眼睛，同时还给他穿了一件旧外套，结果他的头又一次撞到了松动的瓦片上，浑身是血。他和皮埃尔一起去学校，皮埃尔比他大一岁左右，他和他的母亲住在附近的一条街上。他的母亲也是一位战争遗孀，后来成了邮局员工，与他们同住的还有他的两个在铁路上工作的舅舅。他们家的人都很友好，或者说这个社区的人们就是这样，人们互相尊重，却几乎从不互访；随时准备互相帮助，却几乎从来没有机会这样做，只有孩子们才真正成为朋友。从第一天开始，即雅克还穿着婴儿罩衫，被委托给已穿上裤子并意识到尽哥哥责任的皮埃尔，他们便一起去上学了。他和皮埃尔一起，直到进入高小毕业班，雅克进毕业班时九岁。五年来，他们每天都要走四次同样的路，一个金发，一个棕发，一个平和，一个热血，从一开始就成为朋友，都是好学生，玩起来也很疯狂。雅克在某些科目上表现得更为突出，但有时他的好动以及他想表现自己的欲望的愚蠢的行为会把优势还给性格更加沉稳、做事更加谨慎的皮埃尔。就这样，他们轮番成为班里的第一。但与他们的家人不同的是，他们并不觉得有什么好骄傲的，他们的乐趣与成绩无关。

每天早上，雅克会在皮埃尔家楼下等他。他们会在清洁工经过之前出发，或者更确切地说，是在一个阿拉伯老人赶着的，由一匹马拉着的马车经过之前就出发了。人行道上还残留着夜里的湿气，空气中带着咸味。皮埃尔家门前的路通向市场，路两边摆着很多垃圾桶。黎明时分，饥肠辘辘的阿拉伯人或摩尔人，或者有时是一个老的西班牙流浪汉翻开垃圾桶，看看是否能从节俭的普通家庭扔掉的物品中捡到一些可用的东西。通常，这些垃圾桶的盖子是敞开的，此时，附近瘦弱而富有活力的猫取代了那些衣衫褴褛的人。两个孩子悄无声息地走到垃圾桶的后面，突然关上桶盖，把猫关在垃圾桶里。但他们的诡计并不是每一次都能成功，因为穷人区里的猫极为警惕和敏捷，已习惯于自我保护。但有时猫被美食所吸引，舍不得立刻离开垃圾桶，便会被逮个正着。桶盖砰的一声落下，猫发出一声惊恐的嚎叫，拼命用它的背和爪子顶开锌质的桶顶爬了出来，一身猫毛因恐惧而竖起来，就像有一群狗在后面追赶它，而折磨它的人则发出阵阵笑声，他们几乎没有意识到自己的残忍。有时，这些淘气的孩子的行为也是前后不一，因为他们把仇恨指向了绰号为"嘎鲁发"的捕狗人。这名市政雇员经常是定时行动，但如果有必要，他也会在下午过来。这是一个身着西装的阿拉伯人，通常站在一辆由两匹马拉着的奇怪的马车后面，赶车的是个面无表情的阿拉伯老人。这辆车的车体是一个木质的立方体，两边装了带有坚固栅栏的双层笼子，一共十六个，每个笼子可以容纳一只狗，狗就挤在栏杆与笼底之间。套狗人站在马车后面的一个小踏板上，鼻子与笼子的顶棚平齐，因此他可以勘察前方的狩猎场。马车缓缓驶过湿漉漉的街道，街上有去上学的孩子；有穿着带花纹的法兰绒家居服去买面包或牛奶的主妇；还有返回市场的阿拉伯小贩，肩上扛着折叠起来的小货架，另一只手拿着巨大的草编篮子，里面装着他们的商品。突然，那个套狗人大喊了一声，阿拉伯老人就会拉紧缰绳，让马车停下来。套狗人发现了一只可恶的猎物，正在垃圾桶旁疯狂地挖着，每隔一段时间就警惕地回头看一眼，或者沿着墙边快速地奔跑着，看起来就像一只营养不良的饿狗。嘎鲁发从车顶上拿起一根皮鞭，上面有一条铁链，可以通过鞭柄的链轴滑动。他以捕兽人的轻巧、快速和无声的步伐向动物走去，如果他没有看到狗的脖子上有标记家庭豢养的项圈，就会突然跑过去，将他手中的武器——一个铁链和皮条的套索套在狗脖子上。狗被勒住了脖子，疯狂地挣扎着，同时发出呻吟哀嚎。但那人很快就把狗拖到了车上，打开了一个笼子门，将狗提起，狗的颈部越勒越紧，然后把它塞进笼子里，并小心地把鞭柄从栅栏门中取出。如果那些可怜的狗能够得到孩子们的帮助，就会发生这样的一幕：孩子们联合起来一起反对嘎鲁发。他们知道被抓住的狗会被带到市收容所，关押三天。三天后，如果没有人认领，这些狗就会被处死。当他们不在场时，死亡马车就会满载各种可怜的猎物离去，动物们在笼栅里惊恐不安，一路留下垂死的哀嚎。这一情景足以激起孩子们气愤不已。因此，一旦囚车出现在该地区，孩子们就会互相提醒。他们会散布在附近的街道上去追狗，但是为了把它们赶到城市的其他地方，远离那条可怕的套索。皮埃尔和雅克都遇到过几次这样的情况，尽管采取了这些预防措施，捕狗人还是发现了一只游荡的狗，这时他们总是采取同样的计策。在捕狗人还没有靠近他的猎物之前，雅克和皮埃尔就会开始大叫："嘎鲁发，嘎鲁发。"声音非常刺耳，非常可怕，以至于狗会以最快的速度逃之夭夭。然后两个孩子就得发挥他们的逃跑速度了，因为可怜的嘎鲁发每抓到一只狗就会得到一笔赏金，他怒不可遏，挥舞着他的皮棍追赶它们。

大人们通常会帮助它们逃跑，要么故意阻挡嘎鲁发，要么直接拦住他，让他多关照一下这些狗。社区里有很多猎人，因此他们也很喜欢狗，他们对这种残忍的行为没有一点好感。正如欧内斯特舅舅所说：

"他，懒鬼！"赶马车的阿拉伯老人对所有的争吵都保持沉默，置身事外。或者，如果双方争论不休，他会平静地卷上一支烟抽。无论孩子们是抓了猫，还是救了狗，他们都会匆匆忙忙地向学校赶去。如果是在冬天，跑起来时大风会掀起他们的斗篷；如果是在夏天，跑得只听见凉鞋的咔咔声响。在穿过市场时，他们会快速瞥一眼货摊上堆积如山的水果，季节不同，摊上的水果也不同，大堆的橙子、橘子、梅子、杏子和茶桃子摆满市场，他们只能买一点儿最便宜的吃。孩子们在上了彩釉的闪亮的喷泉边沿上转了两三圈，然后就向堤也尔大街的仓库跑去，迎面扑来的是饮料厂里橙子的气味，工厂里的工人们正在剥橙子制作橙汁饮料。走过两旁是花园和别墅的坡道，最后来到奥梅拉街，碰到一群来上学的孩子，他们一边相互交谈，一边等待着学校大门的开启。

然后开始了一天的学习。伯纳德先生的课总是很有趣，原因很简单，他对自己的工作充满了热情。教室外的太阳火辣辣地照着浅黄褐色的墙壁，尽管窗户上有黄白相间的窗帘遮挡，教室内还是闷热难耐。或者有时瓢泼大雨也会整天下个不停，就像阿尔及利亚的其他地方的雨一样，把街道变成了一个昏暗潮湿的湖，课堂上几乎没有人分心，只有暴风雨中的苍蝇有时能转移孩子们的注意力。可恨的苍蝇被抓住后，被丢在墨水瓶里，淹没在紫色的墨水中，锥形的小瓷瓶嵌在桌角的小洞里，瓶中装着紫墨水。伯纳德先生对付苍蝇的方法却与众不同，他对恼人的苍蝇无动于衷，反而让课堂变得更加生动有趣，并最终战胜了苍蝇对孩子们的吸引力。他总是知道在适当的时候从他的宝库中拿出他所收集的矿石、草木和蝴蝶等昆虫标本、卡片等，唤起学生们的兴趣。他是学校里唯一有幻灯的人，他每个月都会播放两次有关自然历史或地理的幻灯片。在算术课上，他组织了一个智力竞赛，训练学生的思维能力。学生们背着手，他给出除法或乘法题，或者有时是一个有点复杂的加法，比如 1267 + 697 等于多少？第一个给出正确答案的人可以加一分，计入每月的排名成绩中。此外，他选用的教材非常合理，这些课本是在市内学校使用的。这些只知道西风、尘土、狂风暴雨、细沙海滩和太阳下燃烧着的大海的孩子认真地阅读着对他们来说是神话般的故事，书中时而夹杂着逗号、句号。故事中的人戴着软帽和羊毛围巾，穿着靴子，拖着树枝沿着雪路回家，直到他们看到房子的雪顶，冒烟的烟囱告诉他们锅里正在煮着豌豆汤……对雅克来说，书中的故事充满了异国情调。他脑海里勾勒那个他从未见过的世界，一直在询问外婆关于二十年前发生在阿尔及尔地区的一场持续一个小时的大雪。对他来说，这些故事是学校生活富有诗意的一部分，而学校的诗意还有涂了清漆的尺子和文具盒的气味儿。在上课时，他会经常咀嚼书包带，闻着紫墨水刺鼻的气味，特别是当轮到他从一个巨大的深色瓶子里倒墨水时，瓶子里的软木塞被推到一个弯曲的玻璃管里，雅克会高兴地闻一闻管口；在轻轻触摸光滑且有光泽的柔软书页时，也能闻到油墨的香味；还有下雨天，教室后面的羊毛大衣里散发出的湿羊毛的味道，似乎是预示着在伊甸园般的童话世界里，孩子们穿着靴子、戴着羊毛帽子，穿过雪地，奔向他们温暖的家。

只有学校给了雅克和皮埃尔这些快乐。毫无疑问，他们如此热爱学校生活，贫穷和无知使生活变得更加艰难和暗淡，仿佛自己被封闭起来。贫穷就是一座没有吊桥的堡垒。

但悲哀并不止于此。雅克认为自己是假期中最不幸的孩子。为了摆脱这个不知疲倦的孩子，外婆把他送去假日营地，和其他五十多个孩子一起，由几个辅导员带着到密力亚纳的扎喀尔山里。在那里，他们住在有宿舍的学校里，吃得好，睡得舒服，整天玩耍或闲逛，由几个亲切的辅导员照看着。尽管如此，当傍晚来临的时候——当阴影在山坡上迅速升起的时候，邻近的兵营里宵禁的军号声传到了离任何真正的旅行地点都有一百公里远的小镇上，孩子的内心充满了无尽的绝望，默默地想念着那个简陋而贫穷的家。

不，学校不只是令他们逃离了单调的家庭生活，至少在伯纳德先生的课堂上是这样。学校滋养了孩子内心中比成人更强烈的渴望，那就是对知识的探索。毫无疑问，在其他课程中，他们接受了许多知识，但有点像填鸭的方式：把实物呈现在他们面前，让他们全部吞下。但在伯纳德先生的课堂上，他们第一次感到自己是存在的，是被高度重视的对象：他们被认为有资格去发现这个世界。他们的老师也不只是为那份工资而工作，他本能地爱着他们，与他们一起分享，向他们讲述他的童年和他的生活。他向他们分享自己的观点，但绝不灌输思想。比如，尽管他和他的许多老师一样反对教会，但在课堂上，他没有说过一句反对宗教的话，也从没有表示过对某种选择或某种信仰的反对意见，但他会更加强烈地谴责那些无法争辩的罪恶：盗窃、告密、不诚实和不正直。

但更重要的是，他向他们谈起了那场刚过去不久的战争，在那场战争中他打了四年的仗。他讲述着士兵们的苦难，他们的勇气和耐力，以及停战的喜悦。在每个学期结束时，在送他们回家度假之前，以及在日程安排允许的情况下，他都会为他们朗读多热莱斯《木十字架》中的一些长篇节选。对雅克来说，这些读物再次打开了通往异国文化的大门，但这次是一个被恐惧和不幸缠身的异国世界。尽管他从未同他陌生的父亲有过任何理论上的联系，他只是认真地聆听着他的老师全情投入地读着一个故事，这个故事再次向他讲述了那个大雪漫天的寒冬，也谈到了那些特殊的男人，他们的粗布衣服沾满泥浆，硬邦邦的，说着一种奇怪的语言，隐蔽在山洞里，头顶上炮弹、照明弹和子弹横飞。他和皮埃尔越来越期待着这种故事，以及每个人仍在谈论的战争（雅克默默地聆听着，丹尼尔以自己的方式叙述马恩河战役，他仍然不知道自己是如何活着出来的。他说，他们被安排在前面冲锋，在冲下峡谷的时候，他们前面一个敌人也没有，他们继续前进，突然，当他们走到峡谷中间的时候，前面的机枪手就一个接一个地倒下，山沟下血流成河，到处是凄惨的叫喊声，非常可怕），幸存者无法忘记的战争在孩子们的世界里投下了阴影，影响了他们对迷人故事的认知，他们认为这个故事比其他童话故事更精彩。假如伯纳德先生停止讲述这个战争故事的话，他们一定会感到失望和厌烦。不过，他的讲述还在继续，有趣的场景及可怕的场景交替出现，渐渐地，非洲的孩子们认识了属于他们这个社会的 A、B、C，这些人成了他们世界的一部分，孩子们谈起这些人时，就好像他们是老朋友一样，他们就在那里，而且是如此的鲜活，至少雅克从来无法想象他们会成为战争的受害者，尽管他们都生活在战争中。而在年底的那一天，伯纳德先生用低沉的声音向他们宣读了 D 的死亡，他默默地合上了书，压抑着自己的记忆和情感，抬眼看他那沉默的、不知所措的学生，他看到第一排的雅克正盯着他，眼睛里满含泪水，不停地抽泣，好像永远也停不下来。"好了，小家伙。"伯纳德先生用几乎听不见的声音说，然后，他站起来把书放回箱子里，背对着全班学生。

惩罚

"等一下，孩子。"伯纳德先生说。他艰难地站了起来，用食指划过金丝雀鸟笼，金丝雀叫得更欢快了："啊，卡西米尔，我们饿了。"他脚步沉重地挪向房间另一边靠近壁炉的小学生书桌前。他在一个抽屉里翻找，关上它，打开另一个抽屉，拿出一些东西。"在这里，"他说，"这是给你的。"雅克收到了一本用杂货店的纸装订的书，封面上没有任何文字。无须打开，他就知道是那本《木十字架》，正是伯纳德先生在班上读过的那本。"不，不，"他说，"它是……"他想说的是"它太美了"。他找不到合适的语言来表达。伯纳德先生摇了摇头，"最后那一天你哭了，你还记得吗？从那天起，这本书就属于你了。"他转过身去掩饰他突然发红的眼睛。他再次回到他的书桌前，转身面对雅克，双手背在身后，然后在他眼皮下挥舞着一把红色的短尺，笑着问他："你还记得'麦芽糖'吗？""啊，伯纳德先生，"雅克说，"所以你保留了它！你知道它现在是被禁止的。""呸，那时也是禁止的。但你是我使用它的证人！"雅克的确是个证人，因为伯纳德先生赞成体罚。的确，日常的惩罚只包括减分，在月底从学生的累积分数中扣除，从而使他的总排名下降。但在更严重的情况下，伯纳德先生从不像他的同事那样，费力地把犯错误的学生送到校长办公室。他总是自己采取行动。"我可怜的罗贝尔，"他镇静而心情愉快地说，"我不得不求助'麦芽糖'了。"课堂上没有人有任何反应（除了窃笑，按照人的本质，一个人的受罚总会给另一些人带来快乐）。那孩子站起身，脸色苍白，但在大多数情况下，他们会努力装出内疚自责的样子（有些孩子在离开桌子时已经在吞咽眼泪了，一直走向黑板前，伯纳德先生站在旁边的桌子前）。按照惯例，罗贝尔或约瑟芬自己到桌上拿来"麦芽糖"，把它交到祭司手中。

"麦芽糖"是一把红色的木尺，又短又粗，上面有墨水的斑点，有缺口和划痕，这是很久以前伯纳德先生从某个被遗忘的学生那里没收的。学生把它交给伯纳德先生，他通常以嘲弄的神情接过尺子，并叉开双腿。孩子不情愿地把脑袋放进老师的膝盖之间，收紧他的大腿，在孩子撅起的屁股上，伯纳德先生会用尺子狠狠地打几下，次数根据犯罪行为的不同而不同。对这种惩罚的反应因人而异。有的学生甚至在被打之前就开始抽泣，老师注意到了他们的反应，但依旧毫不动摇。

其他人则天真地试图用手保护自己的屁股，而伯纳德先生则会随手一拍，将其打到一边。还有一些人，在尺子的打击下感到疼痛，会拼命挣扎。也有一些人，其中包括雅克，一言不发地承受着打击，颤抖着回到自己的位置上，忍住了泪水。然而，总的来说，人们接受这种惩罚时并不感到痛苦：首先，因为这些孩子几乎都在家里挨过打，所以对他们来说，体罚是一种自然的教育方式。其次，因为老师是绝对公平的，他们都事先知道哪些违纪行为，会招致什么样的惩罚，那些超越了减分行为的人知道他们所冒的风险。最后，因为对最好的学生和最差的学生都进行了公正的处罚。伯纳德先生很喜欢雅克，他也像其他人一样遭受了这种处罚，甚至就在伯纳德先生公开表明对他的偏爱后的第二天接受惩罚。当时雅克在黑板前出色地回答了一个问题后，伯纳德先生爱抚地拍了拍他的脸颊，教室里传来一个喃喃的声音："老师的宠物！"伯纳德把他拉到身边，严肃地说："是的，我是偏爱科尔梅利，就像我偏爱你们中间所有在战争中失去父亲的人一样。我和他们的父亲一起打过仗，我活了下来，我至少在这里试图代替死去的战友来爱护他们。现在，如果有人想说，我有一些'宠物'，那就让他去说吧！"全班学生安静着。出了教室门，雅克问是谁叫他"老师的宠物"。如果面对这样的侮辱而不作出回应，就意味着失去了荣誉。"是我。"穆诺兹回道。这是一个金发碧眼的大男孩，虽然他平时没有表现出对雅克的反感，但却一直不喜欢雅克。"好啊，"雅克说，"那么你母亲就是个妓女。"这是一句会立即挑起战争的辱骂，因为在地中海沿岸，侮辱母亲和死者是自古以来最严重的侮辱。即便如此，穆诺兹还是犹豫了，但尊严不容侵犯，那就按规矩来解决，其他人开始为他说话。"噢，到绿场去。"绿场是离学校不远的一块空地，那里长满了细草，到处都是旧铁环、铁罐和腐烂的木桶。"拳斗"就在那儿进行。"拳斗"是一种决斗的形式，只是用拳头取代了剑，但遵从同样的仪式，至少是在思想上。它的目的是解决争执，因为其中一方的荣誉受到了损害，有人侮辱了他的父母或祖先，或者贬低了他的国籍或种族，或被人告发或指责他人告密、偷窃或被指控偷窃，或其他一些在孩子的世界中每天都会产生的并不明确的原因。当某个学生认为，或当其他人站在他的立场上（而他也知道），认为他被冒犯应洗清耻辱，以至于必须补偿这种冒犯，他们的惯用语为："四点，绿场见。"此话一出，挑衅就停止了，所有的讨论也结束了。两位敌手退下，他们的朋友紧随其后。在接下来的课堂上，这个拳斗的消息还有他们的姓名就会从一处传到另一处，同学们偷偷地用眼角瞟着他们，他们也会表现出与男子汉气概相称的冷静和决心。但他们的内心深处却不是这样，最勇敢的同学也会在课堂上走神，为必须面对即将来临的暴力时刻而感到不安，不能让敌方阵营的同学嘲笑"吓得屁滚尿流"。

在雅克以男人的名义挑战了穆诺兹后，他当然也很害怕，正如每次他要面对暴力并行使暴力时一样。但他已经做出了决定，而且他心中从未产生过要退缩的念头，这是行事的法则。他也知道，事先笼罩在他心中的那种罪恶感在决斗的那一刻就会消失，会被自己的暴力行为所压倒。此外，这种战术对他的伤害和对他的帮助一样大，他必须这样去做。

在与穆诺兹拳斗的那个下午，一切都按照仪式进行。拳手们最先到达绿场，后面是他们的支持者，此刻已成保护者，并已开始为其提供书包了。后面跟着一些看热闹的同学，他们在战场上围成一圈，被围在中间的两个人脱下斗篷和上衣，把它们交给保护者。这一次，雅克首先进攻，但并不十分自信，穆诺兹在慌乱中后退，笨拙地抵挡着对手的拳头，然后在雅克的脸颊上打了一拳。疼痛激怒了雅克，对方的嘲笑声及保护者的激励声使他更加激动。他冲向穆诺兹，用他的拳头向对方猛击，对方毫无招架之力，而一个愤怒的勾拳正好打在了穆诺兹的右眼上，他完全失去了平衡，一屁股跌坐在了地上。一只眼睛在流泪，另一只眼睛立即肿了起来。青肿的眼睛，这是人们最想看到的一击，因为接下来的几天它将明显地证实胜利者的胜利。穆诺兹没能立即爬起来，在场者发出了一阵狂叫。皮埃尔——雅克最亲密的朋友——很快就站了出来，宣布雅克获胜，然后帮他穿上外套，把斗篷放在他的肩上，并在一群随从的簇拥下离开。穆诺兹哭着站起来，在一小圈沮丧的保护者中穿上了衣服。雅克被这一迅速的胜利弄得晕头转向，他甚至不希望胜利会如此彻底。他几乎听不到周围的祝贺声和已经被美化了的关于这场战斗的描述。他想高兴起来，这也确实在某方面满足了他的虚荣心。然而，当他离开绿场，回头望向穆诺兹时，他看到了那个被他击中的男孩沮丧的脸，一种悲伤突然抓住了他的心。他知道了战争是没有好处的，因为征服一个人就像被征服一样痛苦。

他很快就明白了"塔尔皮埃悬崖就位于朱庇特神殿旁边"这句话的意思。第二天，在同学们的赞扬声中，他以为自己可以很骄傲地回应同们的仰慕之情。上课时，老师点名，穆诺兹没有到。雅克周围的同学对穆诺兹的缺席冷嘲热讽，并向胜者眨眼睛。雅克也得意地对同学们眯起双眼，鼓起脸颊，沉浸在得意之中，没注意到伯纳德先生正看着他。当老师的声音在突然寂静的教室里响起时，他的怪异表情一下子就消失了。"我可怜的老师的宠物，"这个刻板的人说道，"你和其他人一样，有权享用'麦芽糖'了。"得胜者不得不站起来，找到处罚工具，在伯纳德身上浓浓的花露水味道中，摆出受罚的屈辱姿势。

穆诺兹事件并没有因这种惩罚而结束。那个男孩缺了两天课。尽管雅克外表镇静，但内心已有隐隐的不安了。第三天，一个高年级学生来到教室，告诉伯纳德先生，校长要找科尔梅利同学。只有在严重的情况下，他们才会被传唤到校长办公室。伯纳德扬了扬他那浓密的眉毛，简单地说了句："快去吧，小不点，希望你没有做什么蠢事。"雅克双腿发软，跟着高年级同学走过水泥院子里的长廊，院子里种植着观赏性的牡荆，斑驳的树荫并不能保护它免受酷暑的侵袭。到走廊另一端的校长办公室，他进去第一眼就看到穆诺兹，他站在校长办公桌前，身边站着一个男人和一个女人，都皱着眉，面带愠色。尽管他的同学因一只眼睛肿胀而完全睁不开，面部有些变形，但看到他还活着，雅克松了一口气。但他没有时间去享受这种轻松。"是你打的吗？"校长问道，他是一个小个子的秃顶男人，面色红润，说话果断。"是的。"雅克小声说。"我对您说过了，先生，"那个女人说，"安德烈不是流氓。""我们打了一架。"雅克说。"我不想知道这些，"校长说，"你知道我禁止一切打架斗殴，即使是在校外也不行。你打伤了同学，而且你可能会把他伤得更重。作为第一次警告，你将在每个课间休息时站在角落里，为期一周。如果再发生这样的事，你将被开除。我会把对你的处罚通知你的家长。你可以回教室了。"雅克震惊了，没有动。"走吧。"校长说。"怎么样，方托马斯？"雅克回到教室时，伯纳德先生问道。雅克哭了。"好吧，我在听。"男孩抽噎着，断断续续地说完了处罚，然后说到了打架，穆诺兹的父母告了状。"你们为什么打架？""他叫我'老师的宠物'。""他又叫了？""不，就在课堂上。""噢，原来是他呀！那你觉得我为你辩护得不够？"雅克感激地望着伯纳德先生："哦不！您……"此时，他放声大哭起来。"回到座位上去吧。"伯纳德先生说。"这不公平。"男孩流着眼泪说。"是的，这很不公平。"伯纳德温和地对他说。

第二天课间休息时，雅克在操场尽头站墙角，他背对着院子，听着同学们欢快的叫喊声，不停地把体重从一条腿移到另一条腿上，他也很想和他们一起快乐奔跑。他不时地回头看一眼，看到伯纳德先生和他的同事们在院子的一个角落里散步，没有看雅克一眼。但第二天，雅克不知道什么时候伯纳德先生已走到他的身后，轻轻地拍了拍他的后脖颈："别这样，垂头丧气的。你看，穆诺兹也站墙角了。我允许你看一下。"在院子的另一头，穆诺兹也孤独地站在一角，孤独而忧郁。

"你罚站墙角的这一周里，你的同伴们也不跟他玩儿。"伯纳德先生笑了，所以你看，你们都在接受惩罚，这合乎规则。他身体俯向男孩说，带着亲切的笑容，被罚者心中充满了爱，"你知道吗，小家伙，真看不出你的勾拳这么厉害。"

今天这个和他的金丝雀说话的人，依然叫雅克"孩子"，尽管他已经40岁了。雅克一直深爱着他，即使岁月流逝，相距遥远，以及第二次世界大战先是将他们分离，然后他和他的老师完全断绝了联系。直到1945年，当一位身穿士兵大衣的老人在巴黎按响他的门铃时，他像个孩子一样高兴，那正是伯纳德先生，他又一次服役了。"这次不是去打仗，"他说，"而是为了反对希特勒，你也一样，小家伙，你也参加了战斗，我就知道你是有种的。希望你不要忘记你的母亲，她是世上最好的妈妈。现在我要回阿尔及尔了，记得来看看我啊。"十五年来，雅克每年都去看望他，每年都像今天一样，在离开之前，紧紧地拥抱一下老人，深受感动的老人在门口握紧了他的手，正是他承担起了将雅克推到大千世界中的责任，以便他能够继续进行更伟大的发现。

学年接近尾声时，伯纳德先生留住雅克、皮埃尔和弗勒里——他们几个人各门功课都很好，老师说："他们都是进综合工科学校的人才。"——以及桑迪亚哥，一个英俊，天赋一般，凭借自己的努力获得了好成绩的男孩。"现在，"当教室里空无一人时，伯纳德先生说，"你们是我最好的学生。我已经决定提名你们去争取中学奖学金。如果你们通过了考试，就会有奖学金，你们可以在中学继续学习，直到毕业。小学的学习是最容易的，但它不能指引你们的前程，中学会为你们打开世界之门，我更希望看到像你们这样的穷孩子能通过这座大门。但这必须得到你们父母的同意，赶快回家吧。"

孩子们都很惊讶，甚至没有讨论这个问题就分开了。雅克看到外婆独自在饭厅的餐桌漆布上挑槟豆。他犹豫了一下，然后决定等母亲回来。母亲回来了，看起来很疲惫，她系好围裙，开始帮外婆挑槟豆。雅克主动提出帮忙，她们给了他一个白色的粗瓷盘，这样更容易把槟豆中的小石子挑出来。他一边低着头挑槟豆，一边跟她们说了这个消息。"这到底是怎么回事？"外婆问，"什么时候能毕业考试？""六年以后。"雅克说。外婆把她的盘子推开。"你听到了吗？"她对卡特琳·科尔梅利说。她没听到。雅克慢慢地向她重复了一遍这个消息。"噢！"她说，"那是因为你很聪明。""不管聪明不聪明，我本来打算明年让他去当学徒。你知道我们没有钱，他需要赚钱养家。""是的。"卡特琳说。

窗外，天色慢慢暗了下来，热度也开始消退，让人感到很舒服。此时，工厂还没有下班，社区里空旷而安静。雅克凝视着外面的街道，他不知道自己想要什么，只知道他想听从伯纳德先生的话。但是他才九岁，他不敢违抗外婆的命令，也不知道该怎么做。不过，她显然有些犹豫。"那你以后干什么？""我不知道，也许做个小学教师，像伯纳德先生那样。""是的，六年以后！"她挑槟豆的速度慢了下来。"不行，"她说，"我们太穷了。你告诉伯纳德先生，我们做不到。"

第二天，另外三个人告诉雅克他们的家人已经同意了。"你呢？""我不知道。"雅克说。他突然感到自己家比其他人的家还贫穷，心里就很难过。他们四个人在放学后留下来，皮埃尔、弗勒里和桑迪亚哥都给出了肯定的答复。"你呢，小不点？""我不知道。"伯纳德先生望着他。"好吧，"他对其他人说，"但下午放学后，你们必须和我一起学习。你也可以去，我来安排，你们可以走了。"当他们离开后，伯纳德先生坐在他的扶手椅上，把雅克拉到身边。"怎么样？""外婆说我们太穷了，明年我得去当学徒。""你母亲呢？""都是外婆来决定的。""我知道了。"伯纳德先生说。他想了一会儿，然后用胳膊搂着雅克。"听着，你不能怪她们。生活对她们来说太难了。她们两个人把你哥哥和你带大，把你们教养成了好孩子。贫穷让她们害怕，这是必然的。即便有助学金，也还需要一些钱。而且无论如何，你在六年内都不会给家里带来任何收入。你能理解她们吗？"雅克点了点头，没有看老师。"很好。但是，我们也许可以向她解释一下。拿上你的书包，我和你一起去！""到我家里？"雅克问。"是的。我很高兴再见到你的母亲。"

几分钟后，伯纳德先生在困惑不解的雅克面前敲响他家的门。雅克的外婆开的门，用围裙擦着双手。由于围裙带儿系得太紧，凸显出了老妇人圆圆的肚子。当她看到老师时，急忙用手拢了拢头。"噢，原来是外婆，"伯纳德先生说，"您还在忙？可真是了不起啊。"外婆赶忙请伯纳德先生进屋，穿过卧室到达饭厅，让他坐在餐桌旁，端出酒杯和一瓶茴香酒。"您不用客气，我是来和您谈一谈的。"他先问了一些孩子们的情况，然后又问到她的生活，还有她的丈夫，他也说起了自己的孩子。这时，卡特琳·科尔梅利回来了，看到伯纳德先生后，惊慌失措地叫了一声先生，然后去她的房间梳理头发，换上干净的外套，在离桌子稍远的椅子边上坐下。"你，"伯纳德先生对雅克说，"你先到街上去，直到看到我下来。""您知道，"他对外婆说，"我要说些他的好话，他会以为这都是真的……"雅克走了出去，下了楼梯，守在楼梯口。他在那儿待了一个小时左右，街上逐渐热闹起来，透过榕树，可以看见天上的云彩在随风飘动。当伯纳德先生从他身后的楼梯上走出来时，摸了摸他的脑袋。"好啦，"他说，"一切都解决了。你外婆是个伟大的女人，还有你母亲……噢，千万别忘记她们。""先生，"外婆突然出现在楼道里，对着他们叫道，一只手里拿着她的围裙，另一只手擦着眼睛。"我忘了……你跟我说过会给雅克补课的。""当然，"伯纳德先生说，"而且这对他来说不是闲玩，相信我。""不过，我们没能力付钱。"伯纳德先生认真地看着她。"别担心，"他摇了下雅克的胳膊，"他已经付给我了。"然后他就走了，外婆拉着雅克的手回到了楼上，这是她第一次紧紧地拉住雅克的手，绝望中带着温情。"我的孩子，我亲爱的孩子。"她不停地说道。

之后的一个月里，伯纳德先生每天放学后都会留住四个孩子，让他们再学习两个小时。晚上回到家后，雅克既疲惫又兴奋，还要继续做功课。外婆看着他时，一种骄傲和悲伤交织在一起。"他脑子好。"欧内斯特坚定地说，用他的拳头敲打自己的脑袋。"是的，"外婆说，"不过，但我们会怎么样呢？"一天晚上，她突然惊跳起来，"那他的初领圣体仪式怎么办？"说实话，宗教在他们的生活中并不重要。没有人去做弥撒，没有人援引或教授十诫，也没有人提及上帝的奖惩。当有人在外婆面前说到某个她讨厌的人去世时，她会说："嗯，他不会再放屁了。"如果是某个她觉得至少还有点儿爱的人时，她会说："可怜的人，他还很年轻。"即使死者早已老到可以死去。这不是她无知的问题，因为她已经看到她周围有很多人死去。她的两个孩子，她的丈夫，她的女婿，以及她所有的侄子都死于战争。准确地说，她觉得死亡同劳动和贫穷一样平常，她不用去想，而是就生活在其中。再者，她出现在葬礼上的需求甚至比整个阿尔及利亚人的需求更迫切，他们被忧虑及共同的命运所迫，失去了对文明鼎盛时期盛行的丧葬虔诚。

死亡在阿尔及利亚

对他们来说，死亡是一种需要面对的磨难，就像他们面对之前的那些磨难一样。他们从未提及过这些，只是尽力表现出敢于面对的勇气，勇气是一个人的主要美德。但与此同时，人们试图忘记或远离它。（因此，葬礼都会呈现出滑稽的气氛。）如果说生活中充满了斗争及日常操劳的艰难，更不用说雅克的家，还得加上可怕的贫穷的磨损，让人很难为宗教找到一个位置。对于凭借感觉生活的欧内斯特舅舅来说，宗教就是他所看到的东西，也就是神父和仪式。他利用自己的喜剧天赋，从不放过任何一个模仿弥撒仪式的机会。他用（持续的）拟声词来表示拉丁语，然后自己分别扮演在钟声里低头祈祷的信徒和趁此偷喝圣酒的神父。至于卡特琳·科尔梅利，只有她的温柔才会让人觉得有信仰，事实上，这种温柔就是她的信仰。对于欧内斯特的行为，她既不反对也不赞同，一笑了之。不过她遇到神父时，她会称他们为"神父先生"。她从不谈论上帝，雅克在整个童年时期从未听到过这个词，也没有为此而烦恼。神秘而多彩的生活足以占据他的全部身心。

尽管如此，如果在家庭中提到世俗的葬礼，外婆，甚至舅舅都会自相矛盾地对葬礼没有牧师而遗憾，他们会说："像狗一样。"这是因为对于他们以及大多数阿尔及利亚人来说，宗教是他们社会生活的一部分，但仅此而已。他们是天主教徒，就像他们是法国人一样，因此，成长中便有一些必不可少的仪式，准确地说有四种：洗礼、第一次圣餐、结婚（如果他们结婚的话）和葬礼仪式。这些仪式之间，在时间上必然相隔甚远，他们要忙其他事情，而最重要的是生存。

因此，人们理所当然地认为雅克会像亨利一样举行他的第一次初领圣体。雅克对这个仪式本身并没有什么不愉快的记忆，而是对其社会后果，特别是他不得不在几天内戴着臂章拜访亲友，亲友们不得不给他送上一小笔现金，而孩子却不好意思收下；然后外婆会把所有的钱拿走，只把很小的一部分还给亨利，因为圣餐要花很多钱。但这个仪式要在孩子十二岁左右，而且还需要上两年的教理课后才能举行，因此，雅克要在中学的第二或第三年才能进行第一次圣餐仪式。但外婆此时却突然产生了这个念头。她对中学有一个可怕的印象，那就是在那里你必须付出比邻里学校多十倍的努力，因为这些学习可以带来更好的工作，而且，按照她的想法，中学的学习能改变人的社会地位，而没有加倍的付出，任何物质改善都无法得到。此外，她真心希望雅克成功，因为她刚刚答应要做出牺牲，她想到上教理课会占用雅克的学习时间。"不行，"她说，"你不能在上中学的时候去学教理课。""好吧，我不会参加第一次圣餐。"雅克说。他最希望的是摆脱探访的折磨，以及对他来说难以忍受的接受钱财的羞辱。外婆望着他。"为什么？穿上衣服，我带你去见神父。"她站起身来，带着坚定的神情走进她的卧室。当她回来时，已经脱下了她的短上衣和她干活时穿的裙子，穿上了唯一一条出门时才穿的长裙，扣子一直扣到脖子上，头上系着一条黑丝巾，几缕白发露在头巾外边，眼神锐利，嘴角坚毅，神情自若而坚定。

在一片造型奇特的哥特式建筑——圣查理教堂的圣器室里，外婆坐在神父的对面，手里拉着雅克的手。神父是个六十来岁的胖子，脸圆圆的，面色柔和，大鼻子，厚厚的嘴唇上带着笑意，双手放在两腿的膝盖上。"我希望这个孩子能参加他的第一次圣餐。"外婆说。"很好，夫人。我们会让他成为一个好基督徒。他几岁了？""九岁。""您让他早点儿上教理课是对的。三年后，他一定会为这个隆重的日子做好充分准备。""不，"外婆坚定地说，"他必须马上就做。""马上？

但圣餐将会在一个月后举行，而他只有在接受了至少两年的慕道课程后才能接近圣坛。"外婆将雅克的情况向他做了解释。但神父并不认同。他耐心地援引自己的经验，列举例子……外婆站起身，"如果这样的话，他就不参加第一次圣餐仪式了。我们走，雅克。"于是，她领着男孩向出口走去。神父急忙赶在他们身后。"等等，夫人，您等等。"他慢慢地将她引回原位，试图给她讲道理。但外婆仍然像头固执的母驴摇着头。"或者，马上进行，或者，他就不参加了。"最后，神父让了步。他们说定，雅克去参加速成教理课程，一个月后参加仪式。神父摇着脑袋把他们送到门口，他在那儿轻抚了下男孩的脸颊说："好好听讲。"神父有些伤感地望着他。

于是，雅克既要学习伯纳德先生的补充课程，同时每个星期四和星期六晚上还增加了教理课。助学金考试与初领圣体仪式都将很快来临，每天的学习都安排得很满，他根本没有出去玩的时间了。特别是在星期天，如果他能放下他的笔，他的外婆就会让他做家务活或者跑腿买东西，理由是全家已同意为他的学习作出牺牲，并且他在这几年中不能为家里作一点贡献。"但是，"雅克说，"我可能会失败，考试很难。"他有时也希望自己考不上，因为他感到自己那颗年轻的自尊心无法承受他们一直说的那些牺牲的重量。外婆惊愕地看着他，她从来没有想过这种可能性。然后她耸了耸肩，自相矛盾地说："好吧，去失败吧。我会把你的屁股打红。"教理课由教区第二神父讲授。这位神父又高又瘦，身穿黑色长袍，脸颊凹陷，鼻子像鹰嘴一样硬，极为严厉，与老神父的和蔼慈祥正相反。他的教学方法是背诵，虽然很原始，但也许是唯一适合这些粗鲁、顽固的孩子的方法，他的任务是对他们进行精神教育。他们必须学习这些问答题，如："谁是上帝？"这些话对年轻的慕道者来说完全没有意义，而记忆力极好的雅克很容易就背下来这些话，虽然不能理解这些话的含义。当另一个孩子在背诵时，他的思绪就会飘忽不定，做白日梦，或与其他人做鬼脸。有一天，高个子牧师发现他做了一个这样的表情脸，并认为这个鬼脸是针对他的，因此他认为有必要教会孩子们尊重他享有的神圣特权。他把雅克叫到孩子们前面，一句话都没说，就用他那瘦长的手狠狠地给了雅克一记耳光，雅克险些跌倒。"现在，立刻回到你的座椅上去。"神父厉声说。孩子盯着他，眼里没有一滴眼泪（在他一生中，他只为仁与爱落泪，而不是痛苦或迫害。相反，这只会增强他的意志），然后回到了他的长椅上。他的左脸很疼，嘴里有血的味道。他用舌尖舔了一下，发现脸颊内侧被打伤，正在流血，他吞下了自己的血。在接下来的圣事学习过程中，他的心思都在别的地方，神父对他说话时，静静地看着神父，没有对抗，就像没有友谊一样，一字不差地背诵基督祭献的问答，心却飞到了一百多公里外的地方，想象着这双重的考试最终只是一个而已。他沉浸在学习中，如同沉浸在幻想中，只有教堂中越来越多的晚间弥撒使他隐约有些感动，但管风琴使他第一次感受到了音乐，在那之前他听到的都是些老调子，于是他拥有了更丰富、更深刻的梦：昏暗中，圣物和法衣在半空中闪闪发光，最后与神秘东西相遇。但这是一个无名的神秘，在这里，那些在教义中被命名和严格定义的神圣人物根本没有发挥任何作用，他们只是他们所生活的赤裸裸的世界的延伸；但现在这种温暖的、内在的、模糊的神秘却加深了他母亲往日那种心不在焉的笑容或沉默所带来的神秘感。当他晚上进入饭厅时，她独自坐在那里，或沉默或微微一笑，没有点燃煤油灯，让夜色一点点侵入房间，她自己像一个更加灰暗、更加丰满的形体，透过窗户望着街上来来往往的人群，其实对她来说，这一切都是寂静的。男孩停在门口，他的心很沉重，充满了对母亲绝望的爱，以及对母亲身上某些不属于或不再属于这个世界和日常生活的东西。

后来举行了初领圣体仪式。雅克对此已没有什么印象了，只记得前一天的忏悔，当时他承认了人们告知他曾做错的几件无关紧要的事。对于"你不曾有过罪恶的念头吗？""是的，神父。"孩子说，尽管他不知道一个想法怎么会是罪过。直到第二天，他还生活在恐惧之中，担心自己会在不知不觉中发出罪恶的念头，或者是说出小学生常挂在嘴边的脏话。他尽可能地忍住了这些话，至少到了仪式的早晨。仪式当天早上，他身着水手服，戴着臂章，带着一本小祈祷书和一个由白色小珠子组成的护身符，所有这些都是由他们的亲戚中经济稍微好一些的人（玛格丽特姨妈等）提供的，他与其他手持大蜡烛的孩子站成一排，走在中心过道上，手中挥动着蜡烛，他们的家人站在过道上，雷鸣般的音乐响起，让他感到寒冷，内心充满了恐惧和一种非凡的崇高感，他第一次感受到自己的力量，感受到自己有无限的能力去战胜一切。在整个仪式中，这种兴奋感一直伴随着他，使他远离正在发生的一切，其中包括领圣体，并一直持续到他们回家。那天，外婆请了他们的亲友吃晚餐，饭菜比平时丰盛一些，渐渐地，平时习惯少吃少喝的客人们兴奋不已，因此，一种巨大的欢乐逐渐充满了房间，这破坏了雅克的情绪，以至于当甜点到来时，在普遍兴奋的顶峰，他突然哭了起来。"你怎么了？"外婆问道。"我不知道，我不知道。"气急败坏的外婆打了他一巴掌。"这样，"她说，"你就会知道自己为什么哭了。"但事实上，当他看着桌子对面的母亲投来悲伤的微笑时，他确实知道自己为什么哭了。

"这一项已经过去了，"伯纳德先生说，"好了，现在我们开始好好学习。"又过了几天艰苦学习的日子，最后一节课是在伯纳德先生家上的。而后的一天早上，在雅克家附近的有轨电车站，四个学生手拿垫板、尺子和文具盒，围在热尔曼先生周围，雅克可以看到他的母亲和外婆在阳台上向他们挥着手。

举行考试的中学在城市环绕海湾的弧线的另一端，曾经是一个富裕而沉闷的地区，但由于西班牙移民的到来，已经成为阿尔及尔最拥挤、最热闹的地区之一。中学是一座俯瞰街道的巨大方形建筑，正面宽阔壮观的台阶及两侧的台阶都能直通校内，两边是栽种着香蕉树和其他植物的简陋花园，用铁栅栏围起，以防学生破坏。从正面的台阶进入走廊，走廊与两侧的台阶相连，直接通往一个在重要场合才打开的漂亮的大门，廊的一侧是一个小得多的门，对着守门人的玻璃窗，供人们平时进出。

在走廊里，有一群提前到达的学生，他们大部分表情轻松，以掩饰自己的紧张；有几个站在那里一言不发，苍白的脸暴露了他们内心的焦虑。伯纳德先生和他的学生们在紧闭的门前等待着，清晨的气温很凉爽，街上湿漉漉的，过一会儿，太阳出来后，街道就会铺上尘土了。他们早到了半个小时，孩子们静静地围在老师身边。老师也没有什么要说的，然后就离开了，他说他会回来的。的确，孩子们看到他回来了，他戴着毡帽，穿着马靴，很优雅，两只手各拿着两个螺旋形的纸包，当他走近时，孩子们看到纸上沾满了油。"羊角面包，"伯纳德先生说，"现在吃一个，另一个留到十点钟吃。"孩子们感谢了他，但吃在口中却咽不下。"别担心，"老师不停地说着，"看好试题及作文题，把它们读几遍，你们有时间的。"是的，他们会多读几遍，他们会听从他的安排，在他那里，生活中没有任何障碍，只要让自己接受他的指导就够了。这时候，小门旁一阵喧哗。六十来个学生一齐向那个门口拥去。一个办事员开了门，正在读一份名单，雅克的名字是最先被念到的。他紧握着老师的手，犹豫不决。"去吧，孩子。"伯纳德先生说。雅克颤抖着走向门口，进门前回过头来望着老师，他站在那儿，高大、结实，平静地对雅克笑着，对他点点头。

中午，伯纳德先生在出口处等着他们。孩子们把做题的草稿纸拿给他看。只有桑迪亚哥做错了题。"你的作文非常好。"他简单地对雅克说。一点钟，他又把他们带回来。四点钟的时候，他还在那里核对他们的答案。"好啦，"他说，"我们必须等待。"两天后的上午，他们五个人再次出现在小门前。十点时，门开了，办事员宣读了一份名单，这份名单要短得多，都是被录取者的名字。在一片嘈杂声中，雅克没有听到他的名字。但是，他的背上挨了一记快乐的拳头，并听到伯纳德先生对他说："好样的，小家伙。你通过了。"只有漂亮的桑迪亚哥没有通过考试。他们有些悲伤地望着他。"没什么，"他说，"没什么。"雅克已分不清自己身在何方，发生了什么。他们几个人一起回到电车站。"我去见你们的父母，"伯纳德先生说，"我先去科尔梅利家，因为离他家最近。"此时，这个简陋的饭厅里坐满了女人，有他的外婆，他的母亲——她为这个重要事情请了一天假，还有他们的邻居马松家的女人们。他紧紧地靠在老师身边，最后一次呼吸着花露水的味道，贴着那坚实温暖的身体。外婆也在邻居们面前露出了笑容。"谢谢你，伯纳德先生，谢谢你。"她说。伯纳德先生抚摸着孩子的头。"你不再需要我了，"他说，"你会有更好的老师，他们知道得更多。但你知道我在哪儿，如果需要帮助，就来找我。"说完他就走了，雅克独自留在女人们中间。他冲到窗前，看着他的老师，老师最后一次向他挥手，从此以后他将独自去闯荡。他没有了成功的喜悦，反而有一种孩子无法忍受的痛苦萦绕在心头，仿佛他事先就知道，这次成功把他从温暖而纯洁的穷人世界中连根拔起，这个世界像社会中的一个孤岛一样封闭起来，贫困使他们成为一家人——而被抛到了一个陌生的世界，一个不再属于他的世界，他不相信那里的老师会比伯纳德先生更博学。从现在开始，他将不得不在没有拯救他的人的帮助下成为一个人，将不得不独自成长，而这将让他付出极大的代价。

七　蒙多维：殖民化与父亲

现在他已经长大了……从博恩到蒙多维的路上，雅克·科尔梅利乘坐的汽车与竖着长枪慢慢行驶的吉普车交错而过……

"韦亚尔先生？"

"是的。"

男人站在他那个小农场的门口，望着雅克·科尔梅利。这个叫韦亚尔的男人身材矮小，但很健壮，肩膀很圆。他左手扶着打开的门扇，右手紧紧抓住门框，因此，尽管房门打开了，但是他的身体却挡在了房门处。从他那稀疏的白发来看，他应该有四十岁左右，这让他看起来像个罗马人。但他那张晒得黝黑的脸，五官端正，眼睛明亮，穿着卡其色裤子，双腿有点僵硬但没有赘肉或肚腩，他的凉鞋和带口袋的蓝色衬衫，使他看起来更年轻。他站在原地听着雅克的解释。"进来吧。"说着，他就走到了一边，雅克沿着粉刷过的小走廊走了过去，尽头放着一个棕色的箱子和一个弯曲的木质雨伞架。这时，他听到身后的农场主笑了起来。"原来是来朝圣的啊！好吧，坦率地说，你来得正是时候。""为什么？"雅克问道。"我们到饭厅去吧，"农场主说，"这是最凉爽的房间。"饭厅的一半是阳台，除了一扇窗子外，用柔韧的稻草做成的帘子都放了下来。房间里除了一张桌子和一个矮木橱柜外，还有几把藤椅和折叠椅。雅克环顾了下房间，发现农场主是独身一人。他向阳台走去，透过帘子的缝隙，看到院子里种着观赏性的淡紫花牡荆，牡荆间停着两辆鲜红色的拖拉机。稍远处，在上午十一点还能忍受的阳光下，是一排排的葡萄园。过了一会儿，农场主拿着一个托盘回来了，上面放着一瓶茴香酒、两个杯子和一瓶冰镇凉水。农场主举起了他那杯乳白色的液体。

"如果您再晚来几天，你可能会发现这里什么都没有。而且无论如何都不会找到一个法国人来告诉你相关情况了。""是老医生告诉我，你的农场就是我出生的地方。""是的，它是圣·阿波特尔垦区财产的一部分，但我父母在战后买下了它。"雅克环视着整个房间。"你肯定不是在这里出生的，我父母重建了这座房屋。""他们认识我父亲吗？""我想不认识。他们最开始住的地方离土耳其边境很近，他们想搬到更靠近文明的地方。对他们来说，索尔费里诺就是文明之地。""他们没听说过原来的主人？""没有。你是这里的人，你知道是怎么回事。这里什么都留不住。人们总是把这些建筑拆毁、重建，他们一直在展望未来，遗忘过去。""好吧，"雅克说，"我占用了你的时间。""不，"另一个人说，"这是我的荣幸。"他对他微笑着。雅克喝光了杯子里的酒。"你的父母还留在边境附近吗？""不，那是禁区，在战壕附近。可见您并不了解我父亲。"他也吞下了剩下的酒，而且，他仿佛在其中发现了一个秘密，突然大笑起来："他是一个老式移民，就是巴黎人常常辱骂的那种人，您知道的。不过他确实一直是个硬汉子。六十岁了，但又高又瘦，就像一个清教徒，族长似的。他让他的阿拉伯工人流汗，而且，平心而论，他的儿子也是如此。因此，当去年不得不离开时，场面一度非常混乱。这个地方的生活已经变得令人无法忍受，你不得不和枪睡在一起。当拉斯吉尔农场遭到攻击时，您记得吗？""不。"雅克回答。"应该记得，父亲和他的两个儿子被割喉了，母亲和女儿被强奸，然后被杀死……总之……省长非常悲愤地对聚集的农民们说，他们不得不重新考虑殖民问题，对待阿拉伯人的方式问题，并说，历史已经过去，新的一天已经到来。老人家要让人们知道，没有谁能对他的财产发号施令。从那天起，他就不再开口说话了。夜里他会起身出去。我母亲透过百叶窗看着他，她看到他在自己的土地上走来走去。当疏散的命令到来时，他什么也没说。他的葡萄已经采摘完了，酒已经在桶里了。他打开酒桶放掉了里面的酒，然后走向咸水泉边，从前是他亲手为其改了道，现在又让咸水流到他的田里，他给拖拉机配备了一个深耕犁铧。整整三天，他光着头，一言不发地握着方向盘，把他土地上的藤蔓都犁了出来。想想看，那个瘦小的老人在拖拉机上，当犁铧被一个特别粗的葡萄枝蔓挂住时，就推动加速手柄。甚至都没有时间吃饭，我母亲给他送去面包、奶酪和西班牙红肠，他平静地吃着，就像他所做的一切一样，然后扔掉剩下的面包，继续加速工作。从日出到日落，他不看远处平线上的山，也没有看那些阿拉伯人，因为那些人很快得到了消息，就远远地看他干活，他们也一言不发。不知是谁通知的，当一位年轻上尉来到这里，并让他对此作出解释时，他对他说：'年轻人，既然我们在这里所做的都是罪恶，那就应该全部铲除。'当这一切完成后，他向农舍走去，穿过被酒浸泡过的院子，开始收拾行李，阿拉伯工人们在院子里等着他。（还有一支上尉派来的巡逻队，没有人知道为什么，由一位帅气的中尉带着，等待着命令。）'老板，我们能为你做点什么？''如果我是你的话，'老人说，'我就去科西嘉丛林。他们就要取胜了，法国就要没有男人了。'"

农场主笑了："嗯，够真实吧！"

"您和他们住一起吗？"

"不，他不想听到关于阿尔及利亚的任何一个字。他在马赛，住在一个现代的公寓里，妈妈给我写信说他经常在房间里转来转去。"

"那你呢？"

"噢，我留了下来，而且要坚持到最后。无论发生什么事，我都会留下来。我已经把我的家人送到了阿尔及尔，我要在这里死去。在巴黎，他们不明白这一点。这当然不包括您在内，您知道唯一能理解这一切的是什么人吗？"

"阿拉伯人。"

"完全正确。我们是为了理解对方而存在的。他们像我们一样简单而粗野，但都有男人的血性。我们会再互相残杀一段时间，相互折磨一番，然后又会回到生活中一起共处。这个地方就是这样。再来一杯茴香酒？"

"清淡一点儿。"雅克说。

随后他们走到屋外。雅克问过这个地区是否还有可能认识他父母的人。韦亚尔认为，除了那个把他带到这个世界上的老医生之外没有人了，而且他已经退休了。圣·阿波特尔垦区已换了两次主人，许多阿拉伯工人在两次战争中死去，又有许多人出生了。"这里一切都在不断变化，"韦亚尔不断地说，"它发生得非常快，我都记不清了。"

但也许老塔姆扎尔……他是圣·阿波特尔垦区一个农场的看守人，1913年，他应该二十岁左右。无论如何，雅克将会看到他出生的地方。

除了北部，这个地区被远处的群山环绕着，在正午的热浪中，它们的轮廓模糊不清，就像巨大的石块。从前曾是沼泽地的塞浦兹平原向北一直延伸到大海，空气中的热浪把齐整的葡萄园染成白色，经过硫酸铜杀菌的叶子呈蓝色，一串串葡萄已经变黑。田野上时而可见一排排柏树或一丛丛的桉树，树荫下坐落着几幢房屋。他们沿着一条农场小路前行，每走一步都会扬起红色的灰尘。在他们眼前，大片的葡萄园在空气中抖动，跳动的阳光炙烤着大地。当他们来到一簇梧桐树后面的小房子时，已经汗流浃背。一只狗在看不见的地方狂吠着。

这座房屋很破旧，桑木门紧紧地关着。韦亚尔上前敲了敲门，那条狗叫得更凶了。这吠声似乎来自房子另一边的一个封闭的小院。"看看我们是多么互相信任。"农场主说，"他们就在那里，他们正在等待。"

"塔姆扎尔，是韦亚尔。"他叫着。

"六个月前，有人来找他的女婿，他们想知道他是否给科西嘉丛林部队提供物资。从此再也没有听到关于这个人的任何消息。一个月前他们告诉塔姆扎尔，他可能在逃跑时被打死了。"

"噢，"雅克问，"那他是在给科西嘉丛林部队提供物资吗？"

"也许是，也许不是。有什么办法呢？这就是战争。但这也解释了为什么在这片热情的土地上，门开得很慢。"

就在这时，门开了。塔姆扎尔，身材矮小，一头白发，戴着一顶宽边草帽，穿着打着补丁的蓝色工作服，对韦亚尔笑了笑，并看了看雅克。"他是一个朋友。他在这里出生。""进来吧，"塔姆扎尔说，"喝点儿咖啡吧。"

塔姆扎尔什么都不记得了。是的，也许是这样。他曾听他的一个叔叔说起过，有一个经营者在这儿待了几个月。但那是战后的事了。

"是战前。"雅克说。或许是战前，这是有可能的，他当时非常年轻，他的父亲后来怎么样了？他在战争中死了。"这是命啊。"塔姆扎尔说，"但战争是不好的。""一直都有战争。"韦亚尔说，"但人们很快就会习惯于和平。所以他们认为这很正常。不，战争才是正常。""战争中的男人都发了疯。"塔姆扎尔一边说，一边去从隔壁房间的一个女人手中接过一个盘子，她已经把头转过去了。他们喝了咖啡，道了谢，又重新踏上了葡萄园炙烤的小路。"我坐出租车回索尔费里诺，"雅克说，"医生邀请我吃午饭。""我也不请自去，稍等片刻，我去拿点儿吃的。"

后来，在返回阿尔及尔的飞机上，雅克试图整理一下他所收集到的信息。事实上，他得到的信息并不多，而且没有什么与他父亲直接相关的信息。夜色几乎以可测的速度从大地上升起，越来越快，直到最后吞没了那架飞机。那架平稳飞行的飞机，就像一颗螺丝钉被钉入厚厚的夜幕中。但黑夜让雅克更加不安，在飞机和黑暗的双层束缚下，他感到自己呼吸有点儿困难。他终于看到了出生登记册和两个证人的名字，两个地道的法国名字，就像巴黎的路牌上常见的那种。老医生给他讲了他父亲的到来和他自己出生的故事后，又对他讲那两个证人是索尔费里诺的店主，他们是先到这个地方来的，他们同意给他父亲帮忙。他们的名字在巴黎郊区人中很常见，是的，但这并不奇怪，因为索尔费里诺是在 1848 年由法国的革命党人建起来的。"哦，是的，"韦亚尔说，"我的曾祖父母就在他们中间，这就是为什么我的父亲有革命的基因。"他又接着说，他的曾祖父是来自圣德尼区的木匠，外婆是个洗衣女工。当时巴黎有很多失业者，引起了人民的不满。于是，制宪会议投票通过拨款五千万法郎，用于建立一个殖民地，承诺给每个人一栋房子和二至十公顷土地。"您可以想象得到，当时会有多少应征者。超过一千人。所有这些人都梦想着得到许诺的土地。尤其是男人们。女人们对陌生的地方会心生恐惧，男人们则不然，他们闹革命可不想一无所获。他们是相信圣诞老人的，相信圣诞老人的阿拉伯呢斗篷。好吧，他们得到了圣诞礼物，他们在 1849 年出发，直到1854 年夏天建起了第一座房屋。同时……"

此刻，雅克呼吸顺畅了些。经过滗析，最初的黑夜像潮水一样退去，天空中布满星辰，只有震耳欲聋的马达声在压迫着他。他试图回想起那个售角豆树果和草料的老人的面孔，他曾认识他的父亲，依稀有些印象，不断地重复着："不爱说话，他是不说话的。"但噪声使他疯狂，这使他陷入了一种令人讨厌的沉思，他徒劳地试图唤起他的父亲，想象他的样子，但他消失在了身后这巨大的、充满仇视的土地上，融化在了这片无名之地的历史中。他们在医生那里谈话的细节又出现在他面前，医生说是一些驳船将巴黎的殖垦者们运到了索尔费里诺。当时没有火车，噢，不，不，是的，但它只通到里昂。然后，六艘用草泥马拖着的驳船，市府铜管乐队高奏《马赛曲》和《出征之歌》，神职人员在塞纳河畔举行祝祷仪式，旗子上绣着尚未存在的村庄的名字，但乘船者们会用魔法创造出这个村庄。驳船开始漂流，慢慢地掠过巴黎，航路流畅，巴黎将要在他们的视线里消失，愿上帝保佑你们的事业吧，即使是那些最坚强的人也都沉默了，心情沉重，他们惊恐的妻子，只好把一切都寄托在男人身上了。在船舱里，他们不得不睡在沙沙作响的稻草上，脏水就在眼前，女人们在依次举起床单，在床单后面换衣服。这时，他的父亲在哪儿？不知道。一百年前，在秋末沿着运河，在铺满枯叶的小溪和河流上漂流了一个月，在灰蒙蒙的天空下，岸边光秃秃的榛树与柳树护送着他们，在途经的城市高奏铜管乐队欢迎，又载上新的漂流者继续向陌生地进发。正是这一切让他对圣布里厄的年轻死者有了更多的了解，而不是那些模糊和混乱的回忆。此时，飞机发动机改变了转速。下面那些支离破碎、直刺人心的夜的碎块便是卡比利亚，这个地带狂野而血腥。这就是一百年前他们要去的地方，1848 年的工人们挤在军舰里，奔向那个地方。老医生说："这是船的名字，你能想象吗？'拉布拉多号'驶向充满希望的、蚊虫肆虐的野蛮之地。""拉布拉多号"在暴风雨中搅动着冰冷的海水，甲板被北极风吹了五天五夜，征服者们在船舱底部，翻江倒海地呕吐，生不如死，直到他们到达博恩港口。码头上的人们奏起音乐欢迎脸色发绿的探险者们，他们远道而来，带着妻子、孩子和财产离开欧洲的首都，经过五个星期的漂泊，跟跟跄跄地踏上了这片遥远的土地，在这里，他们不安地感受着陌生的气味，混杂着粪肥和香料的气味。

雅克在他的座椅上翻了个身，处于半睡半醒之中。好像看见了他从来没有见过，也不知道他身高的父亲，看见他在博恩码头的移民之中，滑车正在卸运那些远航后剩下来的简陋家具，人们为家具遗失争吵不断。他站在那儿，意志坚定，脸色阴沉，牙关紧咬。这不正是他四十年前，在同样的秋日下，坐着破旧的马车，从博恩到索尔费里诺的同一条道路吗？但这条道路对于那个时候的移民来说是不存在的，女人和孩子们挤在军队的辎重车里，男人们则步行穿过沼泽地，不时遇到成群的阿拉伯人敌视的目光，这些人远远地站着，身边始终伴着狂吠不止的卡比尔人的狗群。傍晚时，他们到达了他父亲四十年前到的那个地方，那里地势平坦开阔，远处是高山，没有房子，没有一块开垦过的耕地，只有几顶土色的军用帐篷。对于他们来说，这是荒郊野外，是世界的尽头。然后，妇女们在夜里哭泣，因为疲惫、恐惧和失望。

同样是在夜里，他们抵达一个十分偏僻的地方，同样是男人们，随后……噢！雅克不知道他父亲的情况，但对其他人来说，情况就是这样。在士兵面前，他们不得不笑着振作起来，并在帐篷里安顿下来。房子是以后的事，它们会被建造，土地会被分配。劳动，伟大的劳动能拯救一切。"但他们不能马上开始……"韦亚尔说。雨，阿尔及利亚的雨，巨大的、残酷的、无休止的，已经下了八天，塞浦兹河泛滥成灾，水涨到了帐篷里，他们无法出去，在肮脏的大帐篷里，他们挤在一起，是兄弟也是敌人。无休止的倾盆大雨打得帐篷噼啪作响，为了除去排泄物的恶臭，他们割来几根空心芦苇，这样他们就可以从里面往外排尿。大雨一停，他们终于在木匠的带领下开始建造简易棚屋。

"啊！那些善良的人，"韦亚尔笑着说，"他们在春天里建完了小小的棚屋，然后发生了霍乱。据老父亲说，我们的木匠祖先就是这样失去了他的女儿和他的妻子，当时她们对远行担心是有道理的。""嗯，是的。"老医生不能坐着不动，他来回踱着步子说。他系着绑腿，腰板挺直，充满自信。"炎热的夏季提前到来，棚屋里酷热难耐，而且卫生条件可想而知。总之，每天要死十几个人。"与他们同行的那些军人也受不了了，他们用光了所有的药后，想出了一个办法：必须通过跳舞来激起血液。每天晚上收工后，垦殖者们在送葬间歇里伴着小提琴跳起了舞。嗯，这想法并不坏。由于天气炎热，勇敢的人们跳得汗流浃背，流行病慢慢止住了。"这是个值得探讨的主意。"是的，是个不错的主意。在炎热潮湿的夜晚，就在病人沉睡的棚屋间，小提琴师坐在板条箱上，身边的灯笼上有蚊子和昆虫在嗡嗡作响，穿着长袍布服的征服者们围着熊熊的荆棘大火跳着，拼命地流汗，而在营地的四个角落，哨兵们正在放哨，以保护被围在中央的人们不受黑鬃狮、偷牛贼、阿拉伯人的侵扰，有时防止其他法国营地来劫掠食物。后来，终于分了土地，离棚户区很远的分散的地块。再后来建起了村庄，四周垒起了土围墙。但三分之二的垦殖者都死了，就像初始的阿尔及利亚一样，镐和犁连碰都没有碰过。剩下的人继续做着田里的巴黎人，辛苦地耕耘着，头戴高顶黑礼帽，肩上扛着枪，牙缝里咬着烟斗。这里只有带盖的烟斗才被允许使用，不许抽纸烟，因为会起火。他们的衣服口袋里揣着奎宁片，奎宁当时在博恩的咖啡馆和蒙多维的饭堂里被当作普通饮料出售，有益于身体健康，身着绸裙的妻子陪伴着他们。不过，他们必须始终身背长枪，周围还有士兵守卫，甚至女人去塞浦兹河中洗衣服也得有士兵护送。村庄也常遭夜袭，比如1851年，在一次暴动中，几百个穿着阿拉伯呢斗篷的骑手围着村庄乱转，最后看到被围者用炉筒佯作大炮瞄准他们时才逃走。在一个拒绝被占领的敌人的土地上工作，敌人向一切可触及之物施行报复。一辆车子陷入了泥潭，垦殖者们留下了一个孕妇去寻求帮助，但当他们回来时，看到女人的肚子已被划开，乳房被割掉。"这就是战争。"韦亚尔说。"我们要公平一点，"老医生补充说，"人们把他们一家老小关在山洞里，是的，他们阉割了柏柏尔人，一直追溯到第一个罪犯——你们知道，他的名字叫该隐。从那时起，战争就开始了。人是可憎的，尤其是在烈日炎炎之下。"

午餐后，他们走过村庄，这个村庄与全地区的数百个村庄相似，有几百座小房子，都是19世纪末的简单风格，分布在几条街道上，还有几座大楼，例如合作社、农业银行及集会大厅，这些大型建筑与街道形成直角，而所有的街道又都通向一个用金属框架搭建的音乐厅，好似一个驯马场或一个地下铁路入口。多年来，每逢节日，市政军乐队在此演奏音乐，穿着节日盛装的情侣们在热浪和尘土中围绕着它漫步，吃着花生。今天也是星期日，军队的心理研究部门在亭子上安装了扬声器，人群中大部分都是阿拉伯人，他们不是在广场上散步，而是静静地站着，听着与演讲交替进行的阿拉伯音乐，而迷失在人群中的法国人都有着同样的表情，阴沉着脸，没有精神，就像那些很久以前乘坐"石岩号"来到此地的先辈们，或者那些在同样情况下登陆其他地方的人。他们有着同样的痛苦，本想远离贫穷或压迫，没想到遇到的却是痛苦和投掷的石头。这就是马翁的西班牙人，雅克的母亲的祖先，或那些在1871年拒绝德国统治而选择法国的阿尔萨斯人，他们得到了1871年被杀或被俘的暴乱分子的土地，逃避兵役者取代了造反者的位置，他的父亲就来自那里。他来到这个地方，带着同样的阴郁和坚定，他的想法只有一个，那就是未来，就像那些不喜欢自己的过去并否认过去的人一样，他也是一个移民，就像那些在这片土地上生活过的人一样，没有留下任何痕迹，除了一块殖民者墓地那已经破损、长着绿苔的墓碑罢了，就像韦亚尔走后，雅克与老医生一起参观过的一个墓地一样。一面是最新殡葬方式，崭新而丑陋的廉价宗教艺术的点缀；另一面，在古老的柏树下，在铺满松针和柏树的小路上，或在脚下盛开小黄花的酢浆草的湿墙边，旧墓碑几乎与泥土一个颜色，已经难以辨认了。

一个多世纪以来，大批的人来到这里播种耕耘，某些地方的土地越犁越肥沃，另一些地方的土地却贫瘠，最后地面只剩一层薄土覆盖，整片地区又野草丛生。他们繁衍了后代，然后消失了，他们的儿子也是如此。他们的子孙依旧在这块土地上生存，就像他自己一样，没有过去，没有伦理，没有指导，没有宗教，但他们喜欢这样，喜欢这样生活在阳光中，在夜晚与死亡面前孤独忧虑。这一代代来自不同地区的人，在已初见暮色的天空下固守着自己的本心，而后无声无息地消失了。他们被深深地遗忘，实际上，这片土地能给予他们的正是这个。暮色从天而降，三个男人走在乡间小路上，他们的心因黑夜的来临而焦虑，充满了恐惧。当夜幕突然降临在海面上，在崎岖的山脉和高原，非洲的男人们也同样会感受到这种死于无名的悲伤。在那里，神庙和祭坛出现了，但在非洲的土地上，神庙已被摧毁，剩下的只是这种难以承受的精神重压。是的，他们是如何死的！他们也在如何死亡！在沉默中远离一切，就像他的父亲在一场难以理解的悲剧中死去一样：远离他的故土，没有任何自由选择的生活，从孤儿院到医院，经历了婚姻，生活就这样不以他的意志建立了起来，直到战争将他杀死并埋葬。从那时起，他与他的族人和他的儿子永远分开，他也被送回了那片巨大的遗忘之地。那是他的族人的最终家园，一个没有根的生命的最终归宿。在当时的图书馆里，有那么多关于弃儿建立的垦殖地的记录。是的，在这里的都是那些丢失的孩子，他们建起了临时的城镇，将来有一天，他们在这里死去，仿佛人类的历史在这片古老的土地上从未停止过步伐，却只留下如此少的历史痕迹。在永恒的阳光下，在人们的记忆中，他们同真正创造了历史的人一起蒸发掉，只剩下暴力与屠杀，仇恨的怒火，血流成河，迅速膨胀又迅速干涸，就像这个国家的河流一样。此时，夜色从地面升起，开始吞噬一切，死者和生者，这奇妙的、永远存在的天空下。他恐怕永远也无法了解他的父亲，他继续沉睡在那里，面容永远消失在灰烬中。在这个男人身上有种神秘感，一种他曾想尽力弄清楚的神秘。但最终，贫困这个秘密让他们没有姓名，也没有过去，把他们送入无名死者的人群之中，他们创造了这个世界，而他们自己却被毁灭了。这正是他父亲与"石岩号"船上的人们的相同之处。萨赫勒的马翁人，高原上的阿尔萨斯人，以及这个位于沙与海之间的巨大的岛屿，现在巨大的沉默开始笼罩着它，也就是说，从血缘、勇气、工作及本能上来看，都是既残酷又令人惋惜的。他想逃离这个没有名字的地区、人群及家庭，但在他的内心，却固执地寻求着这种无名，他也是这个部落的一员。夜色中，他茫然地走在气喘吁吁的老医生左侧，听着从广场上传来的阵阵音乐声，他的眼前再一次出现了乐队周围那些阿拉伯人难以捉摸的面孔，韦亚尔的笑声和他那张倔强的脸，他还看到了爆炸时母亲脸上那绝望的柔弱与悲伤，令他心痛不已。在历史的夜幕中，在被遗忘的土地上，那里的每个人都是第一个人，不得不独自成长，没有父亲，也不知道该怎么办。也从未经历过父亲陪着儿子，等他长大一些后，对他诉说家庭的秘密，告诉他家庭的秘密，或很久以前的悲伤，或他生活的经历，在那些时刻，即使是可笑的、可恨的波洛涅斯在对拉奥尼亚斯说话时也会突然变得伟大。而他十六岁，然后二十岁，从来没有人跟他说这些，他必须独自成长，长体魄、长能力，独自寻找他的道德准则和真理，并最终长成一个男人。然后又将经历一个更加艰难的新生，开始学习如何同他人相处，如何同女人相处，就像那些在此地出生的男人，努力在没有根基、没有信仰中试图学会生活。今天，他们正面临着一个危机，即永远匿名，并失去他们曾在这个世界上生活过的那点儿神圣痕迹。夜色掩盖的墓地中那些令人难以辨认的墓碑，应教会他们去感受那些已经被遗忘的、这片土地上众多的前辈征服者，他们应该承认其宗族的团结及命运的力量。

现在飞机正向阿尔及尔降落。雅克想到圣布里厄的小墓地，那里的士兵墓地比蒙多维的墓地保护得更好。他的心被地中海隔开了两个世界：一个是在有限的地域，一切都保存完好；另一个是在这片广袤的土地上，风和沙子抹去了人的所有痕迹。他曾试图逃离那种无名，贫穷和无知的生活，他不能过那种盲目忍耐的，没有言语的，毫无计划的现实生活。他走过很多地方，创造过很多东西，爱过很多人，也抛弃过很多人，他的日子已经充实到了极点。然而现在他才知道，圣布里厄和它所代表的东西在其内心深处从未占据过什么位置。他想到了他刚刚离开的那些破旧的、布满绿色苔藓的坟墓，突然以一种奇特的豁然心态接受了这个事实：死亡将他带回到他真正的故乡，也以无尽的遗忘抹去了他对那个曾在阿尔及尔工作过的陌生而平凡的人的记忆。他在贫困中成长，在没有帮助和拯救的情况下，在幸运的海岸上建立了自己的家园。然后，他独自一人，在没有记忆和信仰的情况下，进入了他那个时代人们的世界，还有那可怕并充满激情的历史。

第二部　儿子或第一个人

一 中学

那一年的 10 月 1 日，雅克·科尔梅利脚上穿着大一号的新鞋，上身穿着浆过的衬衫，肩上背着一个散发着清漆和皮革气味的挎包同皮埃尔一起站在有轨电车前部，看到司机把曲柄拉回一挡，沉重的电车离开了贝尔库特车站。这时，雅克回过头，试图瞥见位于几米外的母亲和外婆，当时她们正俯在窗台上，目送他第一次走向神秘的中学。但他看不到她们，因为他旁边的人正在阅读《阿尔及利亚日报》的内版。于是，他又转回身，看着前方的铁轨被电车不断吞没，头顶上的电缆线在晨风中晃动。他转过身去，心事重重地望着他的家，望着他从未真正离开过的老街区（他们去市区时会说"去阿尔及尔"），他心里有点儿难过。车速越来越快，尽管他的朋友皮埃尔与他肩并肩，他还是有一种孤独感，对一个陌生的世界感到不安，他不知道自己该怎么做才好。

事实上，没有人可以给他们建议。皮埃尔和他很快就意识到，他们必须要独自面对一切。他们不敢去打扰贝尔纳先生，因为他也不了解，也不能告诉他们任何关于这个中学的情况。他们的家人对中学更是一无所知。对于雅克全家人来说，拉丁语是一个完全没有意义的符号。曾有那样几个时代（除了他们可以想象的原始社会），人们不讲法语，当那些文明相继而至，其风俗与语言是如此的不同，这些他们全然不知。无论是图像、文字、传说以及日常交谈中，这一切他们从未涉及过。在这个没有报纸的家庭里，在雅克带书回来以前，没有书籍，也没有收音机，有的只是一些生活用品。家里除了亲戚，没有人来访，他们也很少离开这个家，即便出门，也总是去拜访同样认知的家庭。在家里，雅克从中学带回的东西无人理解，于是他和家人之间的沉默越来越多。在中学里，他同样不能谈论自己的家庭，他感觉到了这个家的特殊，即便能够战胜使他缄默的羞耻感，他也表达不出这种感觉。

让他们感觉自己不同于班级里其他人的并不是社会阶级的差异。在这个移民国家，一夜暴富和瞬间破产的人随处可见，阶级之间的界限没有种族之间的界限那么明显。如果这些孩子是阿拉伯人，他们的感受会更加痛苦和辛酸。此外，虽然他们在社区小学时接触过阿拉伯同学，但中学里的阿拉伯同学却跟社区小学的不同，他们都是有钱人家的孩子。不，使他们感到不同于其他人的这种差异，雅克的感觉比皮埃尔更强烈，因为雅克家的这种特殊性比皮埃尔家更为明显，这决定了他不可能将他的家庭与传统的价值观联系起来。在学年初的问卷中，他当然可以回答说他的父亲在战争中死了，这已经体现了其社会地位，说明他是国家抚养的战争孤儿，这一点大家都明白。但在这之后他便犯难了，在发下来的表格中，他不知道在"父母职业"中应写什么，他先写上了"家庭主妇"，而皮埃尔写的是"邮局职员"。但皮埃尔告诉他，家庭主妇不是一种职业，而是指一个自己持家、做家务的女人。"不，"雅克说，"她也给别人家做家务活，特别是他家街对面的服饰店。""那么，"皮埃尔迟疑着说，"我想，应该写上女佣。"雅克的内心从未有过这种想法，原因很简单，他在家里从来没有听说过这个陌生的词——这是因为家里没有人觉得她是在为别人工作，她首先是在为她的孩子工作。雅克写上了这个词后，一下子感受到了耻辱，并为自己的这种耻辱感而感到耻辱。

孩子本身并不重要，能代表他的往往是他的父母。正是通过他们父母的社会地位，孩子们定义自己，也被世人所定义。他感到自己的定位也要受父母的影响，也就是说，父母的影响是无法根除的。而这种由世界作出的评判是他刚刚发现的，他对自己那颗坚硬的心的判断也随之而来。他可能不知道，人一旦长大后，就不会再有这种耻辱感了。因为一个人的好坏是由他的身份决定的，而不是他的家庭。甚至发生了这样的情况，人们会以孩子长大后的身份来评判其家庭。但此时，他必须有一颗忍辱负重的心，才能使他不对这种痛苦和自己的本性作出愤怒和羞愧的反应。他根本没有这些品质，至少在此时，但他身上那种固有的骄傲帮助了他，让他坚定地在表格上写下了"女佣"这个词，然后面无表情地把它拿给老师，而老师并没有注意这一点。从那时开始，雅克就没再想过有一个不同的家庭或人生地位，在这个世界上，母亲就是他最爱的人，即使这种爱是无望的。此外，如何才能让人明白，一个可怜的孩子虽然有时会感到羞愧，但却从来不奢望呢？

还有一次，当他被问及宗教信仰时，他回答说："天主教。"但当问他是否要参加教理课时，他想起了外婆的恐惧，他说不。"简而言之，"辅导老师面无表情地说，"你是一个不履行教规的天主教徒。"雅克无法解释他家里发生了什么，也说不出他们家人对待宗教的奇特方式。因此，他坚定地回答："是的。"同学们笑了起来，而此时正是他最无所适从的时候。

又有一天，语文老师给学生们发了一张有关校内管理的表格，让他们带回家，父母签名后上交。这份表格列举了禁止学生带入学校的东西，从武器到杂志，包括扑克牌，表格的语言非常简练，雅克不得不用简单的语言向他的母亲和外婆讲述了一下。他的母亲是唯一一个能在表格底部签上粗略签名的人，因为在丈夫去世后，她每个季度要去领取战争遗孀抚恤金，政府的财政部——不过卡特琳·科尔梅利只是说去国库，因为对她来说，这只是一个名字，没有任何意义。另一方面，对孩子们来说，这是一个神话般的地方，有用不完的金钱。他们的母亲不时地从那里提取一小笔钱，但每次都要她签名，开始她感到为难，后来一位邻居教她"寡妇科尔梅利"的签名，她勉强照着写了上去，并得到了承认。然而，第二天早上，雅克发现他的母亲在他起床之前就离开了，去打扫一家提前开业的商店，忘记了在表格上签字。他外婆不会写字，她是用画圈的方法来算账的，根据一个圈，还是两个圈，分别代表个位，十位或百位。雅克只好带着没有签名的材料去了学校，跟老师解释说母亲忘记签名了。当他被问及家中是否有其他人会签名时，他说没有，并从老师惊讶的神情中发现这不是他认为的那样平常。

更令他想不通的是那些因为父亲的工作调动而从大城市来到阿尔及尔的年轻人。其中最令他疑惑的是乔治·迪迪埃。他们俩都非常喜欢法文课和阅读课，因此他们之间结下深厚的友谊，以至于皮埃尔都对此颇为忌妒。迪迪埃是一个非常虔诚的天主教徒的儿子。他的母亲"做音乐"，他的姐姐（雅克从未见过她，但他梦见过她）做刺绣，而迪迪埃——根据他所说的——是要成为一名神父的人。他非常聪明，在信仰与道德问题上毫不妥协，他的信念是教条式的。雅克从未听他说过一句不礼貌的话，或像其他孩子那样趾高气扬地说些脏话，尽管他们对那些脏话的意义并不十分理解。他们成了好朋友后，迪迪埃试着做的第一件事，便是让雅克不再说粗话。同他在一起时，雅克很容易就做到了，但和其他人在一起时，这些话就会很容易地溜回他的谈话中（在他身上已经形成了一种多面性，这种多面性会使他很容易应对许多事情，他更善于说话，会说很多种语言，能适应不同的环境，还能扮演多种角色，除了……）。与迪迪埃在一起，雅克才明白了什么是法国中产阶级。他的朋友在法国拥有一座住宅，每年都回去度假，并经常在信中对雅克讲起或描述那里的情景：那所房子的阁楼上堆满了旧箱子，箱子里保存着家族的信件、纪念品和照片。他了解自己祖父母及曾祖父母的历史，一个曾在特拉法尔加当过水手的祖先的故事，这段漫长的历史，在他的想象中栩栩如生，也是他日常行为的榜样和鞭策。"我爷爷说过……我父亲认为……"他通常这样彰显他的严谨和那让人疲惫的纯正。当他谈到法国时，总是说"我们的祖国"，并表示在被需要时，愿为祖国做出牺牲（你父亲为我们的国家而死，他对雅克说），而这个国家的概念对雅克来说毫无意义。他知道自己是法国人，这意味着应承担一定的义务。雅克觉得法国是一个抽象的概念，看不见摸不着，人们仰仗她，有时她也需要你的付出，这有点像他在外面听说过的上帝，上帝好像是善与恶的最高掌管者，人们无法影响它，而它却主宰着人类的命运。他的这种印象在与他一起生活的女人中甚至更为强烈。"妈妈，祖国是什么？"有一天他问道。

她显得有点不知所措，就像她每次遇到不明白的事所表现的那样。"我不知道。"她说。"是法国。""噢！是的。"她好似松了口气。而迪迪埃确实知道那是什么，这个家族世代相传，对他来说是一个强大的存在。通过其历史，他了解他的出生地，他称圣女贞德时直呼其名：让娜。所以对他来说，善与恶都有一定的标准，正如他自己当年与未来的命运一样。雅克以及皮埃尔隐隐地感觉到他们自己属于另类：没有过去，没有祖屋，更没有堆满信件与照片的阁楼。从理论上说，他们是一个模糊国家的公民，那里的屋顶被大雪覆盖，而他们自己却在永恒的野蛮的太阳下成长，配备了最基本的道德，例如，禁止他们偷窃，责令他们保护母亲和妇女，但对有关女人及上级的关系等众多问题保持沉默……总之，他们是一群被上帝遗忘，也不知晓上帝的孩子，无法想象未来的生活。而这种生活在无所谓的太阳神、海洋神或贫穷的保护下，每天都已是如此丰富多彩。的确，如果说雅克如此深切地依恋迪迪埃，恐怕正是由于他那颗追求完美的心，极为忠诚的心（雅克第一次听到忠诚这个词——他曾读过上百次——就是出自迪迪埃之口），以及他那种迷人的温情，或者是由于他的与众不同。在雅克看来，他具有异国情调的魅力，深深地吸引着他，就像雅克后来长大后会觉得自己不可抗拒地被外国女人所吸引一样。那个具有家史、传统及宗教的孩子对雅克的诱惑力与晒黑了皮肤的冒险者相似，他们从热带地区归来，守护着一个奇怪的、不可思议的秘密。

卡比利亚牧童站在阳光肆虐而光秃的山上望着大雁飞过，想象着它们从北方经过长途跋涉来到此地。他可能整个白天都在幻想，到了晚上，他还是会回到长满乳香黄连木的山上，回到那间可怜的小屋，回到身穿长裙的女人们的身边，因为他的根在这里。就这样，雅克被资产阶级这种神奇的东西所迷醉，而实际上他最亲近的人是境况和他一样的皮埃尔。每天早晨六点一刻（星期日和星期四除外），雅克都会从他家的楼梯上大步奔跑下来，无论是在炎热的夏季，还是在冬天能把他的披风吹得鼓起来的暴风雨中，然后在喷泉处转向去皮埃尔家的街道，爬上两层楼，轻轻地敲响皮埃尔家的房门。皮埃尔的妈妈是一个漂亮的女人，她给他打开门，进入摆设简单的饭厅。饭厅的另一端，各有一扇门通向卧室。一间是皮埃尔与母亲共用的，另一间是他的两个舅舅住的，他们都是身体强壮的铁路工人，很少说话，但总是面带笑容。饭厅右边是一个封闭的小房间，既不通风也没有光线，那里是厨房和卫生间。皮埃尔总是很磨蹭，他坐在铺着漆布的饭桌前——如果是冬天，桌上还会亮着一盏油灯——手里捧着一个棕色的釉瓷大碗，小心翼翼地喝着母亲为他刚刚煮好的牛奶咖啡。"吹一下。"他母亲说道。他吹了下，咂着嘴吮吸着，雅克站在一旁望着他，不停地把身体的重量从一只脚上移到另一只脚上。喝完牛奶咖啡，皮埃尔还得到点着蜡烛的厨房去刷牙。洗碗池前放着一杯水，水杯上横躺着一把牙刷，上面涂着一条厚厚的专用牙膏，因为他患有齿槽脓毒症。他穿上短斗篷，戴上帽子，背上挎包，到厨房里用力地刷了很久的牙，然后把漱口水很响地吐在洗碗池中。牙膏的药味和咖啡的味道混在一起，让雅克有点恶心，同时也有点不耐烦。他把这种情绪映在脸上，特意让皮埃尔知道，随之而来的便是他们两个互相赌气，而这也是很正常的，也是他们友谊的凝固剂。然后他们默默地下楼，阴着脸走在街上，一直走到有轨电车站。但其他时候，他们会互相追逐，大笑，或者在奔跑时把其中一个人的书包当橄榄球相互传递。他们在车站等车，窥着红色电车是否到来，以便确定坐两三节车厢中的哪一节。

他们不喜欢后面那两节车厢，总是爬到车头那节车厢上去，但每次都很艰难，因为电车上挤满了去市区的工人，他们的挎包阻碍了他们的前进。他们就趁每次有乘客下车时往前挤，向车长的铁质玻璃驾驶室靠近。在驾驶室后边，高而窄的变速箱上有一个换挡手柄，可环绕转动，其中一个凸起的钢卡槽为空挡，另外三个为加速挡，第五个为倒车挡。只有司机才有权利操纵这个手柄，玻璃上写着禁止与司机谈话。在孩子们的眼里，司机就是神一样的人物。他们身穿制服，戴着皮革帽，但阿拉伯司机除外，他们只是戴着一顶小圆帽。孩子们从外表就能分辨出他们。一个是"帅气的小家伙"，他看上去像个男主角，肩膀很瘦。"棕熊"是一个身形高大的阿拉伯人，开起车来很粗犷，目光始终直视着前方。"动物朋友"是一个意大利人，一脸严肃，目光有神，总是弓腰握着手柄。他之所以有这个绰号，是因为有一次他差点停下手柄，以避免撞到一只心不在焉的狗，还有一次是为了避开一只在铁轨间不慌不忙地拉屎的狗还有"佐罗"，一个高大的家伙，长着道格拉斯的脸和小胡子。"动物朋友"是孩子们喜欢的司机，但他们却很狂热地崇拜着"棕熊"，他不慌不忙，稳稳地端坐在驾驶室，快速地驾驶着轰隆作响的电车，巨大的左手紧握着操纵杆，一旦交通情况允许，他会立即将其推向三挡，他的右手警惕地放在变速箱右侧的大刹车轮上，准备在把变速箱移到空挡的同时，用力转动几下刹车轮，然后电车就会在铁轨上重重地滑行。正是因为"棕熊"，电车才会在转弯和道岔处，用螺旋形弹簧固定在车顶上的无轨电车杆常会脱离与空心轮相连接的电缆线，震颤着直立起来，擦出的火星，噼啪作响。售票员跳下电车，抓住无轨电车杆一端的长线——长线会自动卷入车后面的铁箱中——用尽全身力气把线拉出，然后把无轨电车杆重新向后拉，让它慢慢上升，试着让电线进入轮子的空心轮辋中，周围火花四溅。每当这个时候，孩子们都会把身子探出车外，如果是冬天，孩子们就把鼻子贴在车窗上，关注着一切。看到售票员成功时，他俩便对着人群通告一声，以未违规与其交谈的方式通知了司机。但"棕熊"却不为所动，他按照规定等待着售票员拉动悬在电车后面的短绳，使前面的铃声响起，发出开车信号，然后他再次启动电车，飞速驶向前方。在一个个阴雨绵绵或充满阳光的清晨，孩子们聚在电车前面，看着脚下的钢轨与头顶掠过的电网在他们面前飞驰而过。当他们望着电车赶超一辆马车，或与一辆笨重的大汽车保持同步时，他们会很开心。快到市中心时，每到一站就有一些阿拉伯和法国工人下车，又上来一些穿着光鲜的人，在铃声响起时再次出发，在城市的弧线上从一端走到另一端，直到海湾港口，海湾一直延伸到地平线尽头的蓝色大山处。再过三站就是终点站——市府广场，孩子们在这里下车。广场的三面环着树木及带拱门的建筑，一面朝向白色的清真寺，清真寺后面就是港口。奥尔良公爵的跃马雕像矗立在广场中央，在明亮的天空下，铜像泛着绿光，但在天气不好的时候，铜像就会变成黑色，下雨时（传说雕塑家自杀了，因忘了雕上马衔索）马尾上不停地流着水，落在铁栅围绕的小花坛中。广场上铺着闪亮的小石子，孩子们跳下电车后，滑过这些小石子，向巴苏恩街走去，五分钟后他们就能到达中学了。

巴苏恩街很狭窄，两边的拱廊横架在粗大的方形柱子上，使其显得更加狭窄，也就刚好能铺设一条由另一家公司使用的电车轨道，保障着这个地区与城市高地社区的交通。在炎热的日子里，蔚蓝的天空像一个热气腾腾的盖子罩在街上，而拱廊下的树荫很凉爽，下雨的时候，整条街就变成了一条发亮的深石沟。拱廊下是一排排的商店，布匹批发商的店面涂成深色，柔和地衬托出亮色面料；杂货店里散发着丁香和咖啡的味道；阿拉伯商贩的摊位出售流着油和蜜的糕点；幽暗的咖啡馆中，大咖啡壶噗噗作响（而到了晚上，在耀眼的灯光下，咖啡店里人声鼎沸，一群男人踏着撒在地板上的锯末，挤在吧台前，吧台上摆着装满烧酒的杯子以及满茶碟的羽扇豆、凤尾鱼、切好的芹菜、橄榄、薯条和花生）；最后是为游人开的百货店，里面出售东方彩色玻璃小饰物，小饰物摆在平放的玻璃框中，四周是放着明信片及色彩艳丽的摩尔式头巾的旋转货架。

其中有一个位于拱廊中部百货店，店主是个胖男人，不管是在阴暗中还是在灯光下，他总坐在玻璃窗后面。他身材臃肿，面色苍白，眼睛鼓鼓的，就像你搬开石块或枯木后发现的那些动物一样，头顶上光秃秃的。根据这一特点，中学生们为他起了"苍蝇的溜冰场"及"蚊子的赛车场"等好几个绰号。他们说蚊蝇在他头上那片光滑之地奔跑时会错过转弯，根本无法保持平衡。傍晚时分，孩子们常常会像一群椋鸟一样冲过他的店铺，看着他，喊着这个不幸的人的绰号，用"吱吱"的声音，模仿苍蝇的滑行。胖店主骂着他们，有一两次他还妄想追赶他们，最后气喘吁吁，不得不放弃。后来，在一连串的叫喊声和嘲笑声面前，胖店主一下子变得沉默了，接连几天都是如此，孩子们变本加厉，竟然敢对他大呼小叫。直到一天晚上，胖店主雇用的几个阿拉伯青年从柱子后突然出现，扑向奔逃的孩子们。那一次，多亏雅克和皮埃尔跑得快，才逃脱了一劫。雅克的头上挨了一巴掌，他反应过来后立即跑开了，但有两三个同学头上却挨了好几下。而后他们又谋划着劫掠商店，打伤店主，但他们的诡计一直也没有实施。他们不敢再去骚扰胖店主，每次经过这里的时候，都假装从对面的人行道上走过。

"大家害怕了。"雅克苦涩地说道。

"不管怎么说，是我们的错。"皮埃尔答道。

"是我们错了，而且我们怕拳头。"

后来，雅克回忆起这段故事时才真正明白其中的道理：人们的遵纪守法都是装出来的，他们只会在强力面前屈服。

走到巴苏恩街的一半时，街道变宽了，一边是拱廊，一边是圣维多利亚教堂。这座小教堂的位置原来是一个清真寺。在其粉刷过的外墙上，凿了一个奉献祭品龛，上面刻着盛开的鲜花的图案。孩子们经过空旷的人行道时，卖花的人已经在空旷的人行道上摆满了鲜花，他们按季节的不同，提供大量的鸢尾花、康乃馨、玫瑰花或银莲花，装在高大的锡罐里，罐口总是被洒在花上的水弄得生锈。在街道的同一侧，还有一家阿拉伯炸糕店，这实际上是一个难以同时容纳三个人的小房子。房屋的一侧建了一个火炉，周围铺着蓝白相间的瓷砖，火炉上滚烫的大油锅沸腾着，一个奇怪的阿拉伯人盘腿坐在火炉前。在夏天炎热的天气里，他穿着阿拉伯短裤，半裸着上身，其他日子里穿一件欧式上衣，领口处用一个安全别针封住，剃着光头，瘦削的脸，没有牙齿的嘴，看起来像一个没戴眼镜的甘地。他手里拿着一个红色的搪瓷漏勺，看着在油中颜色渐黄的炸糕。炸好一个——也就是说，当外面是金色的，而里面已经变得半透明和酥脆时（就像一个透明的油炸薯条）——他小心翼翼地把勺子伸到炸糕下面，巧妙地把它从油中捞出来，轻轻晃动三四下勺子，把炸糕沥干，然后把它放在他面前的一个有玻璃的架子上。货架上有几个带孔的隔板，一边摆着已经备好的蜜糖糕条，另一边是油炸糕。皮埃尔和雅克对这些糕点很感兴趣，当他们其中的一个人偶尔有点钱的时候，他们便会在摊位前停下来，买一个用纸包着的炸糕或是买一个蜜糕，包纸立刻被油浸成透明状，小贩在交给他们之前，先在火炉旁边的一个坛子里沾一下，炸糕沾满夹杂着炸糕碎屑的深色蜂蜜。孩子们会拿着这些美味的食品，在跑向中学的路上边跑边吃，头和肩膀都向前弯着，以免弄脏衣服。

每年开学后不久，燕子们就开始从圣维多利亚教堂前南飞。此处的街道十分开阔，街道上方拉满了电线，其中有一条以前有轨电车用的高压电缆，废弃后也未拆掉。燕子通常在海滨大道中学前的广场或贫民区的上空飞翔，有时啄几下榕树果、海上漂浮的垃圾或新鲜的粪便。但一到寒冷的天气——只是相对的寒冷，因为从来没有霜冻，不过经过几个月的炎炎夏日后，你仍然可以感觉到它的存在——巴苏恩街的过道中，刚开始时燕子形单影只，偶尔跟着电车低飞，然后突然转向，在房屋的上空消失。突然有一天早晨，成千上万的燕子出现在圣维多利亚小广场屋顶上方的电线上，一个挨着一个，黑白相间的脖颈上的小脑袋点点啄啄，摇着尾巴，悄悄移动着爪子，为新来者腾出位置。灰色的鸟粪覆盖了人行道，它们不停地叫着，其中还夹杂着短促的咕咕声，这是一场持续的秘密对话，从清晨起就在街道上空开始。到了晚上，当孩子们奔向电车站时，燕子的叫声会逐渐变大，几乎震耳欲聋，然后又好像突然得到了无声的命令，鸣叫声会突然停止，低下黑色的小脑袋和黑白分明的尾巴相依而眠。有两三天的时间，它们从萨赫勒的各个角落，甚至更远的地方赶来，试图在先到达的鸟儿之间找到位置，渐渐地，它们在主要居住地两侧沿街的檐口上定居下来，翅膀的拍打声和鸣叫声震耳欲聋。随后的一天早晨，燕子突然全都消失了，在曙光来临之前，燕子南飞了。这对于孩子们来说，冬天来得太早了，因为他们觉得夏天不能缺少夜色中欢叫的群燕。

巴苏恩街的尽头是一个大广场，左边是中学，右边是军营。中学位于阿拉伯尽头，陡峭潮湿的街道沿山坡而上。中学后面是马伦哥花园，兵营面向大海，过了兵营就是大多数西班牙人居住的巴贝鲁埃德贫民区。在还差几分钟到七点一刻的时候，皮埃尔和雅克以最快的速度爬上正门的楼梯，随着一群孩子从旁边的小门进入校园。他们爬上正面的主楼梯，阶梯的两侧贴着荣誉榜，他们来到平台前，楼梯在平台的左侧，一道玻璃长廊将其与院子隔开。在平台的一根柱子后面，他们发现"犀牛"正在监视着迟到的学生（"犀牛"是总学监，科西嘉岛人，小个子，易激动，他的绰号归功于他那卷曲的小胡子）。学校生活开始了。

因为"家庭情况"特殊，皮埃尔和雅克获得了半食宿生助学金。所以他们可以在学校度过一整天，并在学校的食堂吃午饭。根据当天的情况，上课时间为八点或九点，但寄宿学生的早餐是在七点十五分，而半寄宿生也有权享用。一直以来，这两个家庭所能享受的权利就很少，他们从未想象过要放弃任何应得的权利。因此，雅克和皮埃尔就成了少数在七点十五分到达白色圆形大食堂的半寄宿生。在白色的圆形大食堂里，昏昏欲睡的寄宿生们已经坐在镀锌长桌前，面前是一个大碗和装着厚厚干面包片的巨大篮子。而服务人员则围着长长的帆布围裙——其中大部分是阿拉伯人——手里提着通体光亮的大长嘴咖啡壶，沿着一排排桌子往大碗里倒着滚烫的热饮，里面的菊苣成分多于咖啡。用完早餐，孩子们可以在一刻钟后去教室，在一个住校老师的监督下温习功课。

中学与社区小学相比，最大的区别是老师的数量。在小学，伯纳德先生什么科目都教，以他的方式教授他所知道的一切。而在中学，老师随着科目的不同而不同，方法也随着人的变化而变化。现在你可以进行比较，必须选择，也就是说你必须在你喜欢的和不喜欢的之间作出选择。从这一点上看，一个小学老师更像一位父亲：他几乎无所不管，是你生活中不可缺少的一部分。因此，爱或不爱都没有选择。通常情况下，孩子们爱他常常是因为依赖他。但是，如果孩子不喜欢他，或者根本不喜欢他，这种依赖与需要依然存在，离爱他也不远了。中学则恰恰相反，老师就像那些你有权选择的叔叔们，你可以不喜欢他们。有一个物理老师，穿着非常优雅，但语言却专横粗鲁，雅克和皮埃尔都不喜欢他，尽管在中学的几年里经常要面对他。他们最爱的是文学老师，见到他的次数也比别的老师多。的确，雅克和皮埃尔都很崇拜他，却不能依赖他，因为他对他们一无所知，而且一旦下课，文学老师就回到了他自己的生活中，而他们也返回那个遥远的社区。他们的生活如此不同，以至于在他们社区，他们从未遇到过中学的老师或同学。在他们的电车线路上——只有红色的电车通向下城区（C.F.R.A.线），而上层区，据说是更优雅的地区，电车走的是另一条线路，而且是绿色（T.A.线）。此外，T.A.线的电车直达中学，而C.F.R.A.线的电车却停在市府广场，孩子们得从下边跑到中学。因此，当一天结束时，孩子们在中学门口，或者在稍远的市府广场上，离开那群欢快的同学，走向去往最贫困地区的红色电车时，他们就感到了隔离感。是的，是隔离感，不是自卑。他们只是住在其他地方，仅此而已。

而在白天上学期间，孩子们则没有这种差别。同学们身上的罩衫新旧不同，但他们看起来都差不多。唯一的竞争是课堂上的智力竞争和运动中的体能竞争。在这两项竞争中，两个孩子都不落后。社区小学的扎实教育给了他们绝对的优势，从第一年开始，他们就进入了班级的优秀行列，他们书写工整，计算准确，加上超人的记忆力，特别重要的是老师要求他们要尊重所有知识，这些从一开始就成了他们的资产。如果雅克不那么急躁，就不会屡次被排除在荣誉榜之外，如果皮埃尔能更多地学习拉丁语，他就会取得更多的荣誉。通常，他们都会受到老师的表扬与鼓励，得到同学们的喜爱与尊重。至于运动，主要是足球，从最初的课间休息开始，雅克就展示了他多年酷爱足球的水平。比赛是在午餐后的休息，以及四点钟寄宿生、半寄宿生和非寄宿生最后一节课之前的一个小时的休息时间进行。这一个小时是让学生们在两个小时的自习课之前，可以吃些点心，放松一下，使他们可以专心准备第二天的功课。对雅克来说，点心是不可能有的。他痴迷于足球，会冲向水泥院子里，院子的四面是由粗大的柱子支撑的长廊（长廊下，勤奋好学的孩子们在漫步或聊天），院子两边有四五条绿色长椅，还有铁栏杆保护的大榕树。两支球队在院子里各占一方，守门员在两端的柱子之间就位，一个大的泡沫橡胶球被放在中间，没有裁判，一开球就开始喊叫和冲刺。就是在这个球场上，雅克已经可以和班上最好的学生平等对话，也让自己受到最差的学生的尊重和喜欢。其中一些人由于缺乏坚强的意志，常常跟着一脚球跑得上气不接下气。在球场上，他与皮埃尔是分开的，尽管皮埃尔身体也很灵活，但他不喜欢踢球。他比雅克长得快，但身体比以前更弱了，头发也更黄，好像不适应中学的环境。而雅克的成长被推迟了，人们给他起了一些比较有趣的绰号："小虾米""矮屁股"。不过，雅克并不理会这些，他疯狂地跑着，脚控着球，先是避开一棵树，然后又躲避一个对手，他觉得自己是球场之王，也是世界之王。鼓声响起，宣布课间休息结束，他才回到现实中，两脚踏在水泥地上，气喘吁吁，汗流浃背，为课间的短暂而懊恼。自习课要开始了，于是他用两只袖子擦去脸上的汗水，匆匆忙忙地与同学一起涌向教室。一想到鞋底钉子的磨损，他突然害怕了起来。自习课开始时，他总是不安地检查鞋底钉子的磨损情况，试图评估它们与前一天的光泽度有什么不同，当他看到磨损度难以辨别时，就会稍稍放心一些。除非有一些不可修复的损坏——鞋底脱落，或鞋面撕裂，或鞋跟扭曲，他就知道回家会受到什么样的惩罚。这时，他就会吞咽口水，胃部不适，在自习室的两个小时里，他试图通过更努力地学习来弥补错误。然而，尽管他尽了最大的努力，还是不可避免地被挨打的恐惧分散了注意力。他感觉这最后一节自习课时间特别漫长，不但要学两个小时，而且黄昏时还没下课。高大的窗户对着马伦哥公园，雅克和皮埃尔并排坐着，周围的学生们比平时更安静，学习和运动使他们疲倦，此时大家都在预习明天的功课。特别是到了岁末，夜色笼罩在窗外大树、花坛和公园里的香蕉树群中，城市的嘈杂声变得越来越微弱，越来越遥远。当天气很热，有一扇窗户半开时，他们听到小花园上空最后一只燕子的叫声，雪莲和大木兰花的香味扑面而来，淹没了空气中的酸味和苦味。雅克越想越难过，直到年轻的辅导老师将他唤回现实。这个老师自己也在做大学里的功课，他们都在等待放学的鼓声。

七点钟，孩子们从中学里出来，他们吵吵嚷嚷地跑到巴苏恩街，那里所有的商店都灯火通明，拱廊下的人行道上人头攒动，有时他们不得不跑到街道上去，走在铁轨中间，直到一辆电车出现在眼前，他们又赶紧挤进长廊里，一直跑到市府广场前，四周阿拉伯小贩的摊位和展台被乙炔灯照得通亮，孩子们愉快地吸了一口灯下的香味。红色的电车等在那儿，已经塞满了人，比早晨时人还多，有时他们不得不站在车的踏板上，虽然这是被禁止的，但此时也被容忍了。直到一些乘客在某一站下车，两个孩子才会挤到人群中，根本没有办法相互交谈，只能用臂肘和身体慢慢挤到扶手边。从这儿他们可以看到黑暗的港口，那里的大汽船被灯光勾勒出来，好似大火燃烧后残留下来的建筑物的骨架。于是，车身通亮的电车在大海的咆哮声中驶过，一路向市中心驶去，在越来越穷的房子之间穿过，直到贝尔库特区，他们在那儿分开。雅克爬上没有灯光的楼梯，走向照亮油布桌罩和桌子周围椅子的煤油灯的光圈中，房间的其他部分依然昏暗。卡特琳·科尔梅利在橱柜前忙着准备餐具，外婆在厨房里重新加热午餐，他的哥哥在桌子的角落里读一本探险小说。有时，他得去姆扎博人开的副食店买偶尔缺少的盐或四分之一块黄油，或去咖啡馆找回仍在夸夸其谈的欧内斯特舅舅。八点钟吃晚饭，大家一般都沉默不语，除非欧内斯特舅舅讲述了不知其所以然的奇遇，逗得自己大笑不止。但无论如何，雅克都不会谈论学校里的事，只在外婆偶尔问他是否得了高分时，雅克说是的，然后便没有人再讨论这个话题。他的母亲从不问他什么，当他说得了好分数时，她会摇摇头，用她温柔的眼睛注视着他，但总是有点心不在焉。"坐着别动，"她会对她的母亲说，"我去拿奶酪。"然后就什么也不说，直到吃饭结束，她才站起来收拾桌子。"帮下你妈妈。"外婆说道。此时他正拿起小说《帕尔达扬》，迫不及待地想读下去。帮妈妈收拾完后，他回到了灯下，把这本讲述决斗和勇气的书放在光滑无物的漆布上。这时他母亲会从桌旁拿开一把椅子，冬天坐在窗边，夏天则坐在阳台上，观望着街上逐渐减少的电车、汽车及行人。又是外婆告诉雅克该去睡觉了，因为他要在第二天五点半起床。他首先吻了外婆，然后是他的舅舅，最后是他的母亲。她给了他一个温柔的、心不在焉的吻，然后再次摆出一动不动的姿势，在朦胧的夜色中望着街上流动着的生命之河。她静静地坐在那里，而她儿子，也一直在黑暗中注视着她，她瘦弱的背影，充满了他根本无法理解的在不幸面前那种隐隐的不安。

鸡舍与杀鸡

从中学回家时，他已经被死亡和未知的恐惧所控制，就像迅速吞噬光明和大地的黑暗一样，直到外婆点亮煤油灯为止。外婆将灯罩放在漆布桌上，稍稍踮起脚尖，双腿靠在桌沿上，身体向前倾，头扭曲着，以便她能更好地看到灯罩下的灯口，一只手捏住调节灯芯的铜质调节轮，另一只手用点燃的火柴拨弄着灯芯，直到它发出美丽清晰的光。

于是，外婆将灯罩卡进铜质托槽里，发出"咔咔"的响声，然后外婆站在桌前，用一只手继续调节灯芯，直到暖暖的黄色灯光均匀地投射在桌子上，形成一个大而完美的圆圈，就像被油布反射出来的一样，柔和地照着女人与孩子的脸。此时，孩子正在桌子的另一边看着点灯的过程，随着光线越来越亮，他的心也逐渐轻松起来。

当外婆在某些特定的场合让他去院中的鸡舍抓鸡时，他有时也会出于骄傲或虚荣而努力克服这种恐惧。这总是在晚上，在一个重要的节日——复活节或圣诞节之前，或者在一个更富裕的亲戚来访之前，他们既想对其表示尊重，让自己看起来更体面一些，又想掩饰家中现实的经济状况。在他进入中学的第一年，外婆就让在星期日做小生意的约瑟芬舅舅给她弄回一些小鸡崽，并让欧内斯特舅舅在院子尽头潮湿的地上建了一个简陋的鸡舍，她在那里养了五六只母鸡，这些鸡为她生蛋，有的还要献出生命。外婆第一次决定采取行动时，全家正在吃饭，她让哥哥去抓一只鸡来。但亨利拒绝了外婆，直截了当地说他害怕。外婆对这些富养的孩子嗤之以鼻，指责这些孩子丝毫不像他们小时候，他们生活在乡村，什么都不怕。"雅克比较勇敢，我知道的。去吧，雅克。"说实话，雅克一点也不觉得自己比哥哥更勇敢。但当人们这样夸奖他时，他就没有退缩的余地了。于是那个晚上，他第一次去做这种事。他不得不在黑暗中摸索着走下楼梯，然后在黑漆漆的走廊里向左拐，找到院落大门并将它打开。外面的夜色没有走廊里那么黑，可以看到通往院子的长着青苔的四级台阶。院子的右边，居住着理发师和阿拉伯人的小亭子间的百叶窗透出微弱的光线。在院子的对面，他看到白色的鸡一团团睡在地上或卧在沾满粪便的围栏上。他来到鸡舍前，蹲下身，用手抓住头上铁丝网的网眼，手刚接触到鸡舍的时候，一阵轻轻的咯咯声开始响起，伴随着温暖的令人作呕的粪便的味道。他打开地面上的小格子门，弯腰将手和胳膊伸了进去，当触到脏兮兮的泥土或棍子时，他感到很恶心，于是急忙收回了手，鸡舍里叫声一片，母鸡扇动着翅膀四处乱飞。然而他必须下定决心，因为他被认为是勇敢的人。但他对动物们在黑暗中的这种骚动感到惊恐。他等待着，仰望着头顶上无边的夜色，满眼都是安静而明亮的星星。然后他向前扑去，抓住了触手可及的第一只爪子，尖叫着的鸡被拉到小门边，他用另一只手握住第二只脚，粗暴地把母鸡从鸡舍里拽了出来，蹭掉了一些鸡毛，此时，鸡窝里的叫声更厉害了。阿拉伯老人警惕地出现在迅速打开窗棂的灯光中。"是我，塔哈尔先生，"孩子怯生生地说道，"我给外婆抓一只母鸡。""哦，是你啊，好吧，我还以为是小偷。"说完他就回身关上了窗户，院子里又是一片漆黑。雅克向家里跑去，在他手中拼命挣扎的母鸡，撞到了走廊的墙上或楼梯栏杆上，母鸡那冰冷、厚实、有鳞的爪子令他感到厌恶与恐惧。在楼道里，他跑得更快，然后以胜利者的姿态出现在饭厅。他头发散乱，膝头被院中台阶上的青苔染绿，尽可能让手中的母鸡远离自己的身体，脸色惨白。"你看，"外婆对他哥哥说，"他比你小，但他让你感到羞愧。"还没等雅克骄傲起来，外婆就一把抓住了母鸡的两条腿，母鸡突然安静下来，好像知道自己落入了无情者手中。他哥哥吃着甜点，没有看他一眼，只是做了一个轻蔑的表情，这使他更加得意。不过，这种得意只持续了一瞬间，外婆欣喜地发现她有一个具有男子气概的外孙，特意让他到厨房中看她宰杀母鸡。她已系好一条蓝色的大围裙，把一个很深的陶器盘子放在地上，一只手抓着母鸡的腿，在地上放了一个又大又深的白瓷盘，旁边还有一把长刀，欧内斯特舅舅常常在一块又长又黑的石头上磨这把刀，刀刃被磨得很薄很窄，只剩下了一条闪亮的线。"你到那边去。"雅克走到指定的地方，外婆在门口，抓着母鸡，挡住了孩子的出口。他背对着水槽，左肩靠着墙，惊恐地看着献祭者的每一个动作。外婆将盘子推到小煤油灯的光亮处，小煤油灯就放在门口左边的木桌上，发出的光照在门口的左边。她把母鸡摁在地上，右膝压住鸡腿，用右手压住母鸡，不让它挣扎，随后在盘子上方，用左手向后拉着鸡头，又腾出右手把锋利的刀子慢慢地在应该是男人喉结的地方割开了母鸡的脖子，接着扭动着鸡脖子拉开伤口，同时刀子以一种可怕的声音切入软骨更深的地方，在血流到白色盘子里的时候，母鸡吓人地抽动着。雅克看到这里，吓得双腿发抖，仿佛是他自己的鲜血在流淌。

过了很长时间，外婆才对他说："拿走盘子。"母鸡不再流血了。雅克小心翼翼地将盘子拿到桌子上，血的颜色已经暗黑了。外婆将母鸡扔在盘子旁边，它的羽毛已经变得暗淡无光，圆而皱的眼皮盖住了它玻璃般的眼睛。雅克盯着一动不动的母鸡，它的脚趾并拢，软软地垂在地上，鸡冠已经褪色，软弱无力。简而言之，鸡死了，然后他走回饭厅。

"我，我可不能看那个，"第一个晚上，他哥哥压抑着怒火对他说，"这太恶心了。""不，并不是那样的。"雅克并不十分肯定地说道。亨利正用一种既有敌意又有探究的表情望着他，雅克镇定了下来。他抑制住了自己的恐惧，面对黑夜及那场骇人的死亡而产生的恐慌，他发现只有在骄傲中，才有勇气这种意志，最终成为勇气本身。"你很害怕，就是这样。"他最后说。"是的，"正好进屋的外婆说道，"以后就由雅克去抓鸡。""好，好，"欧内斯特舅舅笑着说，"他很勇敢。"雅克站在原地，看着坐在稍远处的母亲，她正在补袜子。母亲望着他。"是的，"她说，"这很好，你很勇敢。"然后，她又将目光转向街道。雅克望着她，感到不快的情绪再次在他那颗沉重的心上膨胀起来。"去睡觉吧。"外婆说道。雅克没有点燃那盏小煤油灯，借着饭厅的灯光脱下衣服，躺在双人床的一侧，以避免触碰到哥哥。疲劳和冲动令他没了精神，躺下就睡着了。有时，因起床晚而睡在床里边的哥哥跨过他去睡觉时，他会醒，或者母亲有时在黑暗中脱衣服时撞到了衣柜，他也会醒。母亲在黑暗中脱了衣服，轻轻地爬到自己的床上，很安静，让人以为她是醒着的。雅克有时也这么想，他想叫她，又觉得她听不到的，于是便强迫自己同她一样醒着，就那样静静的，一动不动，不发出任何声音，直到睡意笼罩了他，就像他的母亲在做了一天辛苦的洗衣劳动或家务活后被睡意所笼罩一样。

周四与假期

只有周四和周日，雅克和皮埃尔才能回到他们自己的世界。但除了在某些星期四，雅克被留校（正如总监的通知中所述，雅克在用"惩罚"这个词概括上面的内容后，要求他的母亲在上面签字），必须要在学校待上两个小时，即八点至十点（错误严重的情况下要四个小时），在一个专门的教室，与其他被罚者在一起，通常由辅导老师监管着，受此牵连而做那些额外工作的老师为此愤愤不平。在八年的中学生活中，皮埃尔从未尝过留校的滋味，但雅克好动，太爱慕虚荣，常为了炫耀自己而做蠢事，所以他多次被留校。他徒劳地向外婆说这些惩罚只是针对某一行为的，外婆辨别不出愚蠢与品行不良的区别，对她来说，一个好学生必然是有德行的，而且学习优良。因此，至少在第一年，周三的体罚使周四的惩罚变得更糟。

在没有惩罚的星期四和星期天，上午要给家里跑腿干活，而下午，皮埃尔和雅克就可以结伴出去玩了。在气候宜人的季节，他们可以去海滩，或去练兵场，这块大空地包括一个画了几条粗糙线的足球场和几个滚球场。大家可以踢足球，足球是用破布条做成的，几个阿拉伯孩子和法国孩子自发组成两队。但在其他季节，两个孩子就去库巴荣军院。皮埃尔的妈妈已不在邮局工作了，她在那儿当洗衣部总管。库巴是阿尔及尔东部一座山的名字，在一条电车线路的终点站。实际上市区在那里就结束了，再往外就进入了萨赫勒平缓的平原。萨赫勒原野一望无边，有几座不高的山坡，几条水量还算充盈的河流，几个有肥沃草地的牧场，以及诱人的红土地，被高高的油松或芦苇分隔成片。无须精耕细作，这里的葡萄、各种果树以及玉米就能茂盛生长。对住在城区和潮湿而炎热的低地社区的人们来说，这里充满生机，空气新鲜而有益健康。那些阿尔及尔人，只要有点儿钱，夏天就会离开阿尔及尔去气候比较温和的法国度假，只要某个地方的空气稍稍新鲜一点儿，就会被称为"法兰西的空气"。库巴就是这样的地方，在这里人们呼吸的是法国的空气。那座为战后领津贴的残疾军人而建的荣军院就建立在离电车站只有五分钟路的地方。这儿以前是一个修道院，面积很大，建筑结构复杂，几个厢房的墙壁都刷上了厚厚的白灰，旁边还有遮阳长廊及凉爽的拱顶大厅，这里是厨房和服务大厅。皮埃尔的妈妈马尔隆太太领导的洗衣房，就占用了大厅里的一间房子。她先招待了两个孩子，房间里弥漫着熨斗的蒸汽及湿衣服气味，旁边是由她管理的两个职员，一个是阿拉伯人，另一个是法国人。她给了孩子们每人一块面包和一块巧克力，然后挽起袖子，露出一双漂亮而有力的手臂，她对孩子们说："把这些吃的都放进口袋里，四点钟再吃，你们去花园里玩吧，我要干活了。"

孩子们先在走廊及内院里闲逛，经常是立即就把他们的下午点心吃掉，以便把碍事的大面包及在手指间融化的巧克力消化掉。路上他们会遇到一些残疾军人，这些人不是少一条胳膊就是少一条腿，或者是坐在轮椅上的。没有脸部受伤或失明的，都是些四肢不全的军人，他们衣着得体，干净整洁，胸前常挂着勋章，上衣袖子或裤腿被挽起，用安全别针仔细地别在残肢端部。这没什么可怕的，这样的人很多。

最开始孩子对此感到惊讶，慢慢地就像对待他们所见过的所有新鲜事物一样，很快将其融入了这个世界固有的秩序中。马尔隆太太告诉过他们，这些男人是在战争中失去了胳膊或腿的，而战争恰好也是孩子们生活中的一部分，他们听到的和看到的都是战争，战争影响了他们周围那么多的事物，他们很容易明白，战争会让人有可能失去胳膊或腿，甚至直接把战争定义为一个能让人失去大腿和胳膊的时期。因此，这个致人伤残的世界对于孩子们来说并没有悲悯之处。的确有些人面带忧郁，沉默不语，但大多数人年轻，活泼开朗，甚至拿自己的伤残开玩笑。"我只有一条腿，"说话者一头金发，有张坚毅的方脸，健康开朗，孩子们经常看到他在洗衣房里闲逛，"但依旧能踢你们的屁股。"他对孩子们说着，然后他右手拄着拐杖，左手扶着长廊栏杆，将唯一的一条腿甩向孩子们，孩子们笑着逃掉了。孩子们觉得作为既能奔跑又能挥舞双臂的人根本没什么，只有一次，雅克在踢足球时扭伤了脚，在那几天里只能拖着脚走路，这时他想：那些他周四遇到的残疾军人再也不能奔跑，不能追赶有轨电车，不能踢球，人体机能中的这种神奇之处一下子让他受到了震动，同时一想到自己也可能成为残疾人，他内心就会产生一种莫名的恐惧。但不久，他就将这件事忘记了。

他们沿着半掩着百叶窗的食堂徘徊，镀锌的大桌子在昏暗中泛着光，然后是厨房，里面有很多巨大的容器、锅炉及大锅，从那儿飘出持久的肉味。在最后一个侧廊里，他们看到了两人间或三人的房间，床上铺着灰毯，室内还有白木做的壁柜。然后，他们沿着外面的楼梯来到了花园。

荣军院被一个废弃的大公园包围着。几个残疾军人在院子附近的花园中整理出一片玫瑰园及花圃，还有一个圈在干棘栅栏墙中的小菜园。但除此之外，这个曾经风光无限的公园已经荒废了。巨大的桉树，棕榈树、椰子树及树干高大的橡胶树，低垂下来的枝干已在更远的地方扎了根，从而形成了一个充满阴凉和秘密的植物迷宫。结实的柏树、茁壮的橘子树、一丛丛特别高大的月桂树丛，红的，白的，掩盖了僻静的小路。路上的砾石已敷上黏土，小路也被一簇簇芬芳的山梅花、茉莉花、铁线莲、西番莲、忍冬丛所掩盖，这些植物下面茁壮生长着三叶草、酢浆草及各种野草，构成了一片草毯。在这芬芳的丛林中散步、在里面爬行，或潜伏在一人高的草中，用匕首劈开缠绕不清的小路，走出来时腿上都是泥土，脸上沾满水珠，这真让人心醉不已。

但制造可怕的毒药也占据了下午的大部分时间。在一个背靠墙壁的旧石凳下，孩子们堆起了各种各样的工具：阿司匹林管、药瓶、盘子碎片和碎杯子，这些东西构成了他们的实验室。在公园植物最茂密的地方，避开人们的目光，孩子们在那儿制作神秘的毒药。主要成分是夹竹桃，只因为他们经常听到周围的人说夹竹桃的影子是致命的，任何在夹竹桃下睡觉的人都不会醒来。于是他们把夹竹桃的叶子和应季的花放在两块石头之间磨成邪恶（不健康）的浆液，一看就能致人死地。这种浆液露天放置，液体立即呈现出特别可怕的色彩。在这段时间里，一个孩子会跑到水边，把一个旧瓶子装满水，然后开始磨松果，孩子们确信这种果实是邪恶的，原因不言而喻，因为柏树是墓地之树。这些果实是从树上采摘的，而不是在地面上捡的干硬的果子。接下来他们将这两种浆液在一个破碗中混合，加水后，再用一块脏手帕过滤，绿色的滤汁令人恶心。孩子们小心地处理着这些绿色的液体，就像处理毒药一样，他们小心翼翼地将液体倒入阿司匹林管或药瓶中，然后重新盖好盖子，避免用手碰到里面的东西。他们将剩下的液体与其他所能收集到的浆果的浆液混合在一起，以便制成一系列浓烈的强毒药，仔细编号并放在石凳下面，直到下一周，发酵后的毒药会更致命。完成这项邪恶的工作后，雅克和皮埃尔陶醉地望着这些可怕的瓶子，并高兴地嗅着从沾满绿色泥浆的石头上散发出来的酸苦味儿。实际上，这些毒药并不是针对任何人，两位化学家估算着它们能够杀死多少人，有时甚至乐观地假设他们制作了足够多的毒药，可使城市变得荒无人烟。但他们从未想过，这些神奇的药物可能会帮他们摆脱讨厌的同学或老师，他们没有讨厌任何人，这使他们长大走入社会后的处境十分尴尬。

不过，最有趣的还是那些刮大风的日子。荣军院面向公园一侧的顶端曾经有个平台，其石栏杆现在躺在巨大的红砖水泥台脚下的野草中。从这个三面开阔的平台上，你可以俯瞰公园，以及公园外将库帕山与萨赫勒高平原隔开的一条峡谷。在阿尔及尔总是狂风大作的日子里，东风会直接刮过露台。在那些日子里，孩子们会冲向最近的棕榈树，树下总是躺着长长的干棕榈树叶。他们刮掉叶子底部的刺，这样他们就可以用双手抓住棕榈叶。然后他们把树叶拖在身后，跑到平台上。风猛烈地吹着，呼啸着穿过大桉树，这些桉树疯狂地挥舞着顶端的树枝，把棕榈树吹得东摇西晃，使橡胶树宽大油亮的树叶，发出揉搓纸片的声响。孩子们背对大风，扯着棕榈叶爬上平台，用双手抓住哗哗作响的干棕榈叶，用身体遮挡着，然后突然转身，棕榈叶便一下子贴在了身上，他们呼吸着棕榈叶上的灰尘与干草的味道。游戏的玩法是他们迎风前进，同时将棕榈叶举高，谁先到达平台边缘，手中的棕榈叶没有被风吹掉，并能高举着棕榈挺立在那儿，伸出一条腿，把所有的重量都放在上面，尽量长久地顶住怒吼的狂风，谁就是胜者。站在那里，俯瞰着这片公园与树木狂舞的高地，头顶上的乌云飞驰而过，雅克感觉到从最远的地方吹来的风正顺着树叶和他的手臂下滑，这使他充满了力量和喜悦。他不停地呼喊着，直到手臂被风给劈开，他不得不抛开棕榈叶，棕榈叶瞬间就被暴风雨带走了。那天晚上，他躺在床上，筋疲力尽，寂静的房间里，母亲安静地睡着了，他依然能听得见那片树林的喧嚣和狂风的嚎叫，一生都不会忘记。

星期四这一天，雅克和皮埃尔也会去公共图书馆。雅克总是把任何到手的书都看得津津有味，就像他对待生活、游戏及梦想那样贪婪。阅读能使他进入一个纯真的世界，在那里，财富和贫穷同样有趣，因为两者都是完全不真实的。他和他的朋友们四处传阅《无畏者》这一系列厚厚的插图故事集，直到书皮变得又灰又糙，书页也被撕得面目全非。这是第一部将他带入一个喜剧或英雄主义世界的作品，在那里，他对快乐和勇气的两个基本需求得到了满足。从这两个男孩令人难以置信地读了那么多武侠小说，那么轻易地将《帕尔达扬》中的人物与他们的生活融合在一起，就知道他们一定非常崇尚英雄主义和勇气精神。他们最喜爱的大作家是米歇尔·泽瓦戈，也喜欢文艺复兴时期意大利那些短剑与毒药的故事，就发生在罗马及佛罗伦萨的宫殿里，在王室及教皇的奢华中，这是这两个贵族最爱的天地。有时能看到他们在皮埃尔家的黄尘飞扬的街道上，拔出长长的油漆过的尺子，下了决斗书，在垃圾桶之间展开激烈的决斗，手指上的决斗伤痕都会保留很久。那时，他们不可能找到任何其他类型的书，因为那个地区很少有人读书，而他们自己又无法买书，只能隔一阵子到小书店去随意翻看那些廉价的通俗读物。

在他们开始上中学的时候，在雅克住的那条街和高地之间开设了一个公共图书馆，高地上面就是漂亮社区，周围都是种满鲜花的小花园，各种植物在阿尔及尔炎热潮湿的山坡上茁壮生长，芳香四溢。别墅环绕着圣奥迪尔修道院，是只接收女生的教会寄宿学校。雅克和皮埃尔正是在这个离他们自己的社区如此之近，却又如此遥不可及的地方，经历了他们最深刻的激情（现在还不是讨论这个问题的时候，后面会讨论，等等吧）。这两个世界之间的交界处（一面是尘土飞扬，没有树木的世界，所有的空间都被居民和为他们遮风挡雨的石屋所占据；另一面却是鲜花绿树，十分豪华）是一条宽阔的林荫大道，沿着人行道种植着高大的梧桐树，大街的一侧满是别墅，另一侧是廉价房屋，公共图书馆就建在这里。

图书馆每星期开放三次，其中星期四在上午及下班以后开放。一个看起来不漂亮的年轻女教师每周会在这个图书馆义务服务几个小时，她坐在一张很大的白木桌子后边，负责借阅书籍的登记。图书馆是方形的，墙边摆满了白木的书架，上面摆满了整齐的黑色布装书。还有一张小桌子，周围摆着几把椅子，供那些快速查阅图书的人使用。因为这只是一个借阅图书馆，里面有一个按字母顺序排列的目录，但雅克和皮埃尔从来没有查阅过，他们的方法就是从书架前走来走去，根据书名或（不那么经常）根据作者选书，然后记下它的编号，并把它写在用来申请借阅的蓝条上。要想获得借书的权利，只需提供房租交讫单，再支付一点儿费用就可以。然后你会收到一张借书折，上面注明了借阅的书籍，年轻女教师手中的登记簿也同时登记。

图书馆里的大部分书都是小说，但许多书被单独摆放，禁止十五岁以下的人借阅。两个孩子凭直觉在余下的书中挑选，其实并没有多少选择。对文学来说，这种随意性并不是坏事。两个贪吃鬼不分青红皂白地吞下了最好的东西，同时也吞下了最差的东西，根本不在乎他们是否记住了什么。事实上，在几个星期、几个月和几年的时间里，这种奇怪而强烈的情感会使一个充满影像和记忆的世界在孩子们的心中日益扩大，这些影像和记忆从未屈服于他们日常生活的现实，而且对这些充满渴望的孩子来说，他们的梦想和他们的生活一样强烈，也同样直接。

事实上，这些书的内容并不重要，重要的是他们进入图书馆后的那种感觉。他们看到的不是摆满黑色布装书的书架，而是不断扩大的视野和广阔的空间。只要一进入图书馆的大门，他们就会被带离那个社区狭隘的生活圈。他们每个人都借到两本书，用手肘紧紧地夹在胸前，跑到此时已发暗的大街上，一边在脚下踩着大梧桐树的果实，一边臆想着他们将从书中获取的快乐，并将它们与上一周的书进行比较，直至来到主街上，打开书，在刚刚亮起的路灯的微弱光线下，先挑出一些短语（如"他具有超人的力量"），这将提高他们的喜悦和热切的希望。然后他们会迅速分开，各自跑回家中的饭厅，把书放在油布桌上，在煤油灯的光亮下摊开，粗糙而有些磨手的封面散发出一股浓浓的糨糊味儿。

书籍印刷的方式已经向读者预示他们将从书中获得的乐趣。皮埃尔和雅克不喜欢大字体和宽页边的书，比如说那种让品位更高雅的读者满意的书，而是喜欢小字体书，词句密密麻麻地写满整页，就像那些量大的乡村菜肴一样，你可以长时间地、尽情地吃，但总吃不完，而且能满足那些特大胃口的人。他们对高雅的东西不屑一顾，他们什么都不知道，却想知道一切。如果书写得不好，印刷得很粗糙，那也没有什么关系，只要字迹清晰，充满了激烈的情节就行。也只有这些书才能满足他们的梦想，然后他们就能枕着梦想安然入眠。

此外，每本书都有其独特的味道，细腻而神秘，但又是如此鲜明，以至于雅克闭着眼睛都能分辨出这是一本奈尔松出版社的书，还是法斯盖尔出版社的书。而每一种气味，甚至在他开始阅读之前，都会把雅克带到另一个充满了期待的世界，甚至使他所在的房间变暗，只要他一开始阅读，他周围的社区、城市和整个世界就会完全消失。这种狂热会把孩子带入一种狂喜之中，甚至不断传来的外婆的命令也无法将其拉回现实。"雅克，这已经是第三次了，摆桌子。"他终于摆好了桌子，目光空虚而无神，仿佛醉心于他的阅读，然后他又回到他的书上，好像他从来没有放下过。"雅克，吃饭啦。"他终于开始吃饭，尽管食物就在眼前，但似乎没有他在书中看到的那样真实。饭后他收拾好桌子,继续看他的书。有时,他的母亲在她窗前的椅子坐下来之前,会来到他身边。

"图书馆的。"她说道,她发不好这个词的音,是听到儿子说的。他什么也不跟她说,但她能从书的封皮上认出来。"是的。"雅克头也不抬地说。卡特琳从他肩头俯身看着灯下两个长方形书页,一行行规则地排列着文字,她也呼吸着书的那种味道。有时她会用洗衣服时被水弄皱的肿胀的手指划过书页,想要离这些神秘的符号更近一些。这些神秘的标志,对她来说是不可理解的,她的儿子经常在那里发现一种她不知道的生活,他从书中回过神来时往往带着这样的表情,呆呆地看着她,仿佛她是一个陌生人。她用粗糙的手抚摸着孩子的头,他毫无反应,她叹了口气,然后走到离他很远的地方坐下。"雅克,去睡觉。"外婆重复着命令,"明天,你会迟到的。"雅克站了起来,准备着第二天上课用的书,但并没有放下手中的书,他把它放在腋下,然后把书塞到枕头下面,像个醉汉一样沉沉地睡去。

就这样,在那几年中,雅克的生活被分成了两个不相等的部分,他无法将这两种生活联系在一起。有十二个小时的白天,他生活在学校的鼓声中,在一个师生会集的集体里,在游戏与学习中度过。在白天的另外两三个小时中,他生活在一个老区的旧屋里,在他母亲身边,但他并没有真正融入母亲。虽然他最早的生活是在这个社区,但他的现在,甚至是未来都在中学。从某种意义上说,这个社区是与黑夜、睡觉及梦境融为一体的。此外,这个社区真的存在吗?这难道不是黑夜里孩子在无意识中感受到的旷野吗?摔在水泥地上……不管怎么说,在中学,他不能向任何人谈论他的母亲及家庭,而在家中,他无法向任何人谈起学校生活。在中学毕业前的那几年间,没有一个同学和一个老师到过他家。而他母亲和外婆也从不去学校,除了每年在七月初举行的颁奖仪式。就是在这一天,她们从正门走进学校,来到盛装打扮的家长及学生中间。外婆穿上有重大外出活动时才穿的长裙，戴上黑色围巾，卡特琳·科尔梅利戴着饰有栗色绢网、蜡制黑葡萄的帽子，身上穿着一条栗色长裙，脚上穿着她那唯一的一双半高跟鞋。雅克穿着一件开领的短袖白衬衫，头几年穿短裤，后来是穿长裤，但都是由他母亲在前一天晚上仔细熨平。下午一点左右，他走在两个女人中间，带着她们走向红色的电车，把她们安置在电车的长凳上坐下，自己站到车的前边。他通过玻璃窗望着母亲，母亲不时地朝他笑笑，并在整个旅途中不停地检查她帽子的角度，或她的长裤是否会掉下来，或检查她戴在一条细链末端的小金质圣母勋章的位置。在市府广场，到了孩子平日里所走的路线，他每年只和这两个女人走一次巴苏恩街。雅克闻了闻他母亲身上蓬佩雅乳液的气味儿，她为这个场合用了很多这种乳液。外婆昂首挺胸地向前走着，当她女儿抱怨脚疼时，便训斥她（"这是对你这个年纪穿小鞋子的教训"），雅克不知疲倦地向她们指点着那些在他生活中占有重要位置的商店和店主。到了中学，正门宽大阶梯的两侧从上至下装饰着一盆盆植物花草。先到的学生与家长已登上了台阶，科尔梅利一家当然到的也很早，正如所有的穷人一样，他们很少有社会事物及娱乐活动，总是怕不准时。人们来到了高年级学生的院子里，院里摆着一排排从音乐厅借来的椅子，而在远处的大钟下面有一个平台，上面摆着扶手椅，台子上也摆满了大量的绿色盆花。渐渐地，院子里挤满了盛装打扮的人群，妇女占了大多数。最初到达的人选择了树下遮阳的位置，其他人则用细草编成的扇子扇着风。人群上空，蔚蓝的天空好似凝住了，越来越酷热难耐。

两点钟的时候，走廊里面的军乐队开始演奏《马赛曲》，在场的人都站了起来，头戴方帽，身穿长袍——根据学科的不同而有不同的颜色——的教师们跟着校长及本年度要受累的一个官员（通常是政府的一个高级官员）入场。首先由政府官员讲话，发表了他对整个法国，特别是对教育的看法。卡特琳·科尔梅利听不见，但她并没有表现出不耐烦或疲惫。外婆倒是听到了，但她并不明白。她对她的女儿说："他说得很好。"她的女儿坚定不移地点头赞同。这鼓励了外婆，她转向左侧相邻的人，看着他（或她），微笑着点了点头，确认了她刚刚表达的观点。第一年，雅克注意到他外婆是唯一一个戴着西班牙老妇人黑围巾的人，他对此感到很尴尬。说真的，这种虚伪的羞耻感一直伴随着他。他感到无能为力，当他腼腆地向外婆说起她的帽子时，外婆回答说她没钱，也不想浪费，而且围巾可以暖住耳朵。不过，当外婆在颁奖仪式期间同邻座说话时，他感到自己的脸涨红了。然后是最年轻的老师起身发言，他通常是那年刚从法国调过来的，按惯例被委托发表正式讲话。演讲可能持续半个小时到一个小时之间，而这位年轻的老师总是要在演说中大谈文化典故及人文主义的优雅，这使得阿尔及利亚的听众完全无法理解。

在高温的助威下，人们的注意力下降了，扇子也挥舞得更快了，甚至外婆也感到疲倦了，将目光移向了远处，只有卡特琳·科尔梅利还目不转睛地接收着不断落下来的智慧甘露。至于雅克，他跺着脚，四处寻找皮埃尔和其他朋友，小心地给他们打手势，然后开始了一场漫长的鬼脸对话。终于，热烈的掌声结束了演说家的讲话，之后开始颁奖。首先从高年级开始，头两年，两个女人整个下午都等在那里，等待着雅克的那个班级，优秀奖是唯一一个受到军乐礼遇的奖项。获奖者年龄越来越小，他们站起来，走到院子的一边，走上讲台，同官员握手，接受他的表扬，然后校长向每个人颁发书籍（台子脚下有一个装满图书的滑轮箱子，一个人在获奖者之前登上台，将书送到校长手中）。随后，获奖者拿着书在掌声中走下台，高兴地寻找着激动得直抹眼泪的父母。天空的蓝色渐渐变浅，炎热消散在大海之中，获奖者一个接一个上台，军乐一遍遍奏起，院子里的人也越来越少，天空已变成了青色，终于到了雅克所在的班级。他们班上的名单刚开始宣布，他立即变得严肃起来。听到自己的名字后，他站起身走向领奖台，隐约听到身后的母亲问外婆："是科尔梅利吗？""是的。"激动得面色泛红的外婆答道。他走过水泥路，上了台子，官员身穿吊着表链的背心，校长露出满意的笑容，时而可见台上教师群中某个老师友好的目光，然后在音乐声中走向两个女人，她们已经站到了过道处，母亲惊喜地望着他，他把奖状交给母亲，外婆用目光扫视着周边的见证人。在等了一个漫长的下午后，这一切都过去得太快，而雅克已急着回家去看奖励给他的书籍了。

通常，他们与皮埃尔及其母亲一起回家，外婆默默地比较着两摞书的高度。在家里，雅克拿着获奖名单，按外婆的要求将写着他名字的那页折上角，方便她给邻居及亲戚们展示。然后他清点自己的奖品。他还没弄完，就见他母亲已换好衣服，穿着拖鞋，扣着粗布外套扣子，然后把椅子拉向窗边。她对他微笑："你做得很好。"她边说边摇了摇脑袋。他回望着她，他在等待，也不知在等什么，而她却以他熟悉的姿态转身面向窗外，现在已经远离了学校，在一年中她不会再去。此时昏暗侵入房间，街道上空已亮起了路灯，来来往往的人们也已面目模糊。

如果他的母亲就此远离了那所她刚刚去过的中学，雅克则发现自己突然回到了他永远走不出去的家庭和那个贫穷的社区。

至少在最初几年，假期也让雅克重返家庭。他们家里没人有假期，男人们全年都在工作。只是当他们在工作中发生了意外，并有此类事故的保险时，才由医生开假，得以休息几天。有一次，欧内斯特舅舅觉得自己很疲惫，就故意用工作中的长刨子刮掉了手心上的一块肉，最后"享受了工伤保险"。而女人们，如卡特琳·科尔梅利，她们不眠不休地工作，原因是休息会令她们所有人的伙食变差。失业，没有任何保险是他们最大的灾难，这就说明了无论在皮埃尔家还是在雅克家，这些在日常生活中很宽容的人，为什么工作时却总是不断地谴责意大利人、西班牙人、犹太人、阿拉伯人，最后谴责整个世界都在窃取他们的工作——这种态度一定会令研究无产阶级理论的知识分子感到困惑，但也是可以理解和原谅的。这些出乎意料的民族主义者与其他民族争夺的不是地球的主人，也不是财富和休闲的特权，在这个地区，工作不是一种美德，而是为了活着，直至死亡。

在酷热难耐的阿尔及利亚的夏天，富人们无论如何都要乘轮船去怡人的"法国气候"度假（那些回来的人带来了难以置信的美妙描述：那里的八月天，草地郁郁葱葱，小河潺潺流水）。贫民区的生活却没有任何改变，而且远没有像市中心那样有一半人出城度假。由于放假，孩子们成群地跑上街区，那里的人口似乎增多了。

皮埃尔和雅克穿着带洞的草底帆布鞋，一条破短裤和一件小小的圆领棉针织衫，在燥热的街上游荡着，对于他们来说，假日意味着炎热季节的来临。最后几场雨是在四月，最晚是五月，经过一个个星期，一个个月，太阳越来越强烈，停留的时间越来越长，晒干地面、晒枯草木、烘烤着墙壁，将墙面、石块、瓦片烤成了细小的灰尘，被风随意吹起，覆盖了街道、商店的窗户和树叶。整个七月，社区变成了一个灰黄色的迷宫，白天无人光顾，所有房子的百叶窗都关得严严实实。社区上空烈日炎炎，猫狗不敢出门口，行人为躲避阳光靠墙而行。八月，太阳隐在厚厚的灰色云层后，射出灰白色的光，让人睁不开眼，抹去了街上最后的一道颜色。制桶车间里的锤子声有气无力地响着，工人们偶尔停下来，把他们汗流浃背的头和胸脯放在水泵的水流下冲凉，房间里，一瓶瓶水或罕见的瓶酒用湿布包裹着。雅克的外婆在阴暗的房间里赤着脚走来走去，只穿一件衬衣，不停地摇动着她的草扇，外婆每天上午干活，中午把雅克拖到床上午睡，然后等到夜晚稍稍变凉时再重新干活。就这样，几个星期以来，夏天和那些受其影响的人将在沉重的、炙热的天空下缓慢度日，直到冬日的凉爽和雨水的记忆都消失，就好似这个世界从未经历过刮风、下雪、小雨纷纷，好似从创世之初到九月的今天，除了这个巨大的干燥的矿物结构隧道，什么都不存在了。那些身上满是灰尘和汗水的人有些疲惫，眼神呆滞，缓慢地忙碌着。随后，绷得过紧的天空一下子裂为两半。九月的第一场雨，猛烈而丰富，淹没了整个城市，所有附近的街道都泛着亮光，连同榕树的闪亮的叶子、架空的电线都泛着亮光。从俯瞰这座城市的山丘上，传来了来自更远处田野的潮湿泥土的气息，给夏季的囚徒们带来了开放空间和自由的信息。孩子们冲上街头，穿着单薄的衣服在雨中奔跑，在街上流淌着的雨水中跋涉，在大水洼中互相抓住肩膀站成圈，大声欢叫着，抬头望着连绵不绝的雨，有节奏地践踏着这新收获的葡萄，让其溅出的混浊水花比美酒更加醉人。

噢，是的，炎热的季节是可怕的，几乎令所有人发疯，神经也变得愈加焦虑不安，没有力量或精力作出反应，去叫喊，去打骂，而且紧张情绪像酷热一样不断积累，直到在这个黄褐色社区里爆发——正如那天，在里昂街，在紧挨着马哈博的阿拉伯社区边缘，在山丘红黏土的墓地周围，雅克看到一个身穿蓝衣、剃着光头的阿拉伯人从一个满是灰尘的摩尔人理发店里走出来，在雅克前面的人行道上走了几步，姿势很奇怪，身体向前倾，头向后仰，正常人似乎不应该是这个样子。的确不应该这样。理发师在给他刮胡子的时候发疯了，他用长长的剃刀割开了客人裸露的喉咙，而他在轻轻的划痕下却毫无知觉，当流出的鲜血使他窒息时，他才跑出门来，像个没宰杀好的鸡那样跑了几步，理发师立即被其他顾客制服，发出可怕的号叫，就像这几天的热浪一样。

大雨就像天上的瀑布直降人间，粗暴地冲刷着夏天覆盖在树木、房屋、墙壁及街道上的尘土。混浊的雨水迅速汇成溪流，在下水道入水口处发出汩汩的声响，在大多数年份，雨水都会灌满地下水道，漫上马路，在汽车和电车前溅起两只展开的黄色翅膀。此时，海水也变浑了，海滩、港口上泥泞不堪。随后雨过天晴，房屋、街道及整座城市都冒着水蒸气。炎热的天气还有可能反复出现，但天空更加开阔，呼吸也更加顺畅，刺眼的阳光挡不住凉爽的秋风，雨水宣告了秋季的来临及假期的结束。"夏天太长了。"外婆说。她终于松了一口气，既是为秋雨的来临，也是为了雅克的开学。在炎热的假期里，雅克在百叶窗紧闭的房间无聊的跺脚声，让她更加心情烦躁。

　　此外，她不理解为什么有人一年中有一段时间什么也不干。"至于我，从来没有过任何假期。"她常说。的确，她从来没有上过学，也没有过闲暇时间，她从小就开始干活，而且从未间断过。她可以接受雅克在几年内不给家里赚一分钱，以换取将来更大的收益。但从第一天起，她就一直在对这三个月的损失耿耿于怀。当雅克进入中学的第四个年头时，她认为是时候让他在假期干点活了。"这个夏天你要去工作，"学期末她对他说，"给家里带点钱。你不能只待在家里什么都不做。"实际上，雅克认为他有很多事情要做，他要去玩水，要去库巴探险，要参加体育活动，要在贝尔库特街上闲逛，阅读插图故事、通俗小说、维莫特的作品，等等。这还不包括为家里买东西及外婆让他做的那些零活。不过，这一切对于外婆来说全是没有意义的事，因为孩子既没有给家里挣钱，也没有像在学校中那样努力学习，在她看来，这种没有价值的空闲闪烁着地狱之火，最简单的办法就是给他找点事情去做。

　　事实上，并不是那么简单。当然，她可以在报纸上的分类广告中找到招聘小职员或跑腿的信息。贝尔托太太，乳品商店的老板娘，那散发着黄油味（习惯于油味儿的鼻子及口腔对此感到有点儿奇特）的乳品店就在理发馆旁边，她把雇用信息读给外婆听。但雇主总是要求受聘人要满十五岁。谎报雅克的年龄需要很大的勇气，因为他十三岁时长得并不高。另外，雇主们总是希望雇员能在他们那里长期干活。最初外婆（穿上每次外出参加重要的活动的衣服，其中包括戴着那个难看的头巾）带着雅克去的那几家店主都觉得他太小，或是干脆拒绝他只做两个月零工。"你就说会留下来长期干活。"外婆说。"但那不是真的。""这并不重要。他们会相信你的。"这不是雅克的意思，实际上，他觉得这种谎言哽在喉头，无论如何都难以出口。当然，他在家里也经常撒谎，为了逃避惩罚，为了保住一个两法郎的硬币，而更多的时候是为了说话或吹牛的乐趣。不过，如果说他觉得跟家里人撒谎是可以饶恕的，那么对外人撒谎就是道德问题。他觉得，不能在根本问题上对所爱的人撒谎，那样将无法再同他们一起生活，也无法再去爱他们。而雇主对他的了解仅仅限于人们所述的情况，他们根本不了解他，谎言便是真的。"我们走吧。"有一天，当贝尔托太太刚刚告诉外婆在阿卡有一家五金店需要一个年轻的档案管理员时，外婆系上头巾说道。五金店位于通向中心社区的一条山坡上，七月中旬的骄阳炙烤着马路，空气中混杂着马尿味和柏油味。五金店的一楼是商店，又窄又深，被一个摆满铁件及碰锁样品的柜台分为两半，墙面上大部分是抽屉，上面贴着神秘的标签。入口的右侧柜台上装着铁栏，里面是钱台。铁栏后边有位淡棕色皮肤的太太，她神色迷惘地指引外婆去二楼的办公室。在商店的尽头，有一个木质楼梯通往一个大办公室，这个办公室的布局和方向与一楼商店相似，里面有五六名员工，有男有女，坐在中间的一张大桌子前，侧面的一扇门通往经理办公室。

在闷热的办公室里，经理穿着衬衫，领口开着，他身后的一扇小窗面向院子，虽然已经是下午两点，但太阳还没有照到这个地方。他又矮又胖，两手拇指插在背带裤的天蓝色宽背带间，不停地喘着粗气。看不清楚他的脸，只听见传来的气喘声，他请外婆坐下。雅克嗅着弥漫在整座房屋的铁锈味，一想到他们将对这个强大的、令人生畏的人说的谎言，就感到双腿发抖。外婆可是一点都不发抖。雅克快十五岁了，他得学会找份事情做，不能再耽搁下去。老板觉得他没有十五岁，不过如果他聪明的话……顺便问一下，他有毕业证书吗？没有，他有助学金。什么助学金？上中学的。他上中学了？哪个年级？三年级。他辍学了？老板稳稳地坐在那里，现在他的脸清晰一些了。他上下打量着外婆和孩子，雅克吓得全身发抖。"是的，"外婆说，"我们太穷了。"老板不自觉地松弛了下来。"很遗憾，"他说，"既然他很聪明，做生意也能有好前程。"的确，好前程开始了。雅克在这里每天工作八小时，一个月一百五十法郎。他第二天就可以开始工作了。"你看，"外婆说，"他相信我们了。""但我离开的时候该怎么向他解释呢？""别担心，这个问题交给我吧。""好吧。"孩子无可奈何地说道。他抬头看了看夏日的天空，想到了铁器的味道和那昏暗的办公室，他明天必须早起，他的假期还没有开始就已经结束了。

连续两年，雅克的暑假都在工作。先是在五金店工作，然后是为一个船舶经纪人工作。每一次他都担心九月十五日的到来，那是他要辞工的日子。

假期结束了，尽管夏天还是和以前一样热，一样枯燥，但已经失去了曾经改变它的东西，它的天空，它的绿地，它的喧嚣。雅克不在贫穷的社区活动了，而是到了中心社区，那里的漂亮水泥房取代了穷人区的灰泥屋，房屋上涂着一层高雅忧郁的灰色。八点钟，当雅克走进那家充满铁锈和阴暗气味的商店时，他内心的光明便熄灭了，晴朗的天空消失了。他向收银员打了个招呼，然后爬上了光线很差的二楼办公室。中央大桌子旁没有他的位置，那个老书记员，他的小胡子被他整天吸的手卷烟染成了黄色；一个会计助理，这是个三十来岁半秃顶的男人，有着公牛一样的身躯和脸庞；两个年轻的店员，一个瘦瘦的，棕色头发，肌肉结实，有着英俊挺拔的轮廓，每天来时衬衫总是湿漉漉地贴在身上，散发出一股好闻的大海的气味，因为他每天早上都去海边游泳，然后再把一整天埋葬在办公室，另一个是个胖子，整天有说有笑，无法控制其开朗快活的本性；最后是经理的秘书哈丝兰太太，人高马大，总穿着粉红色的纱布或斜纹长裙，看起来很舒服，但她总是用严厉的目光巡视着整个世界。这些人和他们的资料、账本及机器占满了桌子。于是，雅克被安排在经理室门口右边的一把椅子上，等待着被安排一些工作，通常是要把发票或商函分类放入窗边的卡片箱里。起初，他喜欢拉出文件抽屉，拨弄着卡片，嗅着它的味道，想着纸张和胶水的味道竟然如此好闻，可后来，这种味道也变得索然无味了。或者人们让他再核算一下成串的数字，他坐在椅子上，把资料放在膝头上做着；还有就是会计助理请他一起"核查"一组数字，他总是站着，仔细核对助理读出的数字，声音低得可怜，以免打扰到他的同事。从窗户望出去，能看到街道还有对面的楼房，但从来没有看到过天空。有时，但不是经常，雅克被派去办点事，到附近的文具店去拿办公用品，或者去邮局寄材料。中央邮局位于两百米外的一条宽阔的大道上，这条大道从港口一直通向高地的城市。奔走在大街上，雅克重新获得了自由的空间及阳光。邮局在一个巨大的圆形大厅里，三面大门照得里面通亮，另外还有光线从一个大圆穹顶上洒下来。不幸的是，通常是在一天工作快结束的时候，人们才让雅克去寄材料，这是个苦差事，因为他得在太阳西沉的时候跑向挤满顾客的邮局，在窗口前排队，这种漫长的等待延长了他的工作时间。事实上，雅克漫长的假期就消耗在暗淡无光的白日里，还有那些毫无意义的琐事中。

"人不能总闲着啊。"外婆总是这样说。而恰恰是在这个办公室里，雅克才觉得自己无事可做。他并不是不想工作，虽然什么都比不上大海和库巴的游戏有趣。在他眼里，真正的工作是像制桶厂里箍桶之类的长时间的体力活儿，是一连串熟练而又准确的动作，是一双双坚硬而灵巧的手，劳动成果能清晰地呈现在眼前：一个新桶，没有丝毫缝隙，然后制桶工人们可以欣赏它。

但是，这种办公室工作不知从何而来，也不知通往何处。销售和购买、一切都取决于这些普通的、琐碎的事情。尽管他一直生活在贫困之中，但正是在这个办公室里，雅克发现了世俗的东西，他为自己失去的光明而哭泣。并不是办公室里的人制造了这种令人窒息的感觉，他们对他都很好，从不粗暴地命令他，甚至严厉的哈丝兰太太有时也对他微笑。他们之间很少说话，混合着阿尔及利亚人特有的欢快和冷漠。当老板在他们之后一刻钟到来时，或当他从办公室出来发出某个指示或验证某张发票时（如果有重要的事情，他会将老会计或相关的职员召进办公室），这些人的性格便显露出来，仿佛这些男人和女人只有在权力面前才能体现自我。老会计傲慢无礼而不受约束，哈丝兰太太沉浸在严肃的沉思中，而会计助理却相反，加倍献殷勤。在这一天的其余时间里，他们会退回到自己的壳里，而雅克坐在他的椅子上等待着命令，以便做一些他外婆称之为工作的琐事。

当他再也无法忍受这种无聊的时候，就会到商店后面的院子，蹲在厕所里。厕所四周是水泥墙，光线昏暗，里面弥漫着酸溜溜的尿味。在这个昏暗的地方，他闭上眼睛，呼吸着熟悉的气味，内心深处某种隐晦的东西在他体内蠢蠢欲动。有时，他脑海中会浮现出哈丝兰太太的大腿。因为有一天，他在她面前碰掉了一盒别针，他屈膝拾取时，抬头看到了她裙子下分开的膝盖和穿着蕾丝内衣的大腿。在那之前，他从未见过女人裙下的内裤，这突如其来的景象使他口干舌燥，浑身颤抖，某种神秘向他揭开了面纱，尽管后来他不断地体验，这种神秘感却永远不会枯竭。

每天两次，在中午及六点的时候，雅克会冲到门外，奔向坡道，跳上拥挤的电车。此时，车上所有的脚踏板上都是人，这辆车正把工人们送回他们的社区。在炎热的天气里，车内人满为患，大人和孩子都一声不吭，面向等待着他们的家，静静地流着汗水，忍受着这种没有灵魂的工作，以及在一个不舒服的环境中来来回回的长途旅行，最后昏昏欲睡。在某些晚上，雅克看着他们时总感到悲伤，在那之前，他只知道贫穷的苦涩和快乐，但现在这种酷暑、厌烦和疲惫向他揭示了人生的不幸，还有这份愚蠢得让人心酸的工作，单调、乏味，使日子变得更长，生命却显得太短。

在船舶经纪人那里做工，夏天过得比较愉快，因为从办公室可以望见海滨的林荫大道，还有一部分工作需要在港口进行。雅克登上所有停泊在阿尔及尔港的各国货船，经纪人是个面色红润的鬈发老头，他负责代理各行政部门的事务。雅克的任务是把航海文件带回办公室并翻译出来。一个星期后，雅克被指派翻译物资清单和某些提货单，当时这些文件是用英语写的，然后送到海关或接收货物的进口大公司。因此，雅克需经常去阿卡货港取文件。酷热席卷了通往港口的街道，沿路铁扶手被太阳晒得滚烫，连手都不敢碰。烈日下，宽阔的港湾空空荡荡，只有刚刚停泊靠岸的货船周围有一些码头工人，他们穿着卷到小腿中部的蓝色裤子，裸露着古铜色的上身，肩上扛着水泥袋、煤炭或棱角锋利的包裹，从肩膀一直垂到腰间，他们在从甲板倾斜到码头的跳板上来来往往，或是从敞开的货舱门进到货船里面，快速行走在架于货舱和码头的厚木板上。码头上升起的太阳和灰尘的味道，以及过热的甲板上焦油融化和所有装置被烤焦的味道，透过这些气味，雅克能分辨出各个货轮的特殊气味。来自挪威的货船有木头的气味；来自达喀尔或巴西的船带有咖啡和香料味；德国船有石油的气味；英国船是铁锈味。雅克沿着跳板上船，把经纪人的名片给一个水手看，而水手根本看不明白，他带着雅克穿过即使是阴凉处都很热的通道，来到大副或船长舱。在通道中，他好奇地观察着这些窄小而空旷的小舱房，那里集中了一个男人生活的基本东西，他喜爱这些小房间，远胜于那些豪华的卧室。他们热情地向他打招呼，而他自己也笑得很开心，他喜欢这些粗犷的人，以及孤独生活赋予他们的那种眼神，他把这种喜欢表露在脸上。有时，他们中的一个人会说一点法语，便问他一些问题。然后他开心地离开，走向火热的码头、滚烫的栏杆及闷热的办公室。只是，在高温下跑这些差事使他疲惫不堪，回到家里总是睡得很沉。等到九月时，人们发现他更瘦了。

当他要在中学度过十二个小时的日子临近时，他松了一口气。同时，令他越来越感到尴尬的是要告诉办公室的人们他要离开。最难说话的是五金店的老板，他宁愿自己不去办公室，而让他的外婆去解释。但外婆认为跳过这些离职手续很容易，他只需领取工资，然后不再回去，不需要进一步的解释。雅克觉得让外婆去遭受老板的怒斥是她应该承受的，从某种意义上说，她确实应该对这种局面负有责任，这都是她的谎言造成的。然而不知为什么，她却对雅克的逃避非常愤怒。而且雅克还找到了一个更有说服力的理由："那老板会派人过来的。""好吧，"外婆说，"那你就对他说，你要去舅舅那里干活。"雅克怀着一种罪恶感走了出去，这时外婆又对他说："最重要的是，先收好你的工资，然后再和他谈。"当天晚上，老板把每个员工叫到他的小办公室里发工资。"给，孩子。"他递给他一个信封，雅克犹豫不决地伸出手，老板对他笑着，"你做得很好，你知道的，你可以告诉你的父母。"雅克提出要离开，并说他不会再来了。老板吃惊地望着他，仍然向他伸出了手。"为什么？"这需要编个理由，但他说不出口。雅克仍然沉默不语，表情非常窘迫，老板明白了。"你要回中学了？""是的。"雅克说。不知所措的雅克一下放松下来，眼泪夺眶而出。老板生气地站了起来。"你来这里的时候就知道了，你的外婆也知道。"雅克只能点头。怒斥声在房间里响起。他们都是不诚实的人，而老板讨厌不诚实。他要是知道的话，他有权利不付他工钱，不然他就太蠢了。不，他不应该付工钱，让他外婆来，她会受到很好的接待。如果当初对老板说实话，他也许会雇他做其他的活。"他不能再上学了，我们太穷了。"他就这样让人骗了。"就是为了这个。"不知所措的雅克突然说。"因为什么？""因为我们太穷。"然后他沉默了，老板看了他一眼说："……所以你们才这样做，给我编个理由？"雅克咬紧牙关，眼睛望着自己的脚尖。无尽的沉默，然后老板拿起信封递给他，粗暴地说："拿着你的钱，走吧。""不。"雅克说道。老板把信封塞进了雅克的口袋："去吧。"雅克在大街上奔跑着，眼里淌着泪水，双手紧紧抓住自己的衣领，不去触碰口袋里那烫手的钱。

　　说谎不去度假，是为了远离夏日的天空和大海而去工作。而为了回到他的中学再次撒谎，这种不道德使他很难过。因为最糟糕的并不是这些他始终无法说出口的谎言，他以前总是为快乐而撒谎，却不是为这种迫不得已而说谎。特别是这次，为的是失去那些快乐，那些夏日的闲暇及阳光。现在，岁月不过是日复一日的起早及整日的沮丧匆忙，他不得不放弃他贫穷生活中那些美好的东西，只为了挣那点钱，但这些钱却买不到那些美好的百万分之一。然而他明白，他必须这样做，即使在他最叛逆的时候，他内心仍然为这么做而感觉自豪。因为，在他第一次拿到工钱的那天，这些为谎言而牺牲的夏日就已得到了补偿。当他走进饭厅时，外婆正在削土豆皮，削好后便扔在水盆里。欧内斯特舅舅坐在那里，两腿夹着小狗布里昂，正耐心地为它捉跳蚤。他的母亲刚回来，正在饭厅的角落里打开一小捆脏衣服。雅克走上前去，一言不发地将一张一百法郎的纸币和几个他捏了一路的硬币放在桌上。外婆什么也没说，把一个二十法郎的硬币推到他面前，剩余的钱她拿了起来。她用手碰碰卡特琳·科尔梅利，让她看看钱："是你儿子的。""嗯。"她答应着，忧郁的目光一下子落在了孩子身上。舅舅也朝他点点头，又夹紧了以为受刑完毕的布里昂。

"好，好，"他说，"你，是个男子汉。"

是的，他已经是个男子汉了，他已经付清了他所欠的钱，而且一想到他使这个家庭的贫困程度减少了一点，内心就充满了那种几乎是邪恶的自豪感。当男人们开始觉得自己是自由的、不受任何约束的时候，这种自豪感就会出现在他们身上。事实上，当他在下一学年开始时进入五年级的院子时，他已经不再是个没有目标的孩子了，也不再是四年前在清早离开贝尔库特，穿着带钉的鞋子踉跄而行，一想到等待他的是一个陌生的世界就焦虑不安的孩子了。他看向同学们的表情已经失去了一些天真，另外一些已经发生的事情也使他脱胎于从前的那个孩子。终于有一天，一直忍受着外婆打骂，并把这看作孩子生活不可避免之事的他从她手中夺过了牛筋鞭子，他突然变得狂怒，下定决心要反抗这个专横的白发老人，而那双明亮冰冷的眼睛正把他逼疯。这个时候外婆明白了，她退缩了，她把自己关到房间里，为自己辛苦养育了这样不懂感恩的孩子而啜泣，但她已经知道她不会再打雅克了。事实上她再也没有打过他，因为那个孩子确实已经在这个肌肉发达的少年身上死去了，他头发蓬乱，目光中流露着暴躁，这个年轻人整个夏天都在工作，为的是把工资带回家。他刚刚被正式任命为学校足球队的守门员。而且三天前，他第一次不知所措地品味了一个少女的香唇。

二 难懂自我

是的，这个孩子过去的生活就是这样：居住在那个贫困岛屿上，生活在赤裸裸的匮乏中，身处一个残疾、无知的家庭。年轻的身体里血液沸腾，对生活充满了渴望，他桀骜不驯，但始终快乐而又兴奋，时而遭受陌生世界一个突如其来的打击，令他困惑迷茫，但很快就会积极起来，试图去理解、学习、吸收这个他不知道的世界，而他也确实吸收了它，因为他满怀热望地走近它，愿意顺势而为，以无私的美好愿望，始终如一的信念走近它，这是一种成功的信念。是的，因为这种信念会实现他所希望的一切，在这个世界上，他觉得没有他做不到的事。他在为自己做准备（童年的贫穷也为他做了准备），他不渴望得到什么地位，而是快乐、自由的精神和能量，以及生活中一切神秘而美好的东西，这些都是无论现在还是将来永远买不到的东西。由于贫穷，他甚至希望在某一天能够赚到钱，但不强求或屈服于它，就像他现在这样。现在，他，雅克，四十岁，拥有很多，然而在母亲身边，却无论如何都比不上她。是的，这就是他的生活方式，在风中，在街上，在夏天的沉闷和短暂冬天的大雨下，没有父亲，没有家教，但在那一年，他遇到了一位父亲，这也正是他最需要他的时刻，帮他在学校的人与物的经验中前行，为他打开知识的大门，让他建立起了某种类似道德的东西（足以应对他当时对所处的环境，但后来在面对世界的毒瘤时就十分乏力了），并形成了他自己的处事风格。

不过，这就是他生活的全部吗？那些大胆的举动，那些游戏，那份鲁莽和激情，那个残缺的家，那盏煤油灯与黑暗的楼梯，那风中舞动的棕榈叶，那大海中的洗礼，以及那些暗淡和辛苦的夏天？是的，确实如此，但同样也有他生命中迷茫的东西。多年来，某些东西一直在他内心涌动，就像流淌在岩石深处的水，从未见过天日，却闪耀着暗淡的微光。谁也不知道这微光从哪里来，也许是从淡红的地心被吸出了这纵横交错的地表裂缝，这些裂缝通向岩石深处幽暗的风口，就在那生命难以生存的地方，众多植物交错缠绕，拼命地汲取着养分。他内心的这种涌动从未停止过，现在依然进行着。埋藏在他体内的黑暗之火，就如同表面看似熄灭，但内部仍在燃烧的泥炭，使泥炭的外部裂缝在粗糙的涡流中不断移动，因此泥泞的表层裂缝同沼泽的泥炭以同样的节奏移动。这些密集的、不易察觉的波浪在他内心深处产生了最强烈、最骇人的欲望，就如同被困在沙漠中的恐慌，无限的思乡，也如同他对赤贫和朴素突如其来的渴求，还有对成为无名之辈的渴望。是的，在这些年里，这种内心波动与他周围这个神秘的国度融为一体，整个童年时代，他感受到了它的分量。那时，他感觉到那一望无际的海洋、绵延不绝的山脉、平原以及被人们称为"内地"的沙漠之间，到处都潜伏着危险，却没有人会提起，因为这似乎是很自然的事。但雅克却发现了它，那是在比尔曼德雷小农场的一个有拱顶、刷着石灰墙的房子里，姨妈临睡前总要到各个房间去查验厚实的木质护窗板的插销是否已关好。正是在这里，他感觉自己被抛弃了，仿佛他是这里的第一个居民，或是第一个征服者来到了仍盛行强者为王的地方。在这里，法律是被用来惩罚那些习俗未能阻止的行为，他周围的那些既充满魅力又令人不安的人既熟悉又陌生，大家白天并肩而行，有时会产生友情，而到了晚上，却各自回到他们紧闭的房间里，谁都不会走入别人的家门。你永远也看不到他们的妻子，即便在街上遇见了，也不知道她们是谁，她们的脸上半遮着面纱，面纱上方露出美丽、性感的眼睛。在这些街区，他们人数众多，看起来逆来顺受，软弱无力，但足以造成一种无形的威胁。人们可以在夜晚街头的空气中感受到这种威胁，一个法国人和一个阿拉伯人之间发生的打斗，同样可能发生在两个法国人或两个阿拉伯人之间，但人们对它的看法却不一样。这时，住在这附近的阿拉伯人穿着褪色的蓝色工作服或破旧的长袍，慢慢地从四面八方走过来，凝聚在一起的这群人会毫不费力地将几个旁观的法国人拦在人群外，而正在战斗中的法国人在后退时突然发现自己正面对着一群阴沉的、难以捉摸的面孔，如果他不是在这里长大，都不知道只有勇气才能在这里生存，那他的勇气就会瞬间丧失。他所面对的是具有威胁性的人群，然而这人群除了聚拢外，却什么都不做。大部分时候，正是他们阻止了那个狂怒打斗的阿拉伯人，以便让他在警察到来之前逃走。但得到消息的警察来得很快，不由分说地将斗殴者带往警察局，并在雅克家的窗下经过。"可怜的人。"看到两个男人被推搡着带走时，他的母亲感慨地说道。这些人走后，威胁、暴力和恐怖依然蔓延在街道上空，一种突然袭来的恐惧使他嗓子发干。对他来说，这个夜晚是他内心困惑和烦恼的根源，将他与这片神奇而又骇人的土地，与那些火热的白昼及短暂得让人伤感的夜晚紧紧联系在一起，就好像他的第二种人生，也许比日常表象下的第一种人生更加真实。他的故事由一连串莫名的愿望及强烈而无法描述的情感组成，诸如学校的气味，街区马厩的气味，母亲手上的清洗剂味儿，高地宅区的茉莉与忍冬的香味儿，字典的书页及阅览的书籍的味道；还有他家中或五金店厕所里的酸臭味儿，以及他有时会在课前或课后独自去的冰冷的大教室里的味道，他最喜欢的同学的体温，迪迪埃和他在一起时那种温暖的羊毛味道；也有马尔科尼的母亲洒在他身上的花露水味儿，使得雅克总想靠近他的朋友；皮埃尔从他的一个姨妈那里偷来的口红的气味，几个人一起闻了闻，躁动而不安，就像一群进入有母狗发情的房子的公狗一样，想象着女人就是这个散发着甜香柠檬味儿及奶味的香脂块，在他们野蛮的叫喊声、汗水和灰尘中向他们揭示了另一个不可言喻的美妙世界的诱惑，甚至他们围着口红说出的粗话都无法阻止他们受到诱惑。自小时候起，他就迷恋人体，人体的美妙使他在海滩上幸福地大笑，他一直被人体的温暖所吸引。他对人体的爱，没有什么特别的念头，就像动物一样，并不是为了占有。那时他不知道如何去做，只是想进入她们的光环之中，把自己的肩膀靠在朋友的肩膀上，从容而依赖。在拥挤的大电车中，当一个女人的手在他身上停留一会儿时，他就会感到一阵眩晕。

　　是的，他曾经在潜意识中想从母亲那里得到活着的意义，融入世界的愿望，但他没能得到。但他却在小狗布里昂身上找到了，当小狗在阳光下伸了个懒腰，他嗅着那最强烈、最野性的皮毛味时，生命的能量以某种形式储存在他身上，这是他无法舍弃的。

　　从他内心的困惑中，涌现出了那种对生活的狂热激情，这种对生活的狂热永远注入了他的体内，即使在今天也没有改变。只是这种狂热在他重归故乡，童年的画面重现时令他更加痛苦。他感到自己的青春正在悄悄溜走，就像他曾经爱过的女人一样，哦，是的，他全身心地爱着她。是的，同她相处总是欲望如火，当他在快乐中内心大叫着离开她时，世界就又恢复了原貌。他曾经那么爱她，因为她的美貌，因为她对生活的狂热、慷慨的绝望，而这些恰恰正是他所具有的。这种对生活的狂热使她拒绝青春的流逝，尽管她知道时间正在流逝。她不愿意有一天听到人们说她风韵犹存，而是要永葆青春，永远年轻。有一天，当他笑着告诉她青春正在流逝，日子正在消逝时，她突然抽泣起来。"噢，不，不，"她流着泪说，"我是多么渴望爱情。"她聪颖过人，在很多方面都很出色，她也因此拒绝世界的现状，就像那些日子里，她回到她的出生地小住一段时间，做了一些伤感的拜访。在看望她的姨妈时，人们对她说："这是你最后一次见到她了。"是的，面对她们的面容，她们的衰老身体，她想叫喊着离开。或者是在夜晚家人聚餐时，那块桌布是曾外婆绣的，而曾外婆早已去世，没有人想到她，只有她会记起年轻时的曾外婆，想到她的快乐，她对生活的渴望，正如现在的她一样，光彩照人，餐桌上的人赞美不断。夸其美貌的女人们已年老色衰，而餐桌周边墙上悬挂的美丽肖像却正是她们自己。于是，她心神不定，想逃到一个没有人会变老或死亡的地方，那里的美是不朽的，那里的生活将永远是狂野和鲜活的。但遗憾的是，这样的地方并不存在。回来后，她扑在他的怀中哭泣，他爱她到生命里。

他自己也是这样，也许比她的感受还要深刻，因为他出生在一个没有祖先，也没有回忆的地方，他的祖先被移除得更加彻底。在那里，衰老无法阻挡，找不到文明国度里的那种安慰，他就像那不停颤抖的剑，注定要被折断。他对生命的无限热情面对的是彻底的死亡，他感到生命、青春，还有人都离他而去，他却无法抓住其中的任何一个，只是盲目地希望，希望这种在多年中一直支撑他度日，给他无限养分与最艰难的环境作斗争的力量——这曾给予他活着的理由——同样也会给他面对衰老、平静死去的理由。

附录 活页

活页 I

4. 在船上。与孩子们一起午睡＋十四年战争。

*

5. 在母亲家——暗杀。

*

6. 蒙多维之旅。

*

7. 在他母亲那里。童年继续——他找回自己的童年，而不是他的父亲。他知道自己是第一个。

*

"她用尽全身力气亲吻了他两三次，把他紧紧地抱在怀里，然后松开手，看看他，又把他抱在怀里，就好像她在内心估量了一下（她刚给予的）全部温情，似乎觉得还欠缺一点儿。随后她转过身，似乎不再想他，也不想其他的，甚至有时用一种奇怪的表情看着他，就好像现在他是多余的人，打扰了她活动的那个空无的、封闭而局限的世界。"

活页 Ⅱ

1869 年，一位定居者写信给一位律师：

"要使阿尔及利亚扛住其医生的治疗，她必须有极强的生命力。"

＊

被护城河或城墙包围的村庄。

＊

1831 年派出的六百名移殖民，有 150 人死在了帐篷里，这是阿尔及利亚孤儿众多的原因。

＊

在布法里克，他们肩上扛着枪，口袋里装着奎宁。"他看起来像个布法里克人。"他们当中 19% 的人死于 1839 年。在咖啡馆里，奎宁作为一种生活消费品出售。

＊

布热在给土伦市长写信，让他挑选二十个健康的未婚女子，在土伦为他的移动殖民战士举行了婚礼。这便是"火线婚礼"。于是，"富喀"军垦农场诞生了。

＊

开始是集体劳动，是在军垦农场。

＊

"按地区"殖民。由 66 户来自格拉斯的园艺师家庭将瑟拉卡斯殖民化了。

*

在大多数情况下，阿尔及利亚的市政厅没有档案馆。

*

来自马翁的人带着行李箱和他们的孩子成长小组登陆。他们的故事值得写成书。永远不要雇用西班牙人。他们创造了阿尔及利亚沿海地带的繁荣。

比尔曼德雷镇及贝尔纳的房子。

密地加的第一个殖民者（托纳克医生）的故事。见邦迪科恩的著作：《我的阿尔及利亚殖民史》第 21 页。

皮雷特得历。同上，第 50 页和第 51 页。

活页 Ⅲ

10—圣布里厄 [1]

*

14—马朗

2—童年的游戏

30—阿尔及尔。父亲和他的死亡（＋谋杀）

42—家庭

69—热尔曼先生好学校

91—蒙多维——定居点和父亲

101—中学

140—不了解自己

145—青少年时期 [2]

---

[1]　数字表示手稿的页码。

[2]　手稿截止于第 144 页。

活页 Ⅳ

　　喜剧主题也很重要。把我们从最糟糕的悲伤中解救出来的，正是这种被抛弃和孤独的感觉，但又不至于孤独到别人"毫不留意"我们的不幸的地步。正是在这个意义上，我们的幸福时刻有时是在无尽的忧愁中，并使我们陷入无尽的悲伤之中。也是在这个意义上，幸福往往不过是对我们不快乐的同情。

　　敲穷人的房门——与绝望放在一起，就像把解药与疾病放在一起。

＊

　　年轻时，人们的要求超过了他们所能给予的：持久的友谊、永恒的激情。

　　现在我向他们祈求的少于他们可以给予的：无言的陪伴。现在我知道对他们的要求比他们能给予的要少：他们的激情、他们的友谊、他们高尚的行为，在我眼中保留着其奇迹般的价值，那就是优雅的生活。

玛丽·维通：飞机

活页 V

　　他曾是生活之王，具有超人的才华、激情、力量和快乐，也正是因为这些，他来向她表示歉意。她一直是岁月与生活的奴隶，她什么都不知道，什么都不想要，也不敢奢望，但她还是完整地保留住了最原始的真实，而这正是他早已失去的。这就是我们活着的全部理由。

　　星期四在库巴。
　　训练，体育运动
　　舅舅
　　毕业典礼
　　疾病
　　噢，母亲，噢，柔情，受宠的孩子，比我的时代更伟大，比使你屈从的历史更伟大，比我在这个世界上所爱的一切更真实，母亲啊，原谅你的儿子逃离了你的夜晚。
　　外婆，专横，但却站着侍候家人吃饭。

　　让人尊重母亲，打击了他的舅舅。

附录　第一个人（笔记与提纲）

"与贫贱、愚昧和顽固的生活作斗争，价值无限……"

克洛代尔《交换》

关于恐怖行为的对话：

客观上她是有责任的（连带责任）

换个词，或者我打你

什么？

不要拿西方最愚蠢的东西说事。不要说客观上，否则我就打你。

"为什么？"

你母亲在阿尔及尔—奥兰的火车前躺下了吗？（无轨电车）

我不明白。

火车爆炸了，四个孩子死了。你母亲没有行动。从客观上说，她还是有责任，或者，你赞成枪毙人质。

她不知道。

她也没有。再也不要说客观了。

承认有无辜的人，否则我也会杀了你。

你知道我可以这样做。

是的，我见过你。

*

让，第一个男人。

然后，以皮埃尔为原型，给他一个过去，一个国家，一个家庭，一种道德（？）——皮埃尔——迪迪埃？

*

海滨上的青春之恋——夜幕降临在海面上——繁星满天。

*

在圣艾蒂安与那个阿拉伯人相遇。两个流亡法国者的友情。

*

征兵。当我父亲被征召入伍时，他从未见过法国。最后他见到了，并被杀害了。

（这便是像我家一样贫贱的家庭所给予法国的。）

*

与萨多克的最后一次谈话时，雅克已经在反对恐怖主义。但他收留了萨多克，避难权是神圣的。他们的谈话是在他母亲的面前进行的。最后，雅克指着他母亲说："看。"萨多克站起身，走向他母亲，手放在心口上，以阿拉伯式的方式，躬身拥抱雅克的母亲。"她也是我的母亲，"他说，"我的母亲已经去世了。我要像对待自己的母亲一样爱她。"

（她是因为恐怖袭击而离开的。她不幸遇上了。）

*

或者还有：

是的，我恨你。对我来说，世上的荣誉属于被压迫者。在历史上，当被压迫者觉醒的时候……那么……

"再见。"萨多克说。

留下来吧，他们会抓住你的。

那就更好了。我可以憎恨他们，我在仇恨中与他们相遇。而你，我的兄弟，我们却要分别。

……

夜晚，雅克在阳台……他们听到两声枪响及奔跑声……

"怎么回事？"母亲问。

"没什么。"

"哦！我为你担心。"

他倒在她身上……

然后他因窝藏萨多克被捕。

派他去烤东西，

他私留了零钱，

洞里的两法郎。

*

阿尔及利亚人的荣誉感。

*

学习正义和道德，一种情感的好坏可以决定其后果。雅克可以纵欲于女人，但如果她们占去了他所有的时间……

*

"我已经活得太久了，也有过行动和感受，不能说这个是对的，那个是错的。我已经受够了按照别人给我设定的形象来生活。我决心自主，我要求独立与相互依存。"

*

皮埃尔会成为演员吗？

*

让的父亲是赶车人？

*

玛丽生病后，皮埃尔变得像克拉芒斯一样（什么都不爱……），由雅克（或格雷尼埃）对堕落作出解释。

*

用宇宙来比喻母亲（飞机、连成片的遥远的地区）。

皮埃尔是律师。伊夫东的律师。

*

"像我们这样的人是善良的，骄傲的，坚强的……如果我们有一个信仰，有上帝，什么都无法使我们动摇。但我们什么都没有，我们必须学习一切，为了苍白无力的荣誉而活着……"

*

同时，它应该是一部世界末日的历史——充满了光辉年代的遗憾……

*

菲利浦·库龙比尔及梯帕萨的大农场。同让的友情。他死于农场上空的飞机失事。人们找到他时，驾驶杆插进肋部，面部被砸烂在仪表板上。玻璃碎片上布满了血污。

*

题目：游民。从搬家开始，以撤离阿尔及利亚结束。

*

两种狂热：贫穷的女人及异教世界（智慧与幸福）。

*

人人都喜欢皮埃尔。雅克的成功与骄傲使他嫉妒。

*

死刑场面：四个阿拉伯人被扔到卡苏尔山下。

*

他的母亲是基督徒。

*

让其他人谈论雅克，由别人引出他，介绍他，但他们所讲述的互相矛盾。

有修养、爱运动、放荡不羁、独来独往、是最好的朋友、疾恶如仇、忠贞不渝，等等。

"他不喜欢任何人""道德高尚""高傲而冷淡""热烈而激情"，总是躺在床上，除了他自己，每个人都认为他是个精力充沛的人。

让主要人物成长。

他说："我开始相信自己的无知了。我曾是沙皇。我统治着万物和众生，一切都为我服务（等等）。我没有足够的爱心，我鄙视自己。然后我认识到，其他人也没有真正的爱，我只得接受自己跟他们一样。"

我决定不能这样，我应该靠近自我，不做伟大的人，不甘心绝望，等待机遇来临，使我成为伟大的人。

"换句话说，我在等待当沙皇的时机，但并不快乐。"

*

还有：

人不能活得太真实，这样的人将自己与其他人区分开来，他不能再以任何方式分享他们的幻想。他是一个异类，而这正是我的身份。

*

马克希姆·拉斯泰伊：1848 年殖民者的苦难。蒙多维——

插入蒙多维的历史？

例如：1. 坟墓，返回蒙多维

（1—附）1848—1913 年的蒙多维

*

他的西班牙渊源

节制与纵欲

精力与无为

*

雅克："没有人能想象我所遭受的痛苦……人们向那些做了伟大事情的人致敬。但人们更应该敬重那些在残酷的处境下而不犯重罪的人。是的，敬重我吧。"

*

与伞兵中尉对话：

"你说得太好听了。我们到隔壁去，看看你是否还能滔滔不绝。走吧。"

"好吧，但首先我要警告你，因为你可能从未遇到过任何真正的男子汉。听好，我把要发生在隔壁的事算在你的账上。如果我不屈服，那就无所谓。在我有可能这样做的那一天，我就会当众把口水吐到你的脸上。如果我屈服了，并且能够脱身的话，无论需要一年还是二十年，我都会杀了你。"

"好好看着他，"中尉说道，"他是个聪明的人。"

*

雅克的朋友"为使欧洲存在"而自杀。为创建欧洲，需要有一个自愿的牺牲者。

*

雅克同时与四个女人交往，因此，过着空虚的生活。

*

C.S. 当灵魂遭受了太多的痛苦，就会产生作恶的欲望，即……

＊

参看：战斗运动史。

＊

夏特死在医院，那时，她邻床的收音机里正播放着蠢话。

——心脏病，身体极度虚弱。"如果自杀的话，至少我会有些创造性。"

＊

"只有你知道我为什么自杀。你知道我的原则。我讨厌那些自杀的人，是由于它给别人带来不好的感受。如果你必须这么做，你必须伪装起来。出于善意。为什么我告诉你这些？因为你喜欢不幸。这是我送给你的礼物。祝你胃口好！"

＊

雅克：澎湃的生活，更新的生活，众多的人及经验的增长，更新及［冲动］的能力——

＊

她向他伸出骨节粗大的双手，抚摸着他的脸颊。"你是最伟大的。"她阴郁的眼睛里有那么多的爱和崇拜，他内心的另一个——了解情况的那一个——反感了……过了一会儿，他把她搂在怀里。既然最有远见的她爱他，他就应该接受，并承认为了爱，他不得不稍微爱一下自己……

＊

穆穆西尔的一个主题：在现代世界中寻找灵魂的救赎——陀思妥耶夫斯基：《群魔》中的［相遇］和离别。

＊

酷刑。连带责任的刽子手。我从不能接近什么人——现在我们并肩作战了。

*

基督徒状态：纯粹的感觉。

*

这本书必须是未完成的。如："在带他回法国的船上……"

*

忌妒了，他掩饰着，扮演着上流社会的人。然后他就不再忌妒了。

*

四十岁时，他认识到他需要有一个人为他指明道路，批评他或赞扬他：一个父亲。权威而不是权力。

*

× 看到一个恐怖分子向……开枪。他听到有人在黑暗的街道上追着他跑，他站住了，突然转身，勾脚将那个人绊倒，手枪落地。他捡起手枪，对准那个人，随后想到不能放走那个人，便把那个人带到偏僻的街上，让那个人在前边跑，他开了枪。

*

营地里的年轻女演员：一棵草，矿渣中的第一棵草，以及那种强烈的幸福感。可怜而快乐。后来，她爱上了让——因为他纯情。我呢？不过我 [不值得] 你爱。能唤醒爱情的人们，哪怕是丧失了权利，也是国王及世界存在的维护者。

*

1885 年 11 月 28 日，C. 吕西安诞生于乌莱法耶：是 C. 巴蒂斯特（四十三岁）与玛丽·科尔梅利（三十三岁）的儿子。1909 年 11 月 13 日与森岱斯·卡特琳小姐（出生于 1882 年 11 月 5 日）结婚。1914 年 10 月 11 日死于圣布里厄。

*

他 45 岁时，他通过比较日期发现他的哥哥是在父母婚礼后两个月出

·184·

生的。然而，刚给他描述了婚礼的舅舅转而说起了修长的裙子……

*

医生在家具堆积如山的新家接生第二个儿子。

*

1914年7月14日，她带着被蚊子叮咬得红肿的孩子离开了塞浦兹。8月，征兵。丈夫直接去了阿尔及尔的［部队］。有一个晚上，他跑出来吻别两个孩子。人们再未见到他，直到他的死讯传来。

*

一个被驱逐的移殖民毁坏了葡萄树，放进了咸水……"如果我们在这里所做的是一种犯罪，那就必须彻底铲除它……"

*

妈妈（说到 N）：你被录取的那一天——"当给你发奖的时候"。

*

克里克兰斯基与禁欲的爱情。

*

他对刚成为他的情妇的马赛尔对国家的不幸漠不关心表示惊讶。"过来。"她说。她打开了门：她九岁的儿子——出生时产钳夹坏了运动神经——瘫痪，不会说话，左脸比右脸高，必须喂食，为他洗澡，等等。他关上了门。

*

他知道自己得了癌症，但没有说他知道。其他人认为他在愚弄他们。

*

第一部分：阿尔及尔，蒙多维。他遇到一个阿拉伯人，对他说起他的父亲。他与阿拉伯人的关系。

*

丁·杜艾：船闸。

*

贝拉尔在战争中死亡。

*

当 F 得知他与 Y 的恋情时，她是如何痛哭流涕地说："我也是，我也很美。"而 Y 的叫声："啊！让别人来把我带走吧。"

*

事情发生后很久，F 与 M 相遇了。

*

基督没有踏上阿尔及利亚的土地。

*

他收到她的第一封信，以及他在看到她的信中自己名字时的感受。

*

理想情况下，如果这本书是写给母亲的，从头至尾——结尾时才知道她不认字——是的，应该是这样。

*

而他在这个世界上最想要的，就是让他的母亲读到他的生活和存在的一切，但这是不可能的。他的爱，是唯一的，永远无声。

*

把这个可怜的家庭从穷人的命运中拯救出来，也就是从历史上消失得无影无踪。无言的人。

他们过去和现在都比我伟大。

*

从出生的那一夜开始。第一章，然后是第二章。第二章：三十五年后，一个男人在圣布里厄下了火车。

*

Gr 我把他当父亲看，他出生的地方，即是我亲生父亲去世及安葬的地方。

*

皮埃尔和玛丽在一起了。最初，他得不到她。这就是他为什么会爱上她。而雅克同杰茜卡，爱情迅速升温。这就是为什么他需要时间来真正爱她——她的胴体遮住了她。

*

高原上〔菲加里〕的灵车。

*

德国军官和孩子的故事：为他而死，毫无价值。

*

《吉耶》词典中页：其味道、插图。

*

制桶厂的味道：刨花比锯末的味道更浓。

*

让，永远都不满足。

*

他少年离家，独自成长。

*

在意大利发现宗教：通过艺术。

*

第一章末：此时，欧洲已经调准了大炮，六个月后开炮。母亲来到阿尔及尔，手牵着一个四岁的孩子，另一个孩子在她怀里，怀里的孩子被塞浦兹的蚊虫咬得浑身红肿。他们来到了外婆在穷人区的家中。"妈妈，谢谢您接纳我们。"外婆腰板挺直，用坚毅而明亮的目光望着她："女儿，得找活儿干才行。"

＊

妈妈：如同一个无知的宣礼员。她不知道基督的生活，除了他在十字架上。然而，谁又能十分了解呢？

＊

一天早晨，在外地的旅馆里等着 M。这幸福感他总是觉得是转瞬即逝，有悖道德——事实上，正是这种有悖道德的情感阻碍了这种幸福的持久性——的愧疚感折磨着他，甚至是绝大部分时间，至少有几次，他强制自己就像现在一样，以其纯洁的状态出现，在清晨温柔的光线中，流连于露珠点点的大丽花之间……

＊

××的故事。

她来到这里，推门而入，"我自由了"等，扮演被解放的女人。然后她赤身裸体上了床，尽力去……最终为了一个坏且不幸之人。

她离开了她那个绝望的丈夫，等等。丈夫写信给另一个男人："是你的责任。继续去看她，否则她会自杀。"事实上，注定的失败：迷恋于绝对，因此，寻求发展那不可能之事——她自杀了。丈夫来了。"你知道我为什么而来。""是的。""好吧，这是你的选择，是我杀你还是你杀我。""不，选择的重担应由你来担。""杀吧。"事实上，典型的难题，受害者确实不需要负责任。不过，她要为其他她从未付出代价的事情负责。荒谬。

＊

××。她的内心有毁灭与死亡精神。她［献身］于上帝。

＊

一个自然主义者：对食物、空气等处于永远的怀疑状态。

＊

在被占领的德国：

·188·

晚上好。长官先生。

晚上好，雅克说着关上了门。他对自己的语气感到惊讶。于是，他明白了，许多征服者使用这种语气，只是因为他们对自己的征服和占领感到尴尬。

＊

雅克想消失。他所做的，隐姓埋名，等等。

＊

人物：尼古拉·拉米哈尔。

＊

父亲的"非洲悲情"。

＊

带他儿子去圣布里厄。在小广场上，两人相对而立。你怎么生活？儿子问。什么？你是谁，等等。（幸福）他感到周围死亡的影子。

＊

V.V. 我们那时候的男人和女人，在这个城市，在这个国家，我们互相拥抱，互相拒绝，互相交往，最后分开。但在所有这些时间里，我们从未停止帮助对方，与那些必须一起战斗和受苦的人团结在一起。啊！这就是爱——对所有人的爱。

＊

四十岁时，在饭馆里一直都点带血的肉排，他意识到他实际上喜欢的是五分熟的肉，而不是带血的。

＊

不再理会艺术与形式。重新找回直接的联系，无须中介，因而也就淳朴。忘却艺术，在这里就是忘却自我。不是以道德的名义放弃自我，正相反，是接受地狱。想要完美的人更爱自我，想要享乐的人更爱自我。只有那个人放弃了他的现状，放弃了他的自我，接受任何发生的事情及其后果。那么这个人就直接接触了。

通过第二等级的纯朴，重新找回希腊人或俄罗斯人的伟大。不要害怕。什么也别怕……但谁会帮助我呢！

*

这天下午，在从格拉斯去戛纳的路上，在一个令人难以置信的狂喜时刻，他突然发现他爱上了杰茜卡，他终于爱上了她。于是，她周围的世界黯然失色。

*

我说的和写的都不是我。结婚的不是我，做父亲的也不是我，等等。

*

许多回忆录讲述了阿尔及利亚殖民地那些"寻回的孩子们"。是的，我们大家都在这里。

*

清晨的有轨电车，从贝尔库特到市府广场。车头位置，电车司机及他的操纵杆。

*

我要给你们讲一个魔鬼的故事。我要讲的故事是……

*

妈妈与历史。人们对她说起苏联的人造卫星："哦，我不喜欢在上面。"

*

倒叙章节：卡比利亚村庄的人质。被阉割的士兵——围攻，等等，越来越近，直到放出殖民化的第一声枪响。但为什么在此处停止。技术问题：单独一个章节或是倒叙追根？

*

拉斯代伊：一个留着浓密小胡子、鬓角发白的移殖民。

他的父亲：一个来自圣德尼区的木匠；他的母亲：洗衣女工。

所有的巴黎移殖民（许多都是1848年的革命党人）。巴黎的许多失业者。制宪会议通过拨款五千万法郎用以去建一个"殖民地"：

每个移民可得到：

一处住所

二至十公顷土地

种子、农作物，等等

食物配额

没有铁路(只通到里昂)。从那儿走水路——乘坐由马拉纤的驳船。《马赛曲》《出征之歌》，神父的祝福，授予蒙多维的旗帜。

六条一百至一百五十米长的驳船。蜷缩着睡在草垫子上。女人们换衣服时互相扯起床单遮挡。

近一个月的旅途。

*

马赛，在大检疫站（一千五百人），待了一个星期。随后登上一艘旧的大型驱逐舰：石岩号。借着地中海干寒猛烈的北风出发。五天五夜——所有的人都病了。

博恩——居民都在码头上欢迎移殖民。

行李堆在底舱，并有丢失。

从博恩到蒙多维（坐在部队的辎重车上，男人们步行，为妇女和儿童留出空间和空气），没有路。在阿拉伯人充满敌意的目光下，在沼泽的平原或灌木丛中，伴随着狂吠的卡比利亚狗群——1848年12月8日。蒙多维并不存在军用帐篷。夜里，女人们哭泣着——阿尔及利亚的雨下了8天，帐篷里进了水。孩子们在帐篷里大小便。木匠搭起简易篷，盖上床单保护家具。在塞浦兹河岸割下空心芦苇，以便让孩子们在屋里将小便尿到外面去。

在帐篷里住了四个月，然后是临时的木头小屋；每间双人小屋必须容纳六个家庭。

1849 年春天，炎热过早来临。人们在木板屋里做饭。疟疾，接着是霍乱。每天都会死去八至十人。木匠的女儿奥古斯蒂娜死了，然后是他的妻子。（人们将她们葬在凝灰岩层下）

医生的处方：跳舞，可以活血。

每天晚上，在乡村女钢琴老师的伴奏下，他们在两次葬礼之间跳着舞。

土地于 1851 年才分配。父亲死了。罗西纳和欧也妮孤苦伶仃。

去塞浦兹支流洗衣，需要士兵的护送。

建起了围墙＋军事壕沟。小屋和花园，他们用自己的双手建造。

五六只狮子在村子周围吼叫（努米底亚狮子，黑色鬃毛）。豺狼。野猪。鬣狗。豹子。

袭击村庄。偷盗牲畜。在博恩与蒙多维之间，一辆马车陷入了困境，车上的人去求援，只留下一个年轻的孕妇。他们回来后，发现孕妇的腹部被割开，乳房被切掉。

第一座教堂：四面黏土墙，没有椅子，只有几条长凳。

第一所学校：一个用杆子和树枝搭成的棚子。三个姐妹。

土地：零星的地块，人们背着枪耕种。晚上回到村庄。

一支有三千法国士兵的部队在夜间经过，他们抢劫了村庄。

1851 年 6 月：暴动。数以百计的穿着阿拉伯呢斗篷的男人骑着马围住了村庄。在小城墙上用火炉烟囱假充大炮。

*

的确，巴黎人下地种田；许多人戴着高顶黑礼帽下地，他们的妻子穿着丝绸长裙。

*

严禁吸纸烟。只允许使用有盖的烟斗（怕引起火灾）。

*

1854 年建造的房屋。

*

在君士坦丁省，三分之二的移殖民几乎没有用过铲子或犁就死了。老移殖民的墓地，无边无际的遗忘。

*

妈妈。事实是，尽管我全身心地爱她，但我那时无法过那种盲目忍耐的生活，没有言语，没有计划。我无法过她那种苍白的生活。于是，我周游世界，也曾建设、创造，有爱过的人，也抛弃过他们。我的日子已经充实到了极点，但没什么能像……充实我的心。

*

他知道他该走了，又要欺骗自己，忘记他所知道的一切。但实际上他所知道的是：他生命的真相就在那个房间里……毫无疑问，他将逃离这个真相。谁能再忍受真相？只要知道它在那里就够了，让它滋润着内心静谧的热忱，去面对死亡。

*

妈妈临终时的基督教。贫穷、不幸、无知的女人，向她提起上帝？愿基督保佑她！

*

1872 年，当按父系家族安顿下来时，已相继出现过：

——公社。

——1871 年阿拉伯人暴动（在米蒂加第一个被杀害的是一个小学教师）。

阿尔萨斯人占领了暴动者的土地。

                     *

那个时代的尺度。

                     *

母亲对历史与世界毫无所知。

比尔·哈盖姆："很远"或"在那里"。

她的宗教是视觉的。她知道她所看到的东西，但不能表达。耶稣在受苦，他死了，等等。

                     *

女战士。

                     *

写下他的过往，以便找到真相。

第一部　迁徙的人

1. 在搬迁中出生。战后六个月。孩子。阿尔及尔，父亲穿着朱阿夫军服，戴着扁平的狭边草帽上了战场。

2. 四十年后，儿子在圣布里厄墓的父亲坟前。他回到了阿尔及利亚。

3. 来到阿尔及利亚，赶上了一些"事件"的发生。寻找。

去蒙多维旅行。他找到了童年，而不是父亲。

他知道自己是第一个人。

第二部　第一个人

青少年时期：拳斗

体育与道德。

成人时期：政治运动（阿尔及利亚），抵抗运动

第三部　母亲

爱情

王国：过去一起玩耍的伙伴，朋友，皮埃尔，老师及他第二次应征入伍的故事。

母亲

最后一部分，雅克向母亲解释阿拉伯问题，克里奥尔文化、西方的命运。"是的，是的。"她说。随后是忏悔，结束。

*

这个男人身上有个谜，也是他想解开的一个谜。

但最终，他只是贫穷的生灵，既无姓名也无过去。

*

海滩上的青春。在充满呼喊、阳光、剧烈活动、沉闷或强烈欲望的日子过后，夜幕降临在海上。一只雨燕叫声在高空响起。痛苦抓住了他的心。

*

独自生活的哲学家。

*

我想写的是两个人的故事，他们血脉相连，却有各种差异。她是这世上美的化身，而他却是安静的怪物。他被扔进了那个时代的所有愚蠢行为中，她也经历了同样的时代，却如同走过其他平常的年代。她大部分时间都沉默不语，只用几个字来表达自己的意思；他不断地说话，却无法在数千字中找到她可以用一个字说出来的东西。母亲与儿子。

*

可以使用任何语气说话。

*

雅克在那之前一直觉得自己与所有受害者是一体的，现在他认识到自己与刽子手是一体的。他的忧伤。

*

你将不得不作为一个旁观者来看待自己的生活，以便在其中加入自己的梦想。你寻求梦想的生活，而别人却梦想着你的生活。

*

他望着她。一切都停滞不前，时间流逝得很慢。就像在电影院里当画面因某种故障而消失时，你在大厅的黑暗中什么也听不见，除了机器运转的声音……还有一个空的屏幕。

*

阿拉伯人出售的茉莉花项链。黄色和白色花朵的香味。

项链迅即枯萎，花儿变黄，但香味儿却久久地弥漫在可怜的房间里。

*

五月的巴黎，白天的空气里飘着栗树的白色花瓣。

*

他爱他的母亲和他的孩子，一切都不由他来选择。而他，曾经挑战过一切，质疑过一切，除了不可避免的事情，他从未爱过任何东西。命运强加给他的人，他所看到的世界，他生命中无法避免的一切，他的疾病，他的职业，名声或贫穷，还有他的星座。对于其他的，对于他必须选择的一切，他尽力去爱，但这不是一回事。毫无疑问，他知道这种感觉惊奇、激情，甚至还有温柔的时刻。但是，每一个时刻都让他走向其他的时刻，每个人又把他推向另外的人。而他没有爱过任何他选择的东西，除了那些被环境一点一点强加给他的东西，偶然地持续了一段时间，最后变成了必须的：杰茜卡。真正的爱情不是一种选择，也不是一种自由。那颗心，尤其是那颗心不是自由的。这不可避免，是对不可抗拒的承认。而他，事实上，除了不可避免之外，从未全心全意地爱过。现在，他剩下的就是爱自己的死亡。

*

明天，六亿黄种人，或者几十亿黄种人、黑种人、棕色皮肤的人都会涌现在欧洲海角上……最好的是［使它转变］。于是，所有人们学过的知识，他自己及与他相像之人所学过的知识，在那一天，他的种族的人，他为之而活的所有价值，都将死于无用。还有什么会是有价值的呢？他母亲的沉默。他在她面前放下了手臂。他在她面前投了降。

*

M十九岁，他三十岁，他们并不相识。他意识到我们不能让时间倒流、阻止所爱的人过去，曾经做过的或经历过的，人们无法把握他的选择。因为我们不得不在出生时的第一声啼哭中进行选择，而我们出生时是分开的——除了母亲之外。我们只拥有不可避免的东西，我们必须回到它身边，（见前注）服从它。然而多么令人怀念，多么令人遗憾！我们必须放弃！不，要学会爱不完美的东西。

*

最后，他请求母亲的宽恕——为什么？你一直是个好儿子——但这是因为其他的事情。

她无法知道，甚至无法想象，她是唯一能够原谅他的人（？）。

*

既然我选择倒叙，就先介绍年老的杰茜卡，再介绍年轻的。

*

他与M结婚是因为她从未认识过男人，而他对此很着迷。简而言之，他结婚是为了他自己想要的东西。然后他将学会爱那些献身的女人——也就是说——爱生活中令人厌恶的需求。

*

1914 年的战争。我们这个时代的孵化器。母亲眼中的世界？她既不了解法国，也不了解欧洲，更不了解世界。她以为炮弹是自动爆炸的，等等。

*

交替的章节将给出母亲的声音。对同样的事件进行评论，只用她认知的四百个词语。

*

总之，我想说的是我所爱的人。而且只说那些。强烈的喜悦。

*

萨多克：

1）"但为什么要以这种方式结婚，萨多克？"

"我应该按法国方式结婚吗？"

"法国人或任何其他方式！为什么要让自己受制于一个你认为是愚蠢和残酷的传统？"

"因为我的人民已经认同了这个传统，他们没有别的东西，他们坚持这个传统，与这个传统分离就是与他们分离。所以，明天我要走进这个房间，我要剥光一个陌生女子，在枪声中占有她。"

"好吧，在此之前，让我们去游泳吧。"

*

2）"那又怎样？"

"他们说，目前必须巩固反法西斯阵线，法国和俄国应该共同捍卫国家。"

"难道他们不能在自卫的同时，在国内弘扬正义吗？"

"他们说那是以后的事，需要等待。"

"你知道，这里等不来正义。"

·198·

"他们说，如果你不等待，客观上你就是在帮助法西斯。"

"这就是为什么监狱是你以前的战友们的好去处。"

"他们说这太糟糕了，但他们不能不这样做。"

"他们说，他们说。那你闭嘴？"

"我闭嘴。"

他看了看他。身体开始热起来了。

"那么，你背叛我了？"

他没说"你背叛我们了"。因为背叛关系到肉体，关系到单一的个人，等等。

"不，我今天要离开党……"

*

3）"记住 1936 年。"

"我不是共产主义恐怖分子，我只是反对法国人的恐怖分子。"

"我是法国人。她也是。"

"我知道。对你来说太糟糕了。"

"所以你背叛我。"

萨多克的眼睛里闪耀着一种狂热。

*

如果我最终选择按时间顺序，雅克太太或医生将是蒙多维第一代移民的后代。

我们不要自怨自艾，医生说，只要想象一下我们的第一批祖先在这里……

*

4）雅克的父亲在马恩河畔被杀。那段晦涩难懂的生活还剩下什么？什么都没有，一个难以捉摸的记忆——在森林大火中焚烧的蝴蝶翅膀的轻灰。

*

阿尔及利亚的两种民族主义。1939年至1954年的阿尔及利亚（叛乱）。法国的价值在阿尔及利亚人的意识中，在第一个人的意识中的变化。两代人的历史解释了现今的悲剧。

*

米利亚纳的度假营，军营里早晚的号角声。

*

爱情：他希望她们都是处女，没有过去，没有男人。而他所遇到的唯一一位这样的人便与之结婚，但自己却从未忠实过。因此，他希望女人们做到自己做不到的事。而他的为人把他推向与他相像的女人，他爱她们，并且用愤怒和激情占有女人。

*

青少年时期。他生活的动力，他对生活的信心。但他却在吐血。因而生活变成这样：医院、死亡、孤独、荒谬。由此而来的精力分散。而在他的内心深处，生活是另一个样子。

*

从戛纳到格拉斯路上的灯光……

他知道，即使他不得不回到那个他一直生活在其中的枯燥乏味的地方，他也会献出他的生命，他的心，他整个人的感激之情，这使他能够一次，也许只有一次去接触。

*

用这个场景开始最后一部分：

瞎眼的驴在几年中毫不耐烦地围着戽斗水车转，忍受着殴打，忍受着自然界的凶残，忍受着太阳、苍蝇的袭击，而且从那缓慢的圆周运动来看，似乎没有结果，但河水永不停息地涌上来……

*

1905 年。L.C. 的摩洛哥战争。在欧洲的另一侧，加里亚耶夫。

*

L.C. 的生活完全是不由自主的，除了他的意愿和坚持。孤儿院。农场工人。被迫娶他的妻子。就这样，他的生活发生了变化——然后，战争杀死了他。

*

他要去看格雷尼埃："像我这样的人，我已经承认了，必须服从。他们需要一个指导性的规则，宗教、爱情等：对我来说是不可能的。所以我决定发誓服从你。"

*

最终，他不知道他的父亲是谁。但他自己是谁呢？第二部分。

*

无声电影，为外婆读字幕。

*

不，我不是一个好儿子：一个好儿子就是不动摇的人。我走得很远很远，我背叛了她，以琐事，名声，很多个女人。

"但是，除了她，你没有爱过任何人？"

"啊！除了她，我没有爱过任何人！"

*

挡在他父亲的坟墓旁，他感觉时间出了问题——这种时间的新顺序是书本上的顺序。

*

他是个纵欲过度的男人：女人，等等。

因此，［过度］惩罚了他。然后他知道了。

在非洲，当黄昏突然降临在海面上或高原上或崎岖的山路上时，人们会感到恐惧，这是对神圣的恐惧，对永恒的恐惧。这与德尔菲的情况相同，夜幕降临时产生了同样的效果，它使神庙变得更加神圣。但在非洲的土地上，神庙已被毁坏，只剩下压在人们心头上的无尽的沉重。它们消失了多少啊！静静地，背离了一切。

*

他们不喜欢他是阿尔及利亚人。

*

一方面是由于贫穷（他从不为自己买东西），另一方面则是由于他的傲慢。

*

最后，向母亲忏悔：

"你不理解我，然而你却是唯一能真正原谅我的人。许多人愿意原谅我，也有许多人以各种各样的方式说我有罪，而他们这样对我说时，我并没有罪。另一些人有权这样说我，我知道他们是对的，我应该寻求他们的原谅。但人们只会向那些能原谅自己的人请求原谅。仅仅是原谅，而不是要求你的宽恕，也不要求你等待。［而］只是与他们交谈，告诉他们一切，接受他们的宽恕。我可以向他们请求原谅，我知道在他们心中的某个地方，尽管他们有良好的愿望，但他们既不能也不愿意原谅。只有一个人可以原谅我，但我从来没有对他感到愧疚，我把我的心全给了他，我本可以去找他，我在静默中常常这样做，但他已经死了，我是一个人。只有你能做到这一点，但你不理解我，也无法读懂我。因此，我向你诉说，给你写信，只给你一人。当这一切结束时，我将请求你的原谅，不需要任何解释，而你将依旧会对我微笑……"

雅克在逃离秘密编辑部的时候，杀死了一个跟踪者（他的脸扭曲着，踉踉跄跄前倾着。雅克感到一股可怕的怒火在他心中升起，他又挥了一拳，打在［喉咙］上，对方脖子下部立刻冒出血来。随后，由于厌恶和恐惧，他又一次朝对方打了出去，也不知道到底打在哪里……），然后他去了旺达家。

*

贫穷、无知的柏柏尔农民。移民。士兵。没有土地的白人。（他爱他们，而不是穿着尖头黄皮鞋，戴着围巾，只学习西方糟粕的混血们。）

*

归还土地，那片不属于任何人的土地。归还那片既不能卖也不能买的土地（是的，基督从未踏足过阿尔及利亚，因为即使是僧侣也在那里拥有财产和土地）。

他喊起来，看着他的母亲，然后是其他人："归还土地。把所有的土地给穷人，给那些一无所有的人，给那些贫穷到从未想过要拥有和占有的人，给那些在国内像她一样贫穷的人，这些人大部分是阿拉伯人，少数是法国人，他们通过顽强和忍耐在这里生活，生活在世上唯一有价值的穷人的名誉之中。把土地分给他们，犹如将圣物交给圣人们。而我又将一无所有，浪迹天涯，我将微笑着死去，在我出生的太阳下，我如此爱恋的土地及我尊敬的她和他们终于融为一体了。"

（于是，默默无闻变得非常有生命力，并将我也笼罩其中——我将回到这片土地。）

*

反抗。（参看《阿尔及利亚的明天》第 48 页，塞尔维亚出版社）

阿尔及利亚民族解放阵线的年轻政委们，将战争定名为塔尔赞。

是的，我指挥，我住在山上，在太阳和雨下，杀人。你能给我什么更好的建议：贝杜恩行动。

还有萨多克的母亲（参看第 115 页）。

*

与……相对抗，在世界最古老的历史中，我们是第一批人——不是像报纸上叫嚣的那种衰败中的人，而是那种有别于其他的、正处于曙光之中的人。

*

没有信仰、没有父亲的孩子，他们推荐给我们的主人让我们感到恐惧。我们生活在没有合法地位的情况下——骄傲。

*

他们所说的新生代的怀疑主义是一个谎言。从什么时候开始，一个拒绝相信骗子的诚实人成了怀疑论者？

*

作家职业的高尚性在于抵制压迫，并因此孤独寂寞。

*

帮助我承受不利命运的东西也许会帮助我接受一个过于有利的结果——而最能支撑我的是伟大的思想，即我为艺术而生。

并非我认为它高于一切，而是因为它与任何人都密不可分。

［古代文化］例外。

作家们一开始就处于被奴役的状态。

他们赢得了自由——毫无疑问。

K.H.：一切夸张的东西都是微不足道的。但 K.H. 先生在成为夸张的人之前就微不足道。他一直想两者兼得。

附录　两封通信

亲爱的热尔曼先生：

　　这些天，我一直处于议论的中心。现在议论稍稍平息，我才给您写信吐露我的心声。我刚刚得到了一个巨大的荣誉，一个我既没有寻求过，也没有渴望过的荣誉。但是，当我听到这个消息时，我首先想到的是我母亲和您。如果没有您对我这个可怜的孩子伸出热情的手，如果没有您的教导，如果没有您这样优秀的榜样，这一切都不会发生。我不太看重这种荣誉，但至少它给了我一个机会来告诉您，无论是过去还是现在您在我心中的地位。我向您保证，您的努力，您的付出和您的慷慨之心，将永远留在我——一个您的学生的心中。尽管年岁虚长，但他从未停止过对您的感激之情。永远感谢您。紧紧拥抱您。

　　　　　　　　　　　　　　　　　　　　　　　阿尔贝·加缪

　　　　　　　　　　　　　　　　　　　　　　　1957 年 11 月 19 日

我亲爱的小家伙：

我收到了由你亲笔题词送给我的《加缪》一书，作者让·克洛德·布里斯维尔先生。

我不知道该如何表达你的慷慨之举给我带来的喜悦，也不知道该如何感谢你。如果可能的话，我想给你这个大男孩一个大大的拥抱，对我来说，你将永远是"我的小加缪"。

我还没有读完这本书，只看了前面的几页。加缪是谁？我感觉想要探究你个性的人们并不十分成功。你在表露你的个性、你的感情时总会现出本能的腼腆。因为你的淳朴、你的率真，再加上善良，所以你更成功，这是你在课堂上留给我的印象。认真工作的老师不会忽略任何了解他的学生、他的孩子的机会，而这些都是经常发生的。一个回答、一个举止、一个态度都能充分显示出来。所以我想我很了解你这个可爱的小家伙。通常，孩子的身上孕育着成长的萌芽，你在课堂上的表现是全方位的，你总是很乐观向上。看你在学校的表现，我从未怀疑你家庭的实际情况，只是当你妈妈为你的助学金名额来找我时，我才觉察到了一丝迹象。此外，那是在你即将离开我的时候发生的。但在那之前，我觉得你与其他同学们的家况完全相同。你总是有你所需要的东西，像你哥哥一样，你的穿着也很体面。我想，这是对你妈妈最好的赞誉。

再来看看布里斯维尔先生的书，书中插入了大量的照片。我从照片上看到了你可怜的父亲，我非常激动，我始终将他看作"我的战友"。布里斯维尔先生好心地提到了我：我为此感谢他。

我看到研究、评论你的书籍越来越多。我非常满意地看到你并未被你的名气（这是不争的事实）冲昏头脑，我觉得十分欣慰。你还是加缪：好样的！

我饶有兴趣地看了你编导的那高潮迭起的戏剧《奥赛罗》。我太爱你了，我希望你能获得最大的成功，这是你应得的。更重要的是马尔罗也想给你个剧本，我知道，你酷爱这个。不过……你能兼顾好这些不同的活动吗？我怕你过于劳累，请允许你的老朋友提醒你注意：你有一个漂亮的妻子和两个孩子，她们需要丈夫和父亲。关于这一点，我给你说说我们师范学院的院长告诫我们的一句话。他对我们非常严厉，这使我们无法感受到他是真的爱我们。

"大自然是一部大书，上面严格地记录了我们的每一个过激行为。"我必须说，这个明智的建议经常在我即将无视它的时候约束我。所以，尽量在大自然的大书中为你保留的那一页上留下空白。

安德丽提醒我，我们曾在一次关于《奥赛罗》的电视文学节目中听到你讲话。看到你回答问题，真让人感动。我不由惬意地想到，你不会料到我终于又看到了你的面容，听到了你的声音。这补偿了你未在阿尔及尔的缺憾。我们已经很久没有见到你了……

在结束之前，我想告诉你，作为一名普通的小学教师，面对密谋威胁我们学校的计划时我内心的感受。我相信在我的职业生涯中，我一直尊重孩子身上最神圣的东西：寻求自己的真理的权利。我爱你们所有人，我相信我已经尽了最大的努力，不表露我的观点，不压制你们年轻的心灵。涉及上帝的问题时（这是课程中的内容），我只说有些人相信，有些人不信。每个人都有权按自己的意愿行事。同样，在宗教问题上，我只列举了存在哪些宗教，哪些人属于这些宗教，人们可随其所愿去信仰。为了准确起见，我补充说，有的人不信奉宗教。我知道，这无法取悦于那些想把小学教师变成天主教传教士的人。在阿尔及尔师范学校（当时位于加朗公园内），我父亲和他的同学一样，被要求每周日去做弥撒并领圣餐。有一天，他被这一要求激怒了，他把圣餐放在一本祈祷书里，然后把它合上了！学校的领导得知此事后，毫不犹豫地开除了他。这便是"自由学校"的拥护者们想要的东西（自由……思考，像他们一样）。以现今国民议会的构成来看，我担心结果不妙。《被缚的鸭子》指出，在一个省，有一百所非教会学校的班级墙上挂着基督受难像。我认为这是对孩子们意识的扼杀。在不远的未来，又会怎样呢？这些让我非常难过。

我亲爱的小家伙，我已快写完四页了，这是在占用你宝贵的时间，请原谅我。这里一切都很好。明天就是我的女婿克里斯蒂安服兵役的第二十七个月了！

要知道，即使我不写信，我也会想念你及你的家人。

热尔曼太太和我，热烈地拥抱你们家里的每一个人。深深地爱你。

路易·热尔曼
1959 年 4 月 30 日
阿尔及尔

我记起你和我们班上那几个初领圣体的同学们的来访。你显然对你所穿的衣服和你所庆祝的节日感到骄傲。说实话，看到你们快乐，我也很高兴，我认为你们参加初领圣体仪式，是因为这使你们快乐吧。那么……

堕　落

先生，我可否在不令您感到厌烦的情况下为您效劳？我担心您可能无法让那位掌管这里的"大猩猩"明白您的意思。除了荷兰语，他什么都不会说。除非您允许我为您翻译，否则，他是不会猜到你想要杜松子酒的。在这里，我敢说他能听懂我的话。您看，这个点头一定意味着他明白了我的意思。确实如此，他去拿酒了，而且做得很快，虽然有点小心翼翼。您很幸运，他并没有咕哝，当他拒绝为别人服务时就会咕哝一声，没有人会坚持。按自己的情绪办事，这是大型动物的特权。我现在要走了，先生，很高兴能为您效劳。谢谢您，如果您确信我不会成为一个讨厌的人，我接受您的邀请。您太客气了。那我就把我的杯子拿过来，放在您的旁边。

　　您说得对，他的沉默如同惊雷一样有效。这就是原始森林的寂静，充满了威胁。有时我为他对文明语言嗤之以鼻的顽固态度感到惊奇。他的工作是在阿姆斯特丹的这家酒店里接待各国水手。没人知道为什么，他称这家酒店为"墨西哥城"。对于这样的职责，难道您不认为他的无知会让人感到不舒服吗？您是否也有同感？设想一下：克罗马农人（据传为三万年前旧石器时代人）住在巴别塔（《圣经》中的城市。诺亚的后代在此因语言不同而不能建成"通天塔"）里！他们肯定会感到不适应。然而，这个人却不知道自己被流放，他只顾埋头走自己的路，没有什么能打动他。我从他口里听到的最多的一句话就是要有取舍，一个人有什么可要取舍的？大概是我们"取舍"他这位朋友。我承认，我完全被这磁铁似的生物吸引了。任何通过本性或职业对人类进行思考的人，都会对灵长类动物产生怀念之情，至少他们没有任何别有用心的动机。

不过说实话，我们的这位主人倒是有几分盘算，尽管是在他的内心深处。由于他听不懂人们在他面前所说的话，从而形成了一种多疑的性格。因此，他总是一副满腹狐疑的神情，这说明他已觉察出了人与人之间的关系并不完美。他的这种性格妨碍了人们和他讨论任何与他工作无关的事情。比如，在他背后的墙上有一块长方形的空间，那儿原本有一幅画，后来被撤走了，因而留出了空间。那里的确有过一幅画，一幅特别有趣的画，一幅真正的杰作。酒店主人收到这幅画时，我在场。酒店主人出让这幅画时，我也在场。在这两种情况下，他都是经过几周的思考，带着同样的不信任。在这一点上，我们必须承认，社会在某种程度上破坏了他天性中的坦率单纯。

我并不是在评判他。我认为他的不信任是有道理的。您看，假如不是我开朗的性格与他恰巧相反的话，我倒愿意认同他。可惜我很健谈，而且也很容易交朋友。虽然我知道如何保持距离，但我还是抓住了一切机会。以前我在法国的时候，如果我遇到一个才智卓越的人，就会立即将他当作结交对象。如果是愚蠢的……啊，我看到你笑了。在这种情况下，我不得不承认我的弱点，那就是喜欢使用这种优美的高贵的语态。请相信，我也常常为有此弱点而自责，我也很清楚偏爱穿细白衣袜的人并不一定意味着他的脚上没有泥。尽管如此，风度如同遮盖湿疹的丝绸一样，起着掩饰作用。能聊以自慰的是，我告诉自己那些触碰法律的人也并非纯洁无瑕。好了，我们还是喝杜松子酒吧。

您会在阿姆斯特丹待很久吗？一个美丽的城市，不是吗？迷人吗？这个形容词我有一段时间没有听说过了。事实上，自从我几年前离开巴黎后就没有听到过。我从未遗忘我们美丽的首都，也没有忘记它的中心滨河路。巴黎恰似一幅美景图画，在华丽的景致中居住着四百万生灵。按上一次的人口普查，应当是五百万了？是的，他们又制造了一批娃娃。这并不让我吃惊。在我看来，我们的同胞们有两种激情：制造思想和通奸，也可以说成是毫无规律或理由。不过，我们还是不要谴责他们。他们并不是唯一的，因为整个欧洲都处于同样的境地。我有时会想，未来的历史学家会怎么评论我们。也许只用一句话就够了：他们通奸和阅读报纸。如果我可以这么定义的话，这个话题就结束了。

荷兰人就不一样了。他们没有那么现代！他们整天悠闲自在，您看看他们就知道了。他们在干什么呢？哦，这些先生们靠那些女士们的劳动来生活。此外，所有这些人，不管是男性还是女性都属于小资产阶级，他们来到这里或是听信了谎言，或是因为愚蠢。换句话说，就是想象力太丰富或者太贫乏。这些先生们不时地沉浸在舞刀弄枪的游戏中，但不要以为他们真的热衷于此，只是逢场作戏而已。开枪的时候，他们会害怕得要死。然而，我发现他们比其他人更有道德，胜过那些在家庭的怀抱中杀人的人。您难道没有发现，我们的社会就是这种灭绝模式吗？您当然听说过巴西河流中的那些小鱼，它们成千上万地攻击不小心的游泳者，在瞬息之间，小口小口地啮咬就会将他们的肉体清理干净，只留下一个完美无缺的骨架。是的，这就是它们的组织。"您想过这种干净的生活吗？像其他人一样？"您当然会说"是"。怎么能说不呢？好吧，您会被清理干净的。这是一份工作、一个家庭，还有组织的休闲娱乐。小口小口地攻击您的肉体，直达骨髓。但我说的并不准确，我不应该说那是"他们的"组织。毕竟也是"我们的"。这是一个问题，终究哪一个会清理掉另一个。

我们的杜松子酒终于来了。祝您前程似锦。是的，那只大猩猩开口叫我"医生"呢。在这个国家里，每个人都是医生或教授。出于谦逊或善意，他们总是恭恭敬敬。至少，在这些人中，恶意的言行还没有变成流行。此外，我不是一个医生。我在来这里之前是一名律师，现在是一名感化法庭的法官。

请允许我介绍一下自己：我是让·巴蒂斯特·克莱蒙斯，愿为您效劳。很高兴认识您。您是做什么的？毫无疑问，您是在做生意？在某种程度上？巧妙地回答！在好多事情上，我们都只是说"在某种程度上是"。现在，请允许我扮演一下侦探的角色。在某种程度上，您是我的同龄人，有着四十多岁人锐利的目光，也已经经历了人生的起起伏伏。在某种程度上，您穿戴讲究，这和我们国家的人一样。而且您的两手肌肤光滑，因此，从某种程度上说，您是一个有产者！也是一个有教养的资产者！对华丽的虚词皱眉，这就足以证明您是个有文化的人。一是您知道它，二是您不喜欢它。还有，就是我能引起您的兴趣，这表示您的思想是开放的。因此，在某种程度上您差不多是一位……可这又有什么关系？我对职业的兴趣没有对教派的兴趣大。请允许我问您两个问题，如果您认为不慎重，请不要回答。你有什么财产吗？有一些。你是否与穷人分享它们？不。那您就是我所说的保守的犹太人，那种不信《圣经》的教徒了。如果您未曾受过《圣经》的教导，那我觉得它不会帮助您。它确实能帮助您？那么您读过《圣经》？您可真让我感兴趣。

至于我……就请您自己判断吧。看看我的身材、我的肩膀，还有这张经常被人说成是"害羞"的脸，我看起来很像一名橄榄球运动员，不是吗？但如果您从我的谈吐来判断，就应当承认我很精明。为我的大衣提供驼毛的那只骆驼大概患有疥癣，但我的指甲修剪得整整齐齐。我也很世故，然而，我对您的倾诉却没有任何戒心，仅仅基于您的外表就对您诉说心里话。不过，别看我举止文雅、谈吐不凡，却是泽迪伊克水手酒店里的常客。我的职业是双重的，仅此而已，就像人一样。我已经告诉过您，我是一名感化法官。现在，有一点是非常清楚的：那就是我一无所有。是的，我曾经很有钱；不，我没有与穷人分享任何东西。这能证明什么呢？证明我也是个保守的犹太人……哦，您听见港口的鸣笛声了吗？哦，您听到港口的雾笛声了吗？今晚祖德兹河上会有大雾。

您这就要走吗？请原谅我耽误了您的时间。不过，我请求您，由我来付钱。您到"墨西哥城"就是我的客人，特别高兴在这里接待您。我明天晚上一定会在这里，就像每天晚上一样。我很高兴接受您的邀请。您回去的路？嗯……要是您不介意，最简单的办法就是我陪您到港口。然后，绕过犹太人区，您就来到那几条漂亮的大道了。那里有插满鲜花、伴着欢乐音乐的有轨电车从街上驶过。你的旅馆就在达姆拉克大道。您先请，我跟在您后面。我就住在犹太区，在希特勒下令将它"清洗"之前那里就叫作"犹太区"。清洗得真干净！七万五千名犹太人被关进集中营或屠杀，是"真空式"的清洗啊！我很佩服这种勤奋，这种有条不紊的耐心！当一个人如果没有魄力，就必须采用一种方法。在这里，方法无疑创造了奇迹。没有人可以否认这一点，而我就生活在历史上有重大罪行的地方。也许这有助于我理解大猩猩和他的戒心。这样，我就可以克服自己容易同情别人的天性。现在，每当我遇见一个新面孔时，内心就敲起了警钟："慢点，危险！"即使是在同情心十分强烈的时候，我也还保持着警惕。

您知道吗？在我居住的那个地方，在一次报复行动中，一位德国军官竟然礼貌地询问一位老妇人，在她的两个儿子中选一个作为人质被处决。您能想象吧？选择！那一个？不，这一个。然后眼看着他被带走。先生请相信我，这个世界可能发生任何稀奇古怪的事。我认识一个非常善良的人，他是一个和平主义者和自由主义者，以平等的爱来爱所有的人类和动物。这是一个特殊的灵魂。嗯，在欧洲最后一次宗教战争期间，他隐居到了乡下。他在门口挂了个牌子，上面写着："无论你从哪里来，请进来吧，欢迎你！"您猜猜看，是什么人进了他的家门呢？是民团分子，他们进门后就像在自己家里一样，把他开膛破肚了。

哦，请原谅，夫人！反正她什么也没听明白。来了这么多人，噢，这么晚他们还在外面，而且天还下着雨。这雨下了好几天都没停过！幸运的是我们还有杜松子酒，这是黑暗中唯一的一丝光亮！你是否感觉到它在你心中点燃的金色或铜色的光芒呢？你感觉到了吗？我很喜欢在傍晚的城市中行走，在杜松子酒的温暖中走遍城中大街小巷。我整夜整夜地漫游，冥想着，徜徉于梦境中，或者无休无止地自言自语。是的，就像这个夜晚一样，我担心会让您厌烦了。谢谢您始终保持礼貌。不过我说的太多了。只要我一张嘴，句子就涌了出来。何况这个国家激发我的灵感。我爱这个国家的人们，他们熙熙攘攘地挤满了人行道，挤在房子里或运河狭小的水面之间，被大雾、寒冷的土地和大海包围着，海浪像肥皂水一样冒着泡泡。是的，我爱他们，他们分身有术，既生活在这里，也在别处。

是的，确实如此！听着他们踩在潮湿路面上沉重的脚步声，看着他们从一家店铺走进另一家店铺（店里满是金黄色的鲱鱼和褐黄色的珠宝），你可能认为他们今天晚上就在这里。您和其他人一样，把这些善良的人当作一帮财团和商人，怀着掘金梦在这里一个铜子儿一个铜子儿地数着自己的钱，而后戴着宽边帽子去听人体解剖的课！您错了。他们是和我们一起行走着的。但是，您看看他们的头都昂立在那霓虹灯、杜松子酒和薄荷香气组成的迷雾中，那迷雾正从红红绿绿的商店招牌上散发出来。先生，荷兰是一个梦，一个黄金和烟雾的梦：

白天烟雾缭绕，夜晚金碧辉煌。日日夜夜，他们梦里的人物都像德国神话中的圣杯骑士，骑着装有高车把的黑色自行车，梦幻般地飞快行进着，像是一群群葬礼上的黑天鹅，沿着一条条运河，围着海面，漂流在整个国家！他们想入非非，头藏在金黄色的云雾之中。他们不停地旋转着，像梦游者一样，在金黄色的迷雾中祈祷着，他们已经不在这里了，他们早已飞向千万公里之外的爪哇——那遥远的岛屿。他们请来那些面无表情的印度尼西亚神，陈设在他们商店的玻璃橱窗中。而此刻，这些神正在我们头顶上漫无目的地飘浮着，然后再降落在招牌和阶梯状的屋顶上，提醒那些怀念过去的殖民者：荷兰不仅是商人们的欧洲，也是直通扶桑国的无边无际的海洋，以及那些人们疯狂而快乐地死去的岛屿！

但我是在信口开河，我是在为自己辩护！请原谅我，先生。这是因为习惯、禀赋和愿望，也是为了让您充分了解这个城市，了解事物的核心！因为我们处在这个事物的核心。您有没有注意到，阿姆斯特丹的同心运河就像地狱的圆圈？当然，是中产阶级的地狱，地狱里充满了噩梦。当一个人逐渐穿过那些圈子，生活（包括它的罪行）变得更加压抑、更加黑暗。这里是最内层了，也就是天堂。哦，活见鬼，您知道吗？很难把您划分圈层呢。但您会明白，为什么我说事物的中心就在这里，尽管我们站在欧亚大陆的终端。一个敏感的人可以理解这些奇怪的事情。在任何情况下，那些读报者和通奸者都可以走得更远。他们来自欧洲的各个角落，在内海的海边上和淡黄色的沙滩上止步。他们听着雾中的号角，妄图看清雾中的船影，然后再次跨过那条运河，在蒙蒙细雨中折回。他们来了，用各种语言询问墨西哥城的杜松子酒。我正在那里等着他们。

那么，明天见，先生，我亲爱的同胞。不，您现在很容易找到回去的路，到那座桥边我们就分开。我从不在夜间过桥，这是由于某种祈愿。不管怎么说，假定正好有人投水自尽，通常有两种情况发生：一是您跳下去将他救起来，但在寒冷的天气里，这是要冒很大的风险的！或者您假装没看见，把它丢在那里，而后的余生，都会感到无尽的痛苦。祝您晚安！什么？那些玻璃窗后面的妖艳女郎？先生，那是梦，廉价的梦，是神游印度！这些女人涂抹着用调料做的香水，您若走进去，她们便拉上窗帘，航行就开始了。诸神降临在赤裸的身体上，岛屿漂流，迷失的灵魂被棕榈树叶般的长发打乱了。您不妨一试。

感化法庭的法官是做什么的？啊！原来引起您兴趣的竟然是我的职业。请相信我，我没有戏谑您，而且我可以更详细地介绍自己。从某种意义上讲，这确实是我的官方职责之一。但首先，我必须陈述一些事实，以帮助您了解我的故事。

几年前，我是巴黎的一名律师，一个相当有名的律师。当然，我没告诉您我的真实姓名。我曾经专门处理高尚的案件，为妇女和儿童辩护。我不知道为什么，总有一些要求过分的"寡母"和一些性格暴戾的"孤儿"。然而，对我来说，只要闻到被告身上最轻微的受害者的气味就足以让我行动起来。什么样的行动呢？简直就是急风暴雨行动！我会全力以赴地进行辩护。您可能会认为正义每天晚上都与我同眠！我相信您会钦佩我语气的准确性、情感真实性、辩词有力，还有我的热情和适度的愤怒。我本就体态威严，高尚的态势毫不费力就出现了，此外，我还被两种真诚的感情所鼓舞：站在正义一方心安理得，以及对一般法官的一种本能的蔑视。不过这蔑视也许不是那么本能的。我现在知道它有其原因。但是，从外面看，它似乎更像是一种激情。不可否认的是，至少现在还是需要有法官的，不是吗先生？然而，我不明白，一个人怎么能指派自己担任这种惊世骇俗的职务。我接受了这个事实，就像我接受蝗虫一样。唯一的区别是，这些害虫的入侵从未给我带来收入，而我却通过与那些自己蔑视的人辩论谋生！

这样我就站在正义一边，足以保证我的良心得到安宁。感受法律的力量，因有理而满足，自尊的喜悦，亲爱的先生，这些都是强大的激励因素，足以让我们保持正直或使我们向前迈进。反过来说，如果这一切被剥夺，您就发现他们变成了怒气冲冲的狗。有多少罪行，只是因为犯罪者无法忍受缺少这些东西而犯下错误！我曾经认识一个商人，他有一个完美的妻子，受到所有人的敬仰，但他却欺骗了她。那个人对自己的"错误"感到非常愤怒，因为他被剥夺了接受或获得美德证书的权利。他的妻子越是品行端正完美，他就越是恼火。最后，他无法忍受自己在生活中犯下的过错。您知道最后他做什么了吗？他放弃了对她的欺骗？根本没有。他杀了她。所以我才同他打交道。

我的情况更令人羡慕。我不仅没有加入犯罪阵营的风险（特别是我没有机会杀死我的妻子，因为我是个单身汉），甚至还为他们辩护，唯一的条件是他们必须是名副其实的杀人犯，正如同有些人是名副其实的野蛮人。我对自己辩护的方式十分满意，在我的职业生活中，我确实是无可指责的。我从未接受过贿赂，这是不言而喻的，我也从来没有屈服于任何阴暗的程序。更为少见的是，我从来没有为了让任何记者站在我这边而谄媚他，也从来不讨好官员，让他们为我争取什么。甚至有两三次获得荣誉勋章的机会，我都婉拒了，我要的是精神上的奖赏。最后，我从未向穷人收费，也从未夸夸其谈。请不要以为我在吹嘘，亲爱的先生。我并不以此为荣。在我们的社会中，贪婪已取代志向，这为我所不齿。我的境界远高于此，你会发现这个说法在我身上是准确的。

然而，您已经在说我满足了。我充分发挥自己的天性，我们都知道，幸福就在其中。尽管为了保持大家相安无事，我们偶尔会假装"洁身自好"。这种快乐是自私的。至少我很享受我本性中的那部分，它对寡妇和孤儿的反应是如此的恰当，以至于通过锻炼，它最终主导了我的整个生活。比如，我愿意帮助盲人过马路。只要看到一根手杖在人行道的边缘踌躇不前，我就会立刻冲过去，抢在另一只已伸出的手之前，让盲人接受我的善行，用我那温暖而有力的手带领他在车水马龙的危险中走过马路，走向另一条宁静的人行道，然后我们激动地道别。同样地，我也很喜欢在街上给他人帮忙，为他们点燃香烟，帮他人抬一下沉重的货车，推一下"抛锚"的汽车，买一份救世军报纸或老妇人手里的鲜花（我知道她是从蒙巴纳斯公墓偷来的）。我还喜欢——这就更难说了——喜欢施舍。我的一个信奉基督教的朋友看见有乞丐走过家门，他就会觉得不舒服。而我却很高兴，大方施舍。但我们不要再谈这个话题了。

还是说一下我的礼貌吧，那是声名远扬且毋庸置疑的。的确，礼貌给我带来了巨大的乐趣。如果我有运气，在某些日子的清晨，我在公共汽车或地铁上给某个需要它的人让座，捡起一位老太太掉落的东西，并带着我熟悉的微笑还给她，或者仅仅是把叫好了的出租汽车让给一个比我更急的人。如果是这样，我会高兴一整天。在公共交通停止运营的时候，我用自己的车把那些同胞送回家，我也十分高兴。在剧院里让出我的座位，只为了让情侣坐在一起；在火车上帮一个女孩把行李箱放到行李架上……我比其他人更愿意做这些事情，因为我更多地注意到了这些机会，并能更好地享受其带来的快乐。

因此，我被认为是慷慨的，我确实也是这样做的。我在公开场合和私下里都付出了很多。当我需要拿出某一种物品或金钱时，我非但没有感到痛苦，反而从中得到了不断的乐趣。其间也夹杂些许忧郁，那往往是由于价值微薄，以及随之而来的忘恩负义。我爱捐赠，甚至不喜欢听别人致谢的话。钱财的确切数目令我厌烦，我虽然容忍了，但心情烦躁。我的慷慨必须由我做主。

这都是一些小事，它们会帮助您了解我在日常生活中的乐趣，特别是我职业中的乐趣。在法院的走廊里被一个被告的妻子拦住，仅仅是为了正义或怜悯而代表被告——我的意思是不收取费用——听那女人说了一番没有什么可以报答之类的话，然后回答："这很自然，任何人都会这么做。"甚至是提供一些经济上的帮助，让他们渡过难关，但为了避免过多唏嘘感叹并使事情"恰到好处"，就亲吻一下那可怜女人的手，然后离开。相信我，亲爱的先生，这时的境界远远超过那些庸俗的野心家，并上升到最高的境界，达到了"为德行而德行"的最高峰。

让我们在这高峰上暂停一下。现在您大概明白我说追求远大志向的意思了吧。我指的就是这类最高峰，也是我唯一能真正生活的地方。是的，我只有在这种道德的高处才感到舒适。甚至在日常生活的细节中，我也需要登高望远。我喜欢公共汽车而不是地铁；喜欢马车而不喜欢公共汽车；喜欢露天阳台而不喜欢封闭的室内。我是一名业余飞行员，在飞机上，身心都"登高"了。而在船上，我是顶层甲板上的快跑者。爬山时我避开山谷，专登山口和高地。这样，我就是一个在高原上的人。如果命运迫使我在车工和瓦工之间作出选择，不用担心，我会选择瓦工，不怕高空眩晕。煤仓、船舱、地铁、岩洞等都让我感到厌恶。我甚至对岩溶学家产生了特别的厌恶，他们大言不惭地占据着报纸头版，而他们的活动令我感到恶心。冒着头被卷入岩石漏斗的危险，努力下降两千英尺（那些傻瓜称之为"虹吸管"），在我看来，这是变态或受创伤的人的行为。这里面肯定有一些犯罪的因素。

与此相反，在海拔五六百米处若有一座天然的阳台，足以远眺阳光璀璨的碧波，那会成为我呼吸酣畅之所在。尤其是如果能让我幽居独处，在移动的芸芸众生可望而不可即的高处，那就格外美不胜收。

我自在从容地向自己解释：布道词、重大的预言、燃烧的奇迹，全都是在尚可企及的高处发生的。在我看来，在地窖或牢房里是无法思考的（除非牢房设在可以极目远望的高塔之上），在那种地方，人是会发霉的。有位先生加入了修行会，满心期望自己的僧房面向开阔的山水，不想却正对着一堵死墙，他竟因此愤而还俗。我很能理解他。但您尽可相信，就我而言，我是不会发霉的。在一天的任何时刻，我都可以独自或与他人一起攀上某个高地，在那里燃一堆明火，于是一种愉快的得救之感在我的胸中暗暗升起。因为如此，我才品尝到热爱生活的乐趣，对我优秀的品质感到满意。

幸运的是，我的职业能够满足这种登高望远的愿望，使我对身边的人没有任何怨念，我总是对他们有求必应，不会有负于他人。这种职业使我处于比法官更高的位置，因为我在审判法官；也使我高于被告，因为他不得不在我的逼迫下认罪。亲爱的先生，请想想看吧，我过着自由自在的日子，我没有参与任何判决，我不在法庭上，而是在法庭的上空，就像那些不时被机器带下来的神灵一样，调整一下剧情，并赋予它意义。毕竟，生活在高处仍然是被更多的人看到并欢呼的唯一方法。

此外，在那些犯了杀人罪的被告中，也是受这种感觉的驱动。他们处境悲惨，看到自己在报纸上的某些报道，大概得到某种凄苦的慰藉。像许多人一样，他们已经不能再忍受籍籍无名，而这种不耐烦的情绪导致他们走向不幸的极端。毕竟，要想出名，只要杀掉自家的门房就能达到目的。不幸的是，这通常是一种昙花一现的声誉，许多门房都被杀了，罪行不断垄断了头条新闻，但犯罪分子只是暂时出现在那里，然后就被取代。简而言之，这种短暂的胜利代价太高了。一方面，为我们这些不幸的有志之士辩护，等于在同一时间和同一地点，以更经济的方式使自己成为真正的知名人士。因此，这鼓励我做应有的努力,尽可能让被告少付钱,从某个方面讲,他们也给了我应得的位置。另一方面,我花在他们身上的愤怒、才华和情感,表明我不欠他们的账。法官受到了惩罚,被告付出了代价;而我却没有任何责任,不受审判也不受惩罚,在一片伊甸园式的光明中自由生活。

亲爱的先生,这不就是伊甸园吗?我过的就是这样的生活,在生命和我之间没有中间人。我从来不需要学习如何生活。在这方面,我一出生就已经知道了。有些人希望自己远离他人,或勉强自己与他人合拍。对我而言,与人合拍是与生俱来的。适当的时候可以不拘礼节,必要的时候保持沉默,风趣幽默或者一本正经,我都可以做到自由切换,因此,我的知名度很高,我在社会上取得的成功也很多。我的形象不错,我既像不知疲倦的舞伴,又像一位小心谨慎的学者,我爱女人的同时又能保持正义,两者兼顾并不容易。我酷爱体育和艺术,但是我怕您怀疑我是在自我吹捧。但是,请你想象一下,一个处于巅峰状态的人,他体格强壮,天赋异禀,精力和思想都很出色。不富也不穷,睡得很好,从根本上说对自己很满意,但除了为人随和、谦虚谨慎之外,这些并没有通过快乐的交际表现出来。如此说来,您得承认我的生活还算成功。

的确,很少有人能比我更自然。我与生活完全和谐,从上到下都融入其中。我不拒绝生活的讽刺和荣华富贵,也不拒绝它的种种约束。特别要提到的是肉欲和物质,它使许多人在爱情或孤独中感到不安或气馁,但它却没有奴役我。我身上的那种和谐,那种放松特性,与我交往的人都能体会到,有时还对我坦承,这让他们受益匪浅。因此大家愿同我交朋友。比如有人觉得好像与我早就相识。生活、生活中的人以及生活的赏赐全都迎合我,我接受了这一切善意,并为之自豪。事实上,我做事圆满,做人简单,我觉得自己多少有些像超人了。

我生在一个让人敬畏的,却又无名的家庭(父亲是一名军官)。

然而，在某些早晨，我得谦恭地承认，我觉得自己像一个王子或燃烧的灌木丛。请注意，这不是一个问题，因为我确信自己比别人更聪明。不过这种自信并不重要，因为有许多的低能者都有这种信念。由于我总是志得意满，觉得自己命该如此。换言之，在所有的人中，只有我运气绝佳，不间断地获得成功。这也许是我谦逊的结果。我拒绝将这一成功归功于我自己的功绩，也不相信在一个人身上结合了如此不同的、如此极端的美德。我感觉到这种幸福是由某种更高的法令授权的。当我说自己没有宗教信仰时，你就会明白这种信念是多么的不寻常。不管是不是这样，在一段时间内，这种信念使我超然物外。说实话，直到现在我在心里仍然怀念那段时光。我一直在翱翔，直到有一天晚上……不，那是另一回事，必须忘掉它，我也许是在夸大其词。我万事如意，但与此同时我又对什么都不满意。每一种快乐都让我渴望另一种快乐。我走出一场盛会，便在赶赴另一场盛会的路上。有时，我整个晚上都在跳舞，对人和生活越发疯狂。在那些夜晚，歌舞升平，醉意朦胧，每个人的不羁都让我充满了疲惫和不知所措的狂喜，在疲劳的爆发点上，对我来说，就是在疲劳的崩溃点上，在一瞬间的闪光中，我终于明白了众生和世界的秘密。但第二天我的疲劳就会消失，秘密也随之消失；我又会重新追求刺激。我就这样奔跑着，总能达成所愿，却永无满足，不知道该在哪里停下来，直到那一天，或者说那个晚上，乐曲戛然而止，灯光突然熄灭。我所参加的那个快乐的聚会……但请允许我招来那位灵长类的朋友。请点头感谢他，最重要的是同我喝一杯。我需要您的理解。

看得出来，我的这个请求令您惊讶，难道您就没有突然需要过支持、帮助和友谊的时候？是的，当然了。我学会了以同情为满足。同情很容易做到，且不需要为此承担义务。"请相信我……"紧接着心里这样想着后面的话题，比如"现在，让我们来谈谈其他的事情"。

这种所谓的同情是领导者的口头禅，在灾难发生时，它可以廉价奉送。友谊则不那么简单，它的获得是漫长而艰难的，但当一个人拥有它时，就无法摆脱它，必须珍视。不要以为你的朋友会每天晚上给你打电话（虽然他们应该这样做），以便弄清那个晚上您是否决定自杀，或者仅仅问您是否要陪伴，是否有心情出去。不，别担心，他们不会打电话给你。如果他们打电话，那肯定是在你并不孤单的夜晚，或是在生活美好的时候。至于自杀，他们更有可能会把您推向它。他们会说你对自己有亏欠。愿上天保佑我们，亲爱的先生，别被我们的朋友摆在神坛上！至于那些出于职责而本该爱我们的人，我是指父母、最亲近的人（多么有爱的用语啊！），那是另一回事。他们的话语中总有必须这个词，最后这个词成了子弹。他们给你打电话，就像步枪射击一样响起来，而且他们知道如何瞄准！哦！这些巴赞（发现妻子与人通奸而迫其自杀，后娶年轻女子为妻）式的人物。

　　什么？哪天晚上？我会来的，请耐心等待。所有这些关于朋友和关系的话题，从某种程度上说，我是在坚持我的主题。您看，我曾听说过一个人，这个人的朋友锒铛入狱，他便每天晚上都睡在自己房间的地板上，为了不享受他的朋友被剥夺的舒适。亲爱的先生，谁将为我们睡在地板上？我自己能做到吗？我相信我愿意这样做。是的，有一天我们都将有能力做到这一点，这将是人类的救赎。但这并不容易，因为友谊是可有可无的，或至少是无用的。它没有能力实现你想要的东西。也许是坚持得不够，也许是我们不够热爱生活，您是否注意到，只有死亡才能唤醒我们的情感？就像我们爱那些刚刚离开这个世界的朋友？我们多么热爱那些已经不再说话、嘴里含满黄土的友人啊！只有到那时，我们的钦佩之情才自然而然地流露出来，而这也许是他们一生都在期待的敬意。可您知道为什么我们总是对死者更加公正和慷慨吗？原因很简单，我们不需对他们再尽义务了。他们让我们自由了，一切都可以慢慢来，在一场酒会之后，或与漂亮的情妇幽会之前表达敬意，总之是在我们有空闲的时候。如果他们强迫我们做什么，也不过是毋忘纪念，而我们的记忆力的确很差。不，我们爱的是刚刚逝去的朋友，还能引起我们悲悯之心的死者。其实也就是爱我们自己而已，爱我们的悲痛。

例如，我有一个朋友，平日里我总是对他敬而远之。他使我感到厌烦，而且他还喜欢说教。但请放心，他在弥留之际，我在他身边，从未错过任何一天。他死时很感动，握着我的双手深表谢意。还有一个女人，曾经苦苦追求我，当然最后是徒劳无功。她也不幸英年早逝，于是她在我心里一下子有了一席之地，而且是为情而死。上天有灵，多么令人高兴的骚动啊。电话派上了用场，表示心意，哀痛不已。句子短促却又有沉重的含义，暗示一个人克制的痛苦，是的，甚至有一点自我指责。

人就是这样，他有两副面孔：他在爱别人时，是真的爱自己。不妨观察一下您的邻居，平常他们过着小日子，睡得安安稳稳，如果有一天楼里死了一个人，比如说，门房死了。他们立刻醒来，骚动起来，四处打听细节，既悲伤又痛惜。一桩死讯正待发布，表演于是开场。他们需要悲剧，您不知道吗？他们天性如此，这是开胃酒！再说，我说的是一个门房，难道是出于偶然？不，我的住处曾经就有这么一个门房，真的不招人喜欢，满腹坏心肠，一个又卑劣又无足轻重的怪物，恐怕方济各会修士也会对他望而却步。我甚至都不理他了。由于他的存在，破坏了我平日的兴致。他死了，我还是参加了他的葬礼。您能告诉我这是为什么？

总之，仪式之前的两天很有意思。门房的妻子生病了，躺在那间唯一的屋子里。她身旁的棺材上放着箱子，房客自己取信件。大家推开门，道一声："太太，您好！"听着她对亲爱的死者的赞美，然后拿起你的信走开。这地方没什么好玩的，对不对？但整个楼的人还是去了那充满防腐剂怪味儿的小屋。房客们也没有派他们的仆人代劳，都亲自来了，他们不愿错过这个有吸引力的机会。仆人们当然也是如此，但都是偷偷摸摸地来。葬礼那天，由于小屋的门太窄，棺材很难直接抬出去，于是那个躺在病床上的女人既高兴又悲伤地叹道："亲爱的，你太高大了！"葬礼主持人忙答道："太太，不必担心。我们将他立着抬出去。"他们真这样做了，然后再将他平放下来。在场的还有一位昔日的酒馆服务员。后来才知道他是每晚必到的酒友。除了此人，我是唯一一个去墓地向一具棺材撒花的人，棺材的豪华程度实在令我震惊。葬礼后，我去拜访了门房的妻子，接受她的感谢。请您告诉我，这一切有什么原因呢？没有，开胃酒而已。

我同样参加过一位律师协会的老会员的葬礼。那是一个没人理睬的书记员，尽管我总是和他握手。在我工作的地方，我习惯和每个人握手，无论如何，都会与他们中的大多数人握两次手。这并没有花费我什么，而且这种亲切简单的方式为我赢得了人心。至于那位书记员的葬礼，律师公会会长是不会来了，他并没有把自己放在心上。但我却这样做了，而且是在旅行的前夕，并且是一次重要的外出，这一点颇引人注目。也正因为如此，我知道我的出现会被注意到，并得到良好的评论。因此，即使是那天下的大雪也没有让我退缩。

什么？我正要说到呢，别担心。何况我并未脱离话题。首先指出，门房的妻子花了那么多钱，买了上好的木材、银十字架、银扶手把的基督受难像，为了使她的悲痛情感得到最大限度的表达。可不到一个月，她就和一个衣冠楚楚的花花公子好上了，他的声音很好听，他经常打她，可以听到她可怕的尖叫声，紧接着他就打开窗户，高唱他的咏叹调："女人啊，你真漂亮！"邻居们会说："活该！"我问您"活该"什么？好吧，其实是说这男人表里不一，那门房的太太也表里不一。但这不能证明他们没有相爱，也不能证明她不爱她的丈夫。最后，这个男人嗓子疼痛，四肢无力，接着那个家伙逃走了，那位忠实的妻子又恢复了对离去者的赞美。毕竟，我还认识另一些仪表堂堂，却没有更多忠心和诚意的人。我认识一个男人，他把自己二十年的生命献给了一个轻薄的女人，为她牺牲了一切，包括工作、朋友，甚至男人的尊严。可某天晚上，他意识到他从来没有爱过她。他只是觉得无聊，像大多数人一样无聊。因此，他为自己制造了一种复杂曲折的生活。得搞出点复杂的事情，这就是大多数人职责的由来。应该让事情发生，哪怕是毫无爱情可言的奴役，哪怕是战争或死亡。那就为葬礼欢呼吧！

但我至少没有这个借口。我没有无聊，因为我正站在浪尖上。在我所说的那个晚上，可以说是我比以前任何时候都不无聊的时候。不，说真的，我不想有什么事情发生。然而……亲爱的先生，您瞧，那是一个美好的秋天的夜晚，城里还很暖和，而塞纳河上已笼罩着湿漉漉的空气。夜幕降临了，西边的天空仍然很亮，但正渐渐变得暗淡。街上的路灯发出微弱的光芒，我顺着左岸的长堤向艺术大桥走去。河水在二手书商的摊位之间闪闪发光，河岸上行人稀少，巴黎已是晚餐时间。我脚下踩着沾满灰尘的黄叶，仍然让人想起夏天。渐渐地，天空中布满了星星，在从一盏路灯走向另一盏路灯时，便可看见星星眨眼的模样。我很享受这种尘嚣之后的寂静，温馨的夜色和空旷的巴黎夜景。我很满足，这一天过得很充实：为一位盲人辩护，减刑辩护胜利了，委托人同我热烈握手；做了几桩慷慨的捐赠；下午，我在几个朋友的陪同下，就我们管理阶层的铁石心肠和我们领导人的虚伪进行了精彩的即兴演讲。

此时，我走到艺术大桥上，桥上已经没有人了。我只是想看一看夜色中的塞纳河水。我面对着"弗尔加朗"雕像，圣路易岛尽收眼底。我感觉到一种巨大的力量——我不知道如何表达——在我心中升起，这使我的心振奋不已。我站起身来，正准备点燃一支香烟，那是一支满足的香烟。这时，我身后突然传来一阵笑声。我被吓了一跳，转过身来，然而那里并没有人。我径直走到栏杆边，也未发现驳船或轻舟。我转身向岛的方向走去，再次听到身后的笑声，在我身后稍远的地方，仿佛是在向下游走。我站在那里一动不动。笑声越来越小，但我仍能清楚地听到它在我身后，不知从何处传来，除非是从水中传来。与此同时，我听见自己的心脏在快速跳动。请不要误解我，那笑声并不神秘，而是一种良好的、酣畅淋漓的、几乎是友好的笑声，一切重新变得正常。很快，我就听不到什么了。我回到堤岸上，走进多飞那街，买了一包我根本不需要的香烟。我有些迷茫，而且呼吸急促。那天晚上，我给一个朋友打了电话，他不在家里。我正犹豫着要不要出去，突然，我听到窗下传来了笑声。我打开窗户，事实上，在外面人行道上，有一群青年人正高兴地相互道别。我耸了耸肩，然后关上了窗子。毕竟，我有一桩案件要研究。我走进洗手间，镜子里的我在微笑，但在我看来，那微笑不只是我自己的……

怎么？请原谅我，我在想别的事情。我大概明天能再见到您。是的，没错。不，不，我不能留下来。此外，您看那个相貌丑陋的棕熊正叫我去做咨询呢。可以肯定的是，他是一个正派的家伙，而警察却因为他纯粹的变态而卑鄙地迫害他。您看他像个杀人犯吗？请放心，他的行为与他的外表一致。他也会入室行窃，而且您会惊讶地发现，这位穴居人专门从事艺术品交易。在荷兰，每个人都是绘画和郁金香方面的专家。这个人虽然貌不惊人，却是最有名的窃画案作案人。哪一幅？有一天我可以告诉你。请不要对我的知识感到惊讶。虽然我是一名法官，但我有自己的副业：我是这些好人的法律顾问。我研究了这个国家的法律，在这个街区里招徕一批客户，这里可不查看您的文凭。这并不容易，可我能得到别人的信任，不是吗？我笑容可掬，跟人握手很有活力，这些都是招牌。此外，我还解决了一些棘手的案件，开始是出于自身利益，后来是出于信仰。先生，无人不痛骂拉皮条的人和盗贼，但所有正直的人都会认为他们一直是无辜的，亲爱的先生。而在我看来——"好了，好了，我来了"——这就是我们必须不惜一切代价要避免的事情。否则，一切都将只是一个玩笑。

真的很感谢你，我的同胞，感谢你的好奇心。然而，我的故事并没有什么特别之处。既然你有兴趣，我就告诉您，那个笑声让我想了好几天，后来就渐渐忘掉了。但在我的脑海里，偶尔还能听到那声音。但大多数时候，我常常思考其他事情。

但我必须承认，从那以后，我不再沿着巴黎码头散步了。每当我乘坐汽车或公共汽车沿着码头旅行时，一种沉默就会降临到我身上，我相信，我是在等待。但当车子穿过塞纳河时，什么也没有发生，而我又恢复了正常呼吸。那时候我的健康有一些问题，确切地说，也许是一种沮丧，一种难以恢复良好精神的困难。我看过医生，医生开了提神药。我在不断地刺激和压抑中煎熬。生活对我来说变得不那么容易了：当身体悲伤的时候，心就会消沉。在我看来，我正在不知不觉地学习我从未学过但却非常熟悉的东西——如何生活。是的，我认为这一切都是从那个时候开始的。

但今天晚上，我依然感觉不适，我甚至发现表达自己有困难，说得不是那么好，推理也没那么有依据了。也许是天气的原因，呼吸不畅通，室内的空气沉闷，胸部感到压抑。亲爱的同胞，如果您不反对，我们出去走走，在城里散一会儿步吧？谢谢你。

今天晚上的运河是多么的美丽！我喜欢这里的景色！喜欢那一潭静水的气息和浸泡在运河里秋叶的气味，还有从装满鲜花的驳船上散发出的阴郁的气息。不，不，这没有什么，我向你保证，这种爱好不是病态。恰恰相反，这是一种习惯。实际上我在强迫自己欣赏运河上的一切。在这世界上，我最喜欢的是西西里岛。您看，从埃特纳火山上俯瞰，欣赏那一片光明中的岛景和大海。我也喜欢爪哇岛，但要在楸树开花的季节。是的，我年轻时去过那里。总的来说，我喜欢所有的岛屿，在那里，更容易让人处于主宰地位。

迷人的房子，不是吗？您看见的是两个黑奴的头。一个商店的招牌。这所房子原本属于一个奴隶贩子。哦，在那个时代，他们并不胆怯！他们很自信，到处宣扬："你看，我有一幢临街的房子，我买卖奴隶，靠贩卖黑奴发财！"您能想象今天有谁会公开说这是他的职业吗？"这是多大的丑闻啊！"我能听见巴黎同行们的骂声了，在这个问题上他们绝不妥协。他们会毫不犹豫地发表两三篇，甚至更多的批评文章！反复考虑之后，我也会把我的签名加到他们的签名之后。奴隶制度，当然不行，我们坚决反对！要说不得不在家里或工厂里推行，那倒也合乎常情，但若就此而夸夸其谈，那就糟糕透了。

我很清楚，一个人如果不支配或被别人服务，就无法生存。每个人都需要奴隶，就像他需要新鲜空气。发号施令就是呼气吸气，您同意我的观点吗？即使是最穷困的人也要呼吸，社会地位最低的人也有老婆和孩子。如果他不结婚，他也会养一条狗。最重要的是能够对一个无权回应的人发火。"子女不许顶撞父母！"你知道这个说法吗？从某种意义上说，这是非常奇怪的。在这个世界上，不顶撞自己所爱的人，还能顶撞谁？从另一个角度看，它是令人信服的。

总得有人有最后的发言权啊。否则，每一个理由都可能被另一个理由所取代，而且永远不会有结果。相反，权力可以解决一切问题。这需要时间，但我们终于意识到了这一点。比如，您应该注意到，我们古老法人欧洲终于以正确的方式进行哲学思考。在那幼稚的年代，我们说："这是我的观点。您有什么不同意见？"现在不这样了，我们变清醒了，我们用通告代替对话。"这就是真理，"通告说，"各位尽可争论，但我们对这不感兴趣。不过几年之后就会有警察来证明我是对的。"

啊，这个亲爱的古老星球！现在一切都清楚了。我们有自知之明，知道自己在干什么。就拿我来说吧，即使不换主题，也要换个例子。我一直希望得到微笑的服务。假如女佣一脸苦相、抑郁，她就毒化了我的日子。她有权利不高兴，这一点是肯定的。但我告诉自己，用微笑来完成她的服务比用眼泪来完成更好。这对我更为适合。这个道理虽不算高明，但并不完全愚蠢。因此，我一直拒绝在中国餐馆吃饭。为什么？因为当他们沉默的时候（尤其是当着白种人的面），显得十分傲慢。他们在服务时通常保持这种表情，那您又怎能好好享用烤鸡呢？又怎么能一边看着他们，一边心里却又觉得自己没错呢？

说句真心话，奴役，最好是面带微笑的奴役。如果不可避免，也只能心照不宣。非要使用奴隶，而又管他们叫"自由人"不是更好？首先是原则问题，其次是不要把他们逼到绝望的境地，我们欠他们这种补偿，不是吗？这样一来，他们将继续微笑，而我们将保持我们的良知。否则我们就不能不自我反省，于是我们会因痛苦而发狂，甚至谦卑起来，整天提心吊胆。因此，开店不必挂招牌，招牌会引起公愤。假如所有入席的贵宾都自报真实的职业和身份，那我们就不知如何是好了。试想，假如名片都如实写上：杜邦，胆小怕事的哲学家，或基督教产业的主人，或与人通奸的人文学者。真的，有很多选择。但那就像地狱一般可怕了。是的，地狱一定是这样的：街道上布满了商店的招牌，但无法解释。人一旦被划定等级，那就一生难以改变！

比如说您，我亲爱的同胞，请想想您的招牌是什么。您不说话？好啦，您以后再答复我也可以。反正我知道自己的招牌是什么：两副面孔，一个可爱的雅努斯（具有阴阳两副面孔的神），大门上面有一句箴言："不要相信他。"我的名片上写着："让·巴蒂斯特·克莱蒙斯，戏剧演员。"为什么？在我告诉你的那个晚上之后不久，发生了一件事。我帮完一位盲人后，会向他行"脱帽礼"。这"脱帽礼"不是给他看的，因为他看不到。给谁看呢？给公众看。扮演完我的角色后的谢幕。表演得不错，嗯？在同一时期的另一天，当一位驾车者感谢我帮助他时，我竟回答他说没有人会做这么多。当然我本想说，任何人都会这样做的。这次口误成了我的思想负担。在谦恭礼让方面，没有谁能做得比我好。

我亲爱的同胞，应该谦卑地承认一点，我总是虚荣心爆棚。我，我，我……是我一生中的主旋律，在我说的每一句话中都能听到它，我说起话来总是自吹自擂，尤其是当我以我所掌握的那种令人震惊的谨慎态度这样做的时候。的确，我的日子过得自由自在而且出人头地。我只是在与其他人的关系中感到自由，原因是我承认没有平等的人。我总是认为自己比别人更聪明。正如我告诉你的那样，聪明能干，而且也最通情达理、最机敏灵巧。我是一个优秀射击手、无与伦比的驾驶员，也是最温情的情人。即使在不如别人的领域里，比如网球，现在我是一名普通球友，却认为只要有一点时间练习，我就能超过最好的球员。我只看得见自己的长处，因而善意待人，并且心安理得。当我关心别人时，那是纯粹的居高临下，完全的自由，而所有的功劳都归于：我的自尊心。

至于这几条真理，是在我告诉你的那个晚上之后一点一点发现的。不是一下子发现的，也不是十分清晰。我得先回忆一下，逐渐地，我看得越来越清晰，我学到了过去不知道的东西。在这之前，我什么都忘记了，首先是忘掉下过的决心。从根本上说，就是什么都不重要。当然，假如情况逼着我关注的话，战争、自杀、爱情、贫穷都会引起我的关注，但那都是装出来的，超级肤浅的关注。有时，我会假装为一些与我的日常生活无关的事情感到兴奋，但我并没有真正参与其中，当然除了我的自由受到阻碍时。我如何表达呢？每件事情都从我身上掠过。是的，一切都从我身上溜走了。

让我们对自己公平一点：有时我的遗忘是值得称道的。您已经注意到，有些人的宗教信仰是宽恕一切罪行。而事实上，他们确实原谅了他们，却永远不能忘怀。我不是那种原谅冒犯的人，但最终我总是忘记他们。那个认为我恨他的人，看到我笑着跟他打招呼，于是觉得莫名其妙。根据他的性格，他或是钦佩我的宽宏大量，或是蔑视我的胆小怕事。却不知道我的理由更简单：我已经忘记了他的名字。于是，使我冷漠或不讨人喜欢的同一种弱点，却使我变得非常宽容。

因此，我的生活没有任何连贯性，除了每天跟女人混，每天做好事也做坏事，每天都在为自己而工作，就像狗一样。我就这样浮在生活的表面，从未在现实中取得过进展。所有那些书几乎没有真正读过，那些朋友几乎没有真正爱过，那些城市几乎没有真正去过，那些女人也几乎没有真正占有过。出于无聊或心不在焉，我也经历了这些。然后人们跟来了，他们想紧紧抓住这些，然而一无所获，这对他们来说很不幸。至于我，我已经忘了，除了我自己，我从来不记得任何东西。

然而，渐渐地，我的记忆恢复了。或者说，我回到了记忆中，因而想起了那些我要想起的事。但在告诉你之前，请允许我，给你举几个例子（我相信它们会对您有用），谈谈我在回忆过程中发现了什么。

有一天我开车，因迟疑了一秒钟，所以未能趁绿灯亮时通过，而我们那些没有耐心的同胞们立即开始在我身后狂按喇叭。就在这时，我突然想起了在类似情况下的另一件事。一个戴着眼镜的矮个子，骑着一辆摩托车超越了我的车子，但因碰上红灯，他在我车前停了下来。因为刹车太急，发动机启动不了。绿灯亮时，我以我一贯的礼貌要求他把他的摩托车挪动一下，好让我通过。矮个子因那不争气的发动机变得很烦躁，便以"巴黎式"的礼节叫我滚到一边去。我仍旧有礼貌地请他帮个忙，但声音中略带不耐烦的味道。我立即被告知，我可以去死了。与此同时，我身后的鸣笛声此起彼伏。我口气强硬起来，请他注意礼貌，并且要认识到他是在妨碍交通。这个脾气暴躁的人可能是被那怠工的发动机激怒了，于是问我是不是想挨揍，说他正准备奉送我一顿老拳。如此厚颜无耻的态度激起了我的愤怒，于是我下了车，打算痛打这个满嘴脏话的家伙。我自认为我并不是胆小鬼（"自认"的长处还很多呢），我比他高出一头，而且我的肌肉一直都很结实。我当时还认为是他该被松筋骨，而不是别人。但我在马路中间脚跟还没站稳，就有一个人从聚集的人群中走了出来。他冲向我，说我是地球上的败类，他决不允许有人打一位脚踩摩托车而处于劣势的人。我转身面向这位侠义之士，但说实话，我几乎还没有看清他的模样。我刚一回头，却已听到那摩托车噼里啪啦地开动了，而我的头上也挨了一拳。我还没来得及弄清到底发生了什么，那摩托车已经逃走了。我昏昏沉沉地朝那大侠走去，而这时，一阵恼怒的喇叭声响起，绿灯又亮了。于是我带着困惑，不仅没去找那个对我说话的白痴算账，反倒在众人讽刺的目光中回到自己车里。我记得，我当时穿着一套非常优雅的蓝色西装，我完全可以听到那个白痴骂我"可怜的家伙"的声音。这句话，无论如何，都让我觉得是有道理的。

　　总之，我当众出了丑。诚然，当时的情况也是巧合，但巧合的事到处都有。事后，我清楚地知道自己应该这样做：我应当用一记漂亮的勾拳把那个白痴击倒，然后开车追赶那个开摩托车的浑蛋。我应当在马路边停下车来，将他逼到一角，将他拉下车，按他本该领受的份额，将他痛打一顿。我以稍加修改的"版本"，在自己脑海里将这部故事片放映了一百遍。但为时已晚，几天来，我一直咬牙切齿地忍受着这种痛苦。

为什么又下雨了。我们别往前走了，在这门廊下站一下好吗？好。我说到哪里了？哦，丢脸的事情！当我恢复了对那段经历的回忆后，我明白了它的含义。毕竟，我的幻想经不起事实检验。我曾梦想着——这一点现在很清楚——成为一个完整的人，使自己的人格和职业都得到尊重。就是说，我又想当塞尔当（法国拳击手），又要当戴高乐。一句话，我希望在所有事情上都能占据主导地位。这就是我为什么要装模作样地展示自己健壮的身体技能，而不是我的聪明才智。但是，在经历了当众被打而不作任何反应后，我就不可能再珍惜自己的这种美好形象了。我以真理和智慧的信徒自居，倘若真是这样，那件事对我有什么影响呢？这次经历早被目击者忘得一干二净了。我至多自责、无端发怒，又没有设法面对愤怒所带来的后果。我不仅缺少这种明智，还渴望报复，渴望打击和征服！这么看来，我真正的愿望不是要成为地球上最聪明的或最慷慨的人，而只是为了击败我想要击败的人，成为更强大的人，并且是以最卑鄙的方式。实际上如您所知，每一个聪明人都梦想着成为江洋大盗，梦想着仅靠武力统治世界。可惜这不像武侠小说写得那么容易，于是一般人转而从政，加入最残酷无情的政治中去了。只要能对全世界呼风唤雨，变得卑鄙又有什么关系？我发现原来自己梦寐以求的也是压迫他人。

至少我知道，只有在罪犯和被告的罪行没有对我造成伤害的情况下，我才站在他们一边。他们的罪行使我的辩护充满激情，只因为我不是他们的受害者。当我受到威胁时，我不仅反过来成了一个法官，一个暴躁的主人，甚至更多：不顾所有的法律，把犯罪者打倒在地，叫他下跪求饶。亲爱的同胞，在此之后，还依然认为自己有正义的职责，是寡妇和孤儿命运的捍卫者，那就太荒唐了。

既然雨越下越大，那我们又有时间了，我可以和你分享我的另一个发现吗？让我们坐到这个长椅上，避避雨。几个世纪以来，抽烟斗的人士就是坐在这里看着同一条运河上的雨滴。我要告诉你的是一个令人难以启齿的问题，是关于一个女人的。首先说明，我很容易吸引女人。我并不是说能成功地使她们快乐，甚至通过她们使自己快乐。不，仅仅是成功而已。我会实现我的愿望，只要我想，就能实现。我被别人认为有魅力，这真让人羡慕！您知道什么是魅力吗？那是一种你不需要提出任何明确要求，就能得到肯定回答的能力。当年我就有这样的魅力。这让您感到惊讶吗？算了吧，不要否认这一点。以我现在的容貌，这是很自然的。唉，到了一定年龄，每个人都要对自己的形象负责任，至于我嘛……这有什么关系呢？这是一个事实，人们觉得我有魅力，我就接受了。

然而，我从来没有算计过女人，我对她们是善意的，或几乎是诚实的。我与女人的关系是自然的，就像通常说的那样"轻松自如"。这当中没有任何诡计，或者只有被她们称为好意的小聪明。我爱所有的女人，也就等于说我从未爱过任何一个女人。我始终认为敌视女性是粗俗而愚蠢的。在我看来，几乎所有我认识的女人都比我好。然而，我把她们看得如此之高，目的是为我所用，而绝不是投其所好。怎么能说明白呢？

当然，真正的爱情除外，一个世纪出现两三次罢了，其他不过是虚荣或烦闷而已。至于我，在任何情况下，我都不是超凡脱俗的人，也不是清心寡欲之辈，恰恰相反，我是个多情的人，且极易为情所困。只是，我的动情是为自己感慨，我只爱我自己。但这并不是说我从未爱过。在我的生命中至少有一次伟大的爱情，而我一直是这一爱情的对象。在这方面，在经历了青年时期所有的困扰之后，我很早就拿定了主意：好色才是我爱情生活的主导，我只是在寻找刺激和征服的对象。我的外貌帮了我的忙，上天对我很慷慨，屡战屡胜，我为此感到相当自豪，并从中获得了许多满足感。现在我也不知道这些满足是由于身体的愉悦还是为了声望。好，您又要说我在吹嘘了。我不会否认这一点，我也不会因为这样做而感到骄傲。

无论如何，我的好色（仅限于此）是如此的真实，哪怕只是为了一次十分钟的艳遇，我也会六亲不认，尽管我事后为此感到心酸或后悔。如果确信没有后续的麻烦，那就更是如此。当然，我有自己的原则，比如，朋友的妻子是神圣的。但在约会的前几天，我会真诚地终止和她丈夫的友谊。也许我不应该把这称为好色。好色并不令人厌恶。我们不妨宽容点，把这叫作生理缺陷，一种先天性的无法在爱情中看到肉体以外的东西的缺陷，这种缺陷令人惬意。它跟我的健忘互相配合，我就更加自由了。同时，这使我显得更超然、更自主，它为我提供了取得新成功的机会。虽然我不浪漫，但给浪漫故事添枝加叶的本事还是有的。我那些女性朋友与波拿巴有这个相似点，她们总是认为自己能在别人都失败的地方取得成功。

此外，在这类交易当中，除了好色以外，我还满足了一些其他东西，那就是表演癖。在女人中，我喜欢那些在某种表演中成为我的伙伴的人，这至少有一种纯洁的味道。您看，我无法忍受无聊，只会欣赏生活的乐趣。任何社会团体，无论多么辉煌，也很快会使我厌倦。而我从未对我喜欢的女人感到厌烦。承认这一点让我很伤心，但我愿意用与爱因斯坦的十次谈话机会来换取与一个漂亮的合唱团女孩的第一次约会。等到了第十场约会，我倒真想见见爱因斯坦或者专心读书了。总之，我从来没有关心过重大的问题，除了在我的一些小过失的间隔期关心大事。当我在人行道上与朋友们进行热烈的讨论时，常常会因为一个正要过马路的美丽迷人的女人而把争论的焦点忘得一干二净。

反正我是在演戏。我知道她们不喜欢直达目的地。首先，必须要会谈天说地，要深情，或像她们说的那样，先要诉说衷肠。我并不担心没有动听的话说，因为我是一名律师，也不担心温存之道，因为我在服兵役期间学过表演。我经常更换角色，但总是同一场戏。比如，"一见钟情"，尽管它是最古老的剧目之一。你只需模模糊糊地说几句"说不清楚为什么""我当然不想被吸引""我并不想谈恋爱""对爱情早已厌倦"……就一定有效果。还有"天赐恩泽"的表演，那就得宣称"这种幸福别的女人给不了"，这可能是没有结果的路，事实上，它肯定是（因为一个人不能掩饰自己太多），但妙就妙在这里。重要的是，我已经完善了一个小演讲，深得对方青睐，而且我相信您会为之鼓掌的。这场演说的重要部分在于坚定不移地宣称，我什么都不是（要说得悲切而又痛心），我不值得留恋，我的乐趣在其他地方，与世俗无关，不过我宁可放弃一切，也要去追求这份快乐，只可惜太晚了。至于为什么会晚，我却闭口不谈，因为我知道，向枕边人保密的趣味无穷。此外，在某种程度上，我相信我所说的，我生活在角色当中，女伴们同样热心的表演也就不奇怪了。她们中最敏感的几个人试图理解我，最终凄凄恻恻地委身于我，其他人见我按演戏的章法办事，在行动之前要先谈一谈，她们反倒急于求成。于是我怎么都是成功，既实现她们的欲望，也满足了我的自尊心。正是如此，即使她们中的一些人不能给我带来很多快乐，我还是试图恢复与她们的关系。无疑，这是由短暂的分别所产生的奇怪的欲望所促成的。我们的关系仍然藕断丝连，全靠我来衔接。有时我让她们发誓不能与其他男人交往，好让我自己永远安心。但我的这份担心与感情无关，甚至也用不上我的想象力。事实上，我是如此地自命不凡，以至于我很难想象一个曾经属于我的女人会属于另一个人。她们的誓言束缚了她们，却解放了我。只要我知道她们永远不会属于别人，我就可以下定决心与她们断绝关系。否则，我不会放弃她们。对她们而言，我阐明了自己的观点，并保证了我在很长一段时间内的权力。很奇怪，不是吗？但事情就是这样，我亲爱的同胞。有些人大喊："爱我！"另一些人呵斥："不要爱我！"但有一种人（最恶劣、最阴险的那一群人）却哭着说，"不必爱我，只忠于我！"

只是这种验证并非一直生效，每当遇见新人就得重新开始。由于一次又一次地开始，就形成了习惯。很快地，说话就会不假思索，套话条件反射地脱口而出。最后，你发现自己在没有真正的欲望时也要渴求。至少对某些人来说，自己不想要的东西是最难的事情。

最终发生了这样的事情，没有必要告诉你她是谁。她没有真正激起我的兴趣，却以她主动热情的方式吸引了我。坦率地说，这是一次糟糕的经历，正如我所料。但我从不懊恼，很快把她忘掉，后来也未见到她。我以为她并未感觉出什么，甚至没有想到她会有意见。在我看来，她的消极态度使她与这个世界隔绝。不料几个星期之后，她竟把我的不足之处告诉了第三个人。我顿时觉得自己被欺骗了。她并不像我想象得那么被动，也不缺乏判断力。我耸耸肩，假装一笑了之。显然，这件事并不重要。如果说应该在某些事情上立规矩的话，首先就是男女之事，因为其中不可预见的东西太多。当我反思时，心中依然义愤难平。表面上一笑了之，但行动又是怎么样的呢？过了不久，我又见到了那个女人，千方百计迷惑她，让她真正回到我身边。这不是很困难，因为她们也不喜欢以失败告终。从那一刻起，我开始以各种方式羞辱她。抛弃她，再把她找回来，迫使她在不适当的时间和不适当的地点奉献自己，时时刻刻虐待她，就像狱卒对囚犯那样抓住不放。这种情况一直持续到某日，在纵情狂欢之后，她在痛苦的、受限的快乐中赞美了奴役她的人。就在那一天，我开始远离她。从那刻起，我就忘记了她。

我同意您的看法，虽然您没有说出来，这种经历并不美好。但亲爱的同胞，也请您想想您的生活，搜索您的记忆，或许也会发现一些类似的故事，不妨告诉我。现在，我一想到这段经历，依然会大笑不止。但这是另一种笑声，颇像我在艺术大桥上听到的笑声。我在笑我的演讲和我在法庭上的辩护，我在法庭上的申辩甚至比我对女人的讲话更让人发笑。对女人们，至少我对她们没有撒谎，依着本能说着真心话，没有任何掩饰。比如说，爱的行为是一种自白，自私心理在其中表露无遗，虚荣心也显而易见，否则就是真心为他人着想。在这个令人遗憾的故事中，我比对其他事物更坦诚。我说出了我是谁以及我的生活方式。尽管从表面上看，我在私生活里的表现（特别是在我告诉你的时候，或许那时也不例外），比我在职业上关于清白和正义的辩护更有价值。至少在自己和别人一起行动时，我无法欺骗自己，隐讳自己的天性。没有人在他快乐的时候是一个伪君子。亲爱的同胞，不知这话是我读书时看到的，还是我自己的真实感想。

当我审视自己在与一个女人分开时遇到的麻烦，我并不责怪自己的情感丰富。如果有一个女人厌倦了，并说要离开我时，我会主动向对方靠近，主动让步，并且说尽甜言蜜语。至于感情和柔情，都是我在唤醒她们对我的爱意。我自己只是经历了这些感情和柔情的表象，不过是因为她们的拒绝而有点激动和震惊。有时我真的以为自己在受苦，但只要她真离我而去，我就会很快将她忘掉。而如果她决定重投我的怀抱，我却无视她的存在。不，当我面临被抛弃的危险时，唤醒我的既不是爱情，也不是某种大度，而仅仅是渴望被爱，渴望得到在我看来是我应得的东西。当我被爱的那一刻，我又将她遗忘，这时我就会心满意足，变得讨人喜欢。

当我重新赢得这种爱时，我又觉得不堪重负。在我烦躁的时候，理想的解决办法是诅咒心爱的女人早点死去。她的死亡，一方面可以将我们的关系一劳永逸地固定下来，另一方面也可以消除其掣肘。但是，一个人不能渴望每个人都死掉，或者说得极端一点，把地球上的人都赶尽杀绝，以享受一种不受限制的自由。出于情理和对人类的爱，我反对这样做。

在这类关系中，我偶尔感到的唯一深层情感是感激。当一切进展顺利，我不仅获得了和平，还获得了来去自由，从来没有人比我更善待自己。我刚离开一个女人的床，就跟另一个女人甜言蜜语，甚至打情骂俏。就好像我欠一个女人的债，也欠其他女人的。不管这种感情看上去多么混乱，结果却很明确：我同身边的所有女人保持关系，在我需要的时候，我可以随时利用。我承认，只有在地球上所有的人，或尽可能多的人都来照顾我，我才能幸福地生活。她们应当永远孤独，不能有自己的生活，并且随时准备应我召唤。简而言之，为了我的幸福，我所选择的那些人根本就不能有自己的生活。只有在我许可的时候，她们才能被动地活着。

是的，请您相信，在告诉您这些的时候，我毫无炫耀的本意。想起这个时期，我不需要自己付出任何东西就可以得到一切。我吸引她们为我服务的时候，我把她们全都"封存"起来，以期有一天，当我需要的时候随我调遣。想到这里，我不知道该如何形容这种奇怪的感觉。难道不是羞愧吗？告诉我，亲爱的同胞，难道羞耻感不会有一点刺痛吗？是吗？那么，可能是羞愧，或者是那些愚蠢的羞耻心，抑或是那些与荣誉有关的愚蠢情绪。自那次冒险之后，我发现在我的记忆里，这种情绪就没有离开过我。我不能不立即告诉您，虽然我谈到了许多事情的细节，并且努力编造故事，但我希望你对我的努力给予肯定。

看，雨已经停了！请和我一起走走吧。奇怪的是，我感到累了，不是因为说了这么多话，而是想到我还要说什么。哦，好吧，我再多说几句话就足以说明我的基本发现。说再多又有什么用呢，为了给一座雕像揭幕，最好免掉演说家的致辞。事情是这样的，在我听见身后传来笑声之前两三年的一个十一月的夜晚，我正返回我位于左岸的住所，途经罗亚尔大桥。当时是午夜过后一小时，天下着小雨，确切地说，是细雨，却驱散了桥上本已稀少的行人。我刚同一位情人分手，此刻她肯定睡着了。我很享受走这么一段路，虽然感觉身体有些麻木，但身体里的血液正如这细雨缓缓流淌，心情是平静的。在桥上，我从一个倚在栏杆上的身影旁走过，那影子倚着栏杆，似乎在凝视着河水。仔细一看，发现那是一位身着黑衣的妙龄少女。在她的黑发和衣领之间，可以看到她那柔滑紧致、微微湿润的后颈，可见，我有些动情。但我犹豫了一会儿后，还是继续前进。在桥的尽头，我顺着堤岸，朝我居住的圣·米歇尔大街走去。刚走了大约五十米，突然听到了一个身体撞击水面的声音——尽管距离很远，但在午夜的寂静中显得非常响亮。我停了下来，但没有回头。与此同时，我听见一声哭喊，接着又有几声，最后消逝在河下游。就像黑夜突然静止一样，身后的寂静似乎没有尽头。我很想跑，却迈不动脚步。我在颤抖，我相信是因为寒冷和震惊。我告诉自己应该赶快做点什么，却只觉得有一种不可抗拒的虚弱感笼罩着我。我已经忘记了我当时是怎么想的。"太晚了，太远了……"或类似的想法。我动弹不得，却仍然在听。然后我冒着雨，慢慢地走了，没有告诉任何人。

终于到家了，这是我的栖身之地，我的避难所。明天？是的，如果你愿意的话，我带您去游马尔肯岛，这样您就能看到祖德兹河了。我们十一点钟在"墨西哥城"见面。什么？那个黑衣女子吗？哦，我不知道，真的不知道，因为第二天以及随后的几天，我都没有看报纸。

您不觉得这像一个玩偶式的村庄吗？这里充满了古色古香的气息！可亲爱的朋友，但我带你到这个岛上来并不是为了欣赏别致的风景。任何人都可以向您介绍女帽、木鞋、装饰独到的建筑，还有渔民们抽着的精选烟草，而我是为数不多的能向你展示这里真正重要的东西的人。

我们快到堤岸了，最好顺着堤岸走下去，以便尽可能地远离这些迷人的房子。坐下来吧。您觉得怎么样？是啊，风景如画，这是最好的风景了。请看左边这堆沙子，他们管这叫"沙丘"，右边是灰色的堤岸，我们脚下是淡白色的沙滩，大海就在我们面前。海水略显青灰色，而广阔的天空则映照着青白色的海浪。一个没有生机的地方。一切都是水平的，没有起伏，天空没有颜色，一片死气沉沉。这难道不是虚无吗？永恒的虚无变得清晰可见，最重要的是，没有人！只有您和我，面对这一片荒凉的寰宇。天空透出了一些生气，您说得对，我亲爱的朋友。它一会儿浓云密布，一会儿又稀薄起来，一会掠过强劲的气流，一会又关闭了天空海市蜃楼的云影。那些是鸽子。您难道没有注意到，荷兰的天空中飞翔着数以万计的白鸽。当它们翱翔在高空时，肉眼根本看不见。它们扇动着翅膀上下翻飞，随着气流时而悠远、时而迫近，在天空织成浅灰色波涛。鸽子一年四季都在海面上飞翔，俯视大地，但愿能找到落脚的地方。但除了大海和运河，什么都没有。屋顶上挂满了商店的招牌，没有一点可以让它们驻足停歇的地方。

您不明白我的意思吗？我承认我很累了。我的表达有些语无伦次。我已经失去了我的朋友们曾经向我致敬的那种清醒的头脑。此外，我说"我的朋友"也只是个称呼而已。我没有朋友，只有同谋者。作为失去朋友的补偿，这种人倒是增加了，扩大到了全人类。而在人类中，您是第一人，在场的总是第一个。我怎么知道我没有朋友？这很简单：我是在我想自杀的那天发现的。有一天，我开个玩笑说要自杀，目的是捉弄他们，也有惩罚之意。但到底惩罚了谁？有人会感到惊讶，但没有人会觉得受到惩罚。我知道自己没有朋友了。此外，即使我有朋友，我也不会有什么好结果。假如我自杀成功并看到他们的喜怒哀乐，那么自杀倒也值得。可亲爱的朋友，地下漆黑一片，棺材很厚，裹尸布也不透明。灵魂的眼睛——可以肯定的是——如果有一个灵魂并且它有眼睛的话！但您看，我们不能确定。否则就会有一个解决办法，至少可以让人认真对待自己。人们从不相信你的理由，不相信你的诚意、你的苦难，除非你死了。只要你还活着，你的情况就值得怀疑。因此，如果可以肯定能见到效果，就值得向他们证明他们不愿意相信的东西，从而使他们感到惊讶。但是你杀了自己，他们是否相信你又有什么关系呢？你不在那里看到他们的惊讶和忏悔（何况这忏悔只是短暂的），见证你自己的葬礼，虽然这是每一个人的梦想。为了不再被怀疑，你必须死去，仅此而已。

此外，这样不是更好吗？我们会因为他们的漠不关心而感到痛苦。"你会为此付出代价的！"一个女儿对他的父亲说。他曾阻止女儿嫁给一个太狡猾的求婚者，然后她就自杀了。但这位父亲没有付出任何代价。他非常喜欢抛饵钓鱼。三个星期后，他又回到了河边——正如他所说，是为了忘记。他是对的，他真忘了。其实不如此才怪。男人以为自尽是为了惩罚你的妻子，而实际上你在还她自由。最好不要看到这一点，何况人家说您别有原因。就我而言，我现在可以听到他们说："他自杀是因为他无法忍受……"唉，亲爱的朋友，人们的创造力何其贫乏呀。他们总认为自杀只有一个原因。但其实很可能自杀是有两个原因。不，他们不懂这一点。那么，自寻短见的意义是什么？何必为了牺牲自己以达到你希望人们对你的看法的目的？一旦你死了，他们会利用这个机会把你的行为归结为白痴或庸俗的动机。我亲爱的朋友，牺牲者会被遗忘、被讥讽或被利用，三者必有其一。至于被理解，则永无可能。

此外，不如让我直说吧，我热爱生活，这是我真正的弱点。我是如此热爱它，以至于我无法想象生活之外的东西。这种渴求有一种平民色彩，您不觉得吗？如果没有与其本人及其生活拉开一些距离，贵族阶层就无法想象自我。如果有必要，一个人就会去死，宁折不屈。但我屈服了，因为我仍然爱自己。例如，在我告诉你这么多之后，您以为我会对自己产生什么感觉？厌恶自己？得啦，我主要是对别人感到厌烦。可以肯定的是，我知道自己的过失，并感到内疚。但我仍要忘掉它们，尽管这种固执毫无根据。恰恰相反，我心里不断责怪别人。这让你震惊吗？您或许认为这没有道理，但问题并不在于是否"合道理"。问题在于要混得过去，而且最重要的是如何避免受到审判。我不是说要逃避惩罚，因为没有审判的惩罚是可以忍受的。这种情况有个名称，保证了我们的清白。它被称为不幸。不，其实恰恰相反，它是一个逃避审判的问题，一个避免被审判而不被宣判的问题。

然而，没人能轻易地逃避它。今天，我们随时准备着被审判，就像我们随时准备与人通奸。唯一的区别是不必担心失败。如果您怀疑这一点，不妨听听夏季酒店里那些仁慈家在餐桌上的高谈阔论，每年八月，我们的慈善家同胞们会到那些休假别墅疗治疲劳症。如果您还是犹豫不决，还可以读读当下伟大人物们的演说词，或者观察您自己的家庭，您就会明白了。我亲爱的朋友，不要给他们任何借口来评价我们，无论多么小，否则我们就会被评判得体无完肤！我们不得不采取和驯兽师一样的预防措施。如果在动物进笼子之前，他不幸在刮胡子的时候割伤了自己的喉咙，那对动物来说是多么大的一场盛宴啊！有一天，我突然意识到这一点，因为我开始怀疑，也许我并不那么令人钦佩。从那时起，我变得满腹狐疑。既然我已经流了一点血，我就会让它全部流尽。它们会把我一口吞掉的。

表面上看，我与同代人的关系也是这样，实际上却不十分协调。我的朋友并没有改变。偶尔，他们仍然赞美跟我在一起是多么和谐和安全。但我只意识到充斥在我身边的不和谐和躁动，我觉得自己的弱点被交到了公众面前。在我看来，我的朋友不再是我所习惯的那种毕恭毕敬的听众了。以我为中心的朋友关系被打乱了，他们像在法官席上一样排成一排。当我发现自己身上有待审判的东西，就认识到他们身上有一种不可抗拒的审判倾向。是的，他们和以前一样全部到场，他们在微笑。或者说，他们中的每一个人都带着隐秘的微笑看着我。那段时期，我甚至有这样的感觉：有人在给我下绊子，想让我倒下。事实上，有两三次，当我进入公共场所时，脚下像是绊到了什么东西。有一次，我甚至仰面朝天倒在地板上。作为一个理性的法国人，我立刻镇静下来，把这些事故归于偶然，这是唯一合理的解释。不过，我的怀疑仍然存在。

一旦我的注意力被唤起，就不难发现自己有敌人。首先是在我的职业中，其次是在我的社会生活中。我对有些人有恩，有的是本应相助的，有的是不得不施恩。不过这些都很正常，我虽有感觉，但不会太伤心。相反，使我困惑和痛苦的是在我几乎不认识的人中有敌人。我已向您举例说明了我很单纯，总是认为那些不认识我的人如果同我交往，就会不由自主地喜欢上我。可事实根本不是这样！对我怀有敌意的，是那些跟我有一面之缘的人。他们以为我活得很充实，而这是不能被原谅的！当自满的感觉以某种不当的方式表现出来时，是可以让一个傻瓜发疯的。另外，我的生活很充实，日程安排得很满，因此我谢绝了许多约见，但这些约见是由那些生活并不充实的人提出的。正是由于这个原因，他们才会对我的拒绝耿耿于怀。

因此，仅举一个例子，女人最终让我付出了沉重的代价。我为她们投入的时间就不能再给男人了，而他们也不是总能见谅。有什么办法可以解决吗？你只能同意与他们分享，你的成功和幸福才会被原谅。但要想获得幸福，就必须不要太在意别人。因此，没有人可以逃脱审判。要么因幸福而被审判，或者被赦免而悲惨地生活。我受到的不公正甚至更严重：我因既往的幸福而被判决。长期以来，我一直生活在幻觉中，而来自各方的审判、箭矢、嘲弄都向我袭来，我毫不介意，面带微笑。最后我终于清醒了，而此时我受到了所有的伤害，一下子失去力量。然后所有人都开始嘲笑我。

这是任何人（除了那些圣贤）都无法容忍的，指责别人是唯一的防身武器。于是，人们为了自己不被受审而忙着审判别人。你期望什么呢？人们最天真自然的想法，仿佛来自他的本性，就是他的无罪。从这个角度来看，我们都像那个在布痕瓦尔德集中营的法国小孩，他坚持向记录他的到来的书记员（书记员自己也是囚犯）提出申诉，这人记录了孩子的到来。申诉？书记员和他的同伴都笑了："没用的，小老弟。"那法国孩子却说："我的情况很特殊。我是无辜的！"

我们都属于特殊情况，都想上诉。每个人都坚持认为自己是无辜的，即便为此不得不指责整个人类和上苍。你不会因为赞美一个人的努力使他变得聪明或慷慨而让他高兴。如果你说他天生高尚，他就会高兴。反之，如果你告诉一个罪犯，他的犯罪不是由于他的本性或他的主观意识，而是由于不幸的环境，他就会对你感激不尽。在辩护过程中，他会选择在这个时候痛哭流涕。然而，诚实或聪明并没有什么好处。就像一个人不能因为天性犯罪就比环境犯罪而负更重的惩罚。但是，那些流氓想要恩典，不想负责任，于是无耻地辩解有何客观原因或偶然因素，即使这些说法是相互矛盾的。主要是想说明他们都是清白的，他们的德行不应受到质疑，而他们的过失、他们的劣迹是由一时的不幸造成的。正如我告诉你的那样，这是一个很难回避的问题。因为不易做到让自己的本性同时得到赞美和原谅，于是人们都努力成为富人。为什么？您有没有问过自己？当然是为了权力。特别是因为财富能使你免于立即受到审判，使你从普通的人群中走出来，把你隔离在镀镍的私人汽车、私人花园和豪华办公室里。亲爱的朋友，有钱还不等于获释，但已经是缓期执行了，而这总是值得一试的。

最重要的是，当您的朋友们要求您真诚地对待他们时，请别相信。他们只是希望您把他们看成他们自己以为的那种好人。真诚怎么能成为友谊的条件呢？不惜一切追求真相是一种狂热的而且也难以抵挡的激情。这是一种恶习，有时也是一种安慰，或者是一种自私。因此，在这种情况下，您不要犹豫，首先向他们保证说真话，然后尽量把谎话说圆满。您满足了他们内心的欲望，并加倍地证明您对他们的诚意。

这种情况是真实的：我们很少信任比自己优秀的人，并避免与他们往来。大多数情况下，我们会向那些和自己类似，有着相同弱点的人交心，目的不是改变或者被改变，也不是让自己变得完美无缺，我们只是希望在我们所选择的道路上得到认同和鼓励。简而言之，同一时间内，我们希望既要不再负罪，又不必努力自证清白。不要过于愤世嫉俗，也不要十足的道德。我们既没有作恶的能力，也没有为善的能力。您知道但丁吗？真的吗？好吧，那我就直说了。但丁在上帝和撒旦之间的争吵中接受了中立天使的观点，并把他们安排在地狱的边缘，即地狱的前庭。我们就在前庭，亲爱的朋友。

耐心点？您可能是对的。我们要有耐心等待最后的审判。可是您看，我们都性急，以至于我不得不让自己成为一名感化法官。然而，我必须对我的发现进行调整，并在我同时代人的笑声中调整自己。从我被召唤的那个晚上开始（因为我真的被召唤了），我就该应答，或者至少寻求一个答案。但这并不容易，有一段时间我一直在挣扎。首先那永恒的笑声（以及发笑的人）让我看到自己的内心，并最终发现它并不那么纯粹。别不以为然，这个真理看上去并不像它看起来那么基本，人们所说的基本真理只是我们在所有其他真理之后发现的真理。

不管怎么说，在对自己进行了长期的研究之后，我发现了人类灵魂深处的两重性。在记忆中搜索之后，我终于明白，谦虚帮助我成长，谦卑帮助我征服，并以道德压制他人。我曾经通过和平手段发动战争，最终通过大方无私的手段实现了我所期望的一切。比如，我从未抱怨过我的生日被忽视，人们甚至对我在这个问题上的低调感到惊讶，并带有一丝敬佩之情。但我这种高尚的原因就更不引人注目：我渴望被遗忘，以便我好关起门来自怨自艾。在那个很能出风头的日子（我很清楚地知道）之前好几天，我一直保持着警惕，希望有些人记忆失灵，并且时刻戒备着，不泄露任何能提醒他们的信息（有一天我甚至想伪造放在一个住所的日历）。一旦确知无人打扰之后，我才能够沉溺于雄伟而忧郁的魅力之中。

　　因此，我所有的德行就有了一个不那么强势的反面。从另一种意义上讲，我的缺点变成了我的优势。我感到有义务掩盖自己生活中的恶毒部分，例如，给自己一个冷酷的表情，与美德的表情融为一体；我的冷漠使我受到爱戴；我的自私在我的慷慨中达到顶点。我就说到这里，太多的类比会破坏我的论点。虽然我装出冷酷的外表，却从不拒绝酒杯或女人的邀请。我被认为是活跃的、有活力的，其实我是床笫的王者。我经常高喊忠诚，但我不相信有一个我爱的人，也没有我所爱的人，最后我也从未背叛过。当然，我的背叛并不妨碍我的忠诚。我利用闲暇时间完成了许多事情，而且我从来没有停止过对我邻居的帮助，因为我喜欢这样做。但无论我如何对自己重复这些事实，它们给我的安慰都很肤浅。在某些早晨，我对自己的情况进行最彻底的反思，得出的结论是我的最大长处是蔑视。我帮助最多的人往往是最被蔑视的人。对那些盲人，我很有礼貌，充满友爱，其实我是在朝盲人的脸上吐口水。

　　坦率地说，这有什么理由吗？有是有的，但太卑鄙了，以至于我说不出口。但不妨提一下，理由是这样的：我从未在心里相信人类的事务是严肃的。严肃在哪里？它不存在于我所见的一切东西里，我只觉得我见到的事只是一个有趣的游戏，或者令人开心，或者惹人生厌。有些努力和信念，我一直无法理解，我总是带着惊奇的目光看着那些奇怪的人为金钱而死，因失去"地位"而陷入绝望，或以高尚的人格牺牲自己。我更能理解那位下定决心要戒烟的朋友，他下定决心戒烟，并通过纯粹的意志力获得了成功。然而有一天早晨，他打开报纸，读到第一颗氢弹爆炸的消息，了解到它的奇妙作用，然后便匆匆赶到一家烟草店。

当然，我偶尔也会假装认真对待生活。但很快，这严肃本身的轻浮显现出来了。于是，我扮演着高效、聪明、有德行、好公民的角色。我表现得有效率、聪明过人、积德积善、富于公民心、宽厚、友爱、积极向上……好啦，我没有必要再装下去了，您已经明白，我就像荷兰人一样，行动和内心不统一，占的位置越大，真诚和热情就越少。唯一让我真诚的、热情的，还是从事体育运动以及在演戏剧角色的时候，两者都有一条并不严肃的游戏规则，但我们却乐此不疲。如今世上还有两个处所是能让我感到自己清白无罪的：一个是星期日人山人海的体育场，一个是我无限向往的剧场。

但在爱情、死亡和微薄的工资面前，谁会认为这种态度是合理的呢？又有什么办法呢？我想象中的淳朴爱情，只有在小说或戏剧中才存在。在我看来，那些垂死的人已经完全进入了他们的角色，我那些可怜的客户的自我辩护总是出自这类模式。因此，我生活在这类人中间，却没有共同利益，于是我就不能相信自己所做的承诺。我很有礼貌，也很自由懒惰，足以满足他们对我在工作、家庭以及生活中的期待。然而有一次，却因一种漠不关心的态度破坏了一切。我的一生都具有双重性：最慎重的行为，往往是我最不愿参与的行为。这不正是我错上加错，不能原谅自己的原因吗？我强烈反抗正在我周围酝酿中（借助亲朋好友并针对我）的审判，这迫使我为自己寻找出路。

在表面上，我的生活继续进行，好像什么都没有改变。我像车子一样在"轨道"上飞速前进，好像是故意而为，人们对我的赞美越来越多。灾难正源于此。还记得那句话吗？"当所有的人都在说你的好话时，您就要倒霉了！"哦，真是至理名言！我倒霉了。于是车子开始失灵，莫名其妙地走走停停。

此时，死亡的念头闯入我的脑海。我计算着自己距离死亡的时间。我会寻找与我同龄的人谁已经死了，会被没有时间完成自己使命的念头折磨着。什么使命？我不知道。坦率地说，我一生所做的事情值得继续吗？但不只是怀疑这一点，实际上还有一种可笑的恐惧追赶着我，那就是一个人不可能在不承认自己的谎言的情况下死去。当然不是在上帝或他的使徒面前，我不喜欢这样，你可以想象得到。不，这是一个向人忏悔的问题，例如，向一个朋友，向一个心爱的女人。否则，即使一生中只藏有一个谎言，死亡会使它成为定局。再也没有谁会知道此事的真相，因为唯一知道的人只有死者，他带走了秘密。这种对真相的掩盖令我深感不安。今天，我顺便说一句，这也能给我带来一些微妙的快乐。比如说，我是唯一一个知道所有人都想知道的事的人，家里藏着警察们正在辛苦寻找的东西，这真是妙不可言。但我们不谈这个了。那时我还没有找到这个办法，很痛苦。

当然，我振作起来了。一个人的谎言在几代人的历史上算得了什么呢？企图将卑鄙的谎言带进真相的光辉下，这是何等的妄想！它就像大海中的一粒沙子一样消失在岁月的海洋中。我还想过，根据我的所见来判断，躯体的死亡本身就是一种重罚，而且它可以赦免一切罪过，在死亡的痛苦中赢得救赎（也就是永远消失的权利）。尽管如此，我的不安却与日俱增。死亡的念头抓住我不放，巡行在我的枕边，随我一起起床，我越来越无法忍受，就好像虚假的东西越来越多，以至于我再也无法纠正自己的错误了。

终于有一天，我再也无法忍受了。我的第一反应是过度的。既然我是个骗子，我就把它揭露出来，并且在那些白痴发现我的两重性之前，朝他们脸上掷去。我既已被动坦白，那我就接受这个挑战。对于众人的嘲笑，我就设想自己陷入普遍的讥讽之中。事实上，这仍然是一个逃避审判的问题。我想让嘲笑者站在我这边，或者至少让自己站在他们那边。比如我打算在街上冲撞盲人，这竟然给我带来了意想不到的快乐，这使我发现自己的灵魂对他们的憎恨已到了什么程度。我还计划刺破残疾人的轮椅的轮胎，跑到建筑工人脚手架下骂他们是"肮脏的穷鬼"，在地铁里抽打婴儿。我臆想着这一切，但一件也没有实施过。或者我做过这样的事情，却完全忘记了。"正义"这个词会让我产生奇怪的愤怒情绪，但我的辩护词里不可避免地还要用它，但我的报复是公开谴责人道主义精神。我宣布要发表一份宣言，揭露被压迫者对正人君子的压迫。我正在一家露台饭厅吃龙虾时，一个乞丐骚扰我，我叫来老板把他赶走。这位正义的管理者斥责道："你打扰了别人。你应该换位思考，替这些先生们、女士们想一想！"我热烈鼓掌。我还对任何愿意听的人说，我不能再像我所钦佩的一个俄罗斯地主那样行事了。他下令鞭笞那些向他行礼的和不向他行礼的农奴，因为他认为这两种情况都是对他的冒犯与放肆。

然而，我还记得更严重的过激行为。我开始写《警察颂》和《铡刀礼赞》。尤其是，我曾经强迫自己定期去那些人道主义自由思想家聚集的咖啡馆。我过去表现极好，当然受到欢迎。在那里，我不经意地会说出禁忌的言论："该死的！"或只说："去死吧……"您应当知道，这些咖啡馆里的无神论者是多么怯懦，他们惊讶不已，不知如何是好，他们面面相觑，接着一阵哗然，一些人逃离了咖啡馆，另一些人愤愤不平，放声大叫，所有的人像痉挛一样扭曲着身体，就像圣水中的魔鬼一般。

您一定觉得这一切都很幼稚。但这类玩笑中可能有一个更严肃的原因，我想打乱这个游戏，特别是，消除那个谄媚的好名声。想到这一点，我就怒火中烧。"像您这样优秀的人……"人们十分客气地对我说，我脸色却变得煞白。我不想要他们的尊敬，因为它不是普遍的，而当我不予接受时，它怎么可能是普遍的呢？因此，最好是把审判和尊敬都穿上可笑的外衣。无论如何，我要不惜一切代价消除这个使我窒息的感觉。我想把我这具到处招摇的漂亮的人体模特打碎，把肚子里的东西暴露在大家面前。例如，我记得在一次给一群初出茅庐的律师讲课时，我被介绍我的律师协会主席的奇妙赞美所激怒。我无法抗拒，怀着人们期待于我的奔放和激情开始了。我突然建议用混淆是非的办法来进行辩护。我说现代宗教法庭善于混淆是非，它总是将盗贼和老实人放在一起审判，将前者的罪行算在后者的身上。我的意思是通过揭露老实人的罪行来为盗贼辩护，具体地说，就是靠律师。在这一点上，解释得非常清楚：

"假定我接受了为一位值得同情的公民辩护，比方说，一个因嫉妒而杀人的人。我将说：法官先生们，当一个人看到自己的天性被美丽的女人的恶意所折磨时，就会感到愤怒，请考虑他处在愤怒状态时可以宽恕的地方。假如此人现在站在我的法官席位上，没有做过任何善事，也没有受到过任何痛苦，岂不是要严重得多？我是自由的，不受你们审问的约束，但我是什么样的人呢？骄傲的路易十四，欲望的小山羊，愤怒的法老，还是一个懒虫。我没有杀过人吗？当然还没有。但我没有让一些该杀的人得到一些好处吗？也许有过此类案例。大概我已经准备好故技重演了。而这个人……看看他吧，他不会再这么做了。他现在仍然为自己的罪过感到意外呢。"我的这番话，让我的那些年轻同事们相当震惊。过了一会儿，他们还是决定一笑了之。当我做结论时，我在结论中提到了人类个体和所谓的权利，他们完全放心了。那一天，习惯战胜了一切。

我一再做这些令人愉快的荒唐事，只是让舆论产生了一些波澜，并没有解除它的武装，尤其是解除自己的武装。我所见到的听众一脸惊奇，满脸困惑，有点像你所表现的那样。不，请不要否认——这使我无法平静。您看，为了证明自己的无辜，仅仅自己认罪是不够的，如果我不是一只纯洁的羔羊的话，就应该采取某种方式来指责自己，我花费了很多时间才完善了这套方案。在我陷入最彻底的绝望状态之前，还没有发现它，直到那笑声还继续在我周围回响，我的努力却无法摆脱其仁慈的、温柔的、伤害我的成分，这些都令我十分痛苦。

大海涨潮了，用不了多久，我们的船就会离开。这一天就要结束了。看，那些鸽子正聚集在高处，它们相互依偎，安然不动，而天色也已经暗下来了。您不认为我们应该保持沉默，只安静地体会这有几分凄惨的夜景吗？不，我使您感兴趣？您非常绅士。不过，我现在真有引起您的兴趣的危险了。在我解释关于感化法庭法官之前，我必须先跟您谈谈欲望和地牢的事。

您错啦，亲爱的，船是全速前进的。祖德兹河几乎是一片死海，它的海岸平直，迷失在雾中，不知道哪里是它的起点，哪里是它的终点。因此，咱们是在没有任何标志的情况下航行，根本无法判断我们的航速。总之是在前进，却始终看不出任何变化。这不是在航行，而是在做梦。

当年在希腊群岛，我的感觉正与此相反。不断有新的岛屿出现在地平线上，光秃秃的山脊勾勒出了天际，岩石海岸与大海形成鲜明的对比。没有朦胧的景象，在明朗的光亮下，一切都清晰可见，从一个岛到另一个岛，小船仿佛是在跳跃着行进，无论白天黑夜，我们跨越层层细浪，在欢笑声和无数水花的追逐下前进。从那时起，希腊就在我心中的某个地方漂浮着，在我内心深处，在我记忆的边缘，不知疲倦地……嘿！我也飘动起来啦，我正在变得多愁善感！让我就此停住吧，我求您了，亲爱的。

　　顺便问一下，你知道希腊吗？不知道吗？那就更好了！我问您，我们应该在哪里做什么？那里需要纯洁的人。要知道在那里，朋友们成双成对地手拉着手在街头漫步。确实如此，妇女们都待在家里，蓄着小胡子的中年男子，手拉着手一脸严肃地逛着马路。东方也是如此？我没有说不。但告诉我，您会在巴黎的街道上牵着我的手吗？哦，我是在开玩笑。我们有一套礼仪，弄得我们极其呆板。登上希腊诸岛之前，我们应该洗掉这些风气。那里的空气是贞洁的，大海和生活娱乐都是纯净的。而我们……

　　让我们在这些横渡大西洋的躺椅上坐下来吧。好大的雾啊！我相信那时我正走向受难牢房。是的，我会告诉您发生了什么。挣扎过后，用尽了我所有的傲慢，我因努力毫无用处而感到气馁，决心离开男人的社会。不，不，我并没有寻找荒岛，它已经没有了。我只是躲在女人的怀抱中避难。如您所知，她们并不真正谴责任何弱点，她们更倾向于羞辱或是耗尽我们的精力。这就是为什么女人不是对战士的奖赏，而是给罪犯的报酬。她是罪犯的避风港，罪犯一般是在女人的床上被捕的。难道她们不是人间天堂留给我们唯一的东西吗？我狼狈不堪，便匆匆赶往我的天然港湾。但我不再说漂亮话，出于积习，偶尔我还演点戏，但缺乏新意。我不愿意承认，那时候，我的确感到需要爱情了。那时我生怕再说出些粗俗的话，下流，是不是？总之，我经历了一种不可言说的痛苦，一种匮乏的感觉，这使我更加空虚，于是我在半强制、半好奇的心态下作出了一些承诺。既然我需要爱和被爱，那我就自以为堕入了情网。换句话说，我扮演了傻瓜。

作为一个有经验的人，我发现自己却经常问一个以前总是回避的问题。我听到自己问："你爱我吗？"您知道，在这种情况下，通常要反问："你爱我吗？"假如我说"爱"，就尽了超乎我真实感情的义务。假如一口否认，就可能失去爱，而我也会因此受苦。这种情感的威胁很大，我希望能在其中找到平静，就越是要求我的伴侣也有这样的情感。因此，我被引向更明确的承诺，并从我的内心深处拿出更多的感情。就这样，被一位迷人的女人的虚情假意欺骗了。她对爱情的文章运用自如，以至于她在谈到爱情时，就像一个知识分子宣传无阶级社会那样自信。但她对我的"恋情"却感到愕然。您一定知道，她这种信心颇具感染力，于是我也试着用这种方式谈情说爱，最后自己也对此深信不疑。直到她快要成为我的情妇，我才终于明白爱情文章教人谈情说爱，却未教人怎样去爱。我爱的是一只学舌的鹦鹉，却不得不同一条蛇上床！于是，我只好到别处去寻找书本上才有的，而在生活中却从未遇到的爱情。

但我缺乏实践，三十多年来我一直只爱我自己，怎么指望我改掉这个习惯呢？我根本丢不掉，于是在恋情上依然朝三暮四。我同时爱好几个女人，不停地许愿，正如过去同时与许多人保持关系一样。这样一来，我积累了更多的不幸，比我当初的冷漠更多，当然这是对别人来说。我是否告诉过您？我的"鹦鹉"在绝望中竟想绝食，幸运的是，我及时赶到，并同意跟她重归于好，直到有人接手。她遇到那些言情周刊描写的、从巴厘岛旅行归来的、两鬓斑白的工程师。在任何情况下，我离激情还差得很远，在所谓永恒的情谊中获得宽恕后，我对美德的偏离更加严重，使我对爱情产生了一种厌恶，以至于多年来我都不能听《玫瑰人生》或《爱情公寓》。于是我试图以某种方式放弃女人，并在贞洁的状态下生活。毕竟她们的友谊也能满足我。可这等于放弃了"游戏"。除了欲望，女人让我感到厌烦，显然我也让她们感到厌烦。

没有戏，没有剧场，我无疑是处在真相之中了。然而真相是十分无聊的。

我对爱情和贞洁都感到绝望，我最后告诉自己，除了放荡不羁，没有别的替代品了。它能平息笑声、恢复安宁，最重要的是让人得到永生。深夜，在某种程度的陶醉中，躺在两个妓女之间，所有的欲望都耗尽了，希望不再是一种折磨。您看，精神无时不在，生之痛苦一去不返。从某种意义上说，我一直生活在放荡中，未曾停止过追求长生不老的想法。我跟您说的不正是我的本性，以及我对自己伟大的爱的证明吗？是的，我渴望成为不朽的人。我太爱自己了，不希望我爱的珍贵对象永不消失。因为在清醒状态下，只要有一点自知之明，就看不出有什么理由要把不死之身赋予一个淫荡的男人，所以必须得给自己找到代用品。正因为我渴望得到永生，所以我和妓女同床，连夜饮酒。早晨，我的嘴里充满了人间的苦味，然而我毕竟饱尝到了飘飘欲仙的美妙滋味。不妨向您坦白，我依然记得，在某些夜晚，我曾经去了一个肮脏的夜总会，与一位脱衣舞女叙旧，她对我百般献媚。为了保全她的面子，我甚至在一个晚上和一个大胡子的吹牛者打了一架。在这灯红酒绿的极乐之地，每个夜晚我都在柜台边徜徉，躺在床上幻想着，而且长时间地狂饮。我等待着黎明的到来，终于轮到我跌进那美人儿凌乱的床上。此刻的寻欢作乐已是逢场作戏，随后她立刻睡去。白天会轻轻地到来，阳光渐渐照亮了这污秽之地，我精疲力竭地站在灿烂的晨曦中。

我承认，酒精和女人为我提供了慰藉。我亲爱的朋友，我向您泄露这个秘密，您不用害怕会滥用它。然后您会发现，真正的放荡是自由的，因为它不产生任何义务。在那里面你只拥有你自己，因此，它仍然是那些热爱自己的大人物最喜欢的消遣方式。它是一个没有过去或未来的丛林，最重要的是，没有任何承诺或任何直接的惩罚。从事这种活动的地方是与世界隔绝的，一旦进入，人们就会把恐惧和希望一同扔在门外。在那里，对话不是必需的，人们可以不通过言语就能得到所需的东西，而且常常不需要钱。哦，让我特别向那些素昧平生、被遗忘的女人们致敬，她们那时帮助过我。即使在今天，我对她们的回忆仍含有一些类似于尊重的东西。

反正，我毫不节制地享用这种自由。我甚至被人看到在一个罪恶的旅馆里，与一个中年妓女和一个上流社会的年轻女孩同时生活。在前者面前，我扮演中世纪的骑士，让后者有机会了解一些人类的本能。遗憾的是，那妓女有着相当强的资产阶级天性，后来竟答应为一家教会报纸撰写回忆录，那家报纸相当开放。那年轻女孩则结了婚，就她而言，结婚是为了满足她不受约束的本能，并使她的天赋得以施展。那时候，我能作为平等的一分子被一个经常遭到污蔑的男性团体所接纳，真是三生有幸。还有，您知道，即使是非常聪明的人，也常为自己酒量过人而自豪。我本可在这种消磨中安度余生，但在自己身上遇到了障碍。我的肝脏未能抵挡得住，病痛令我疲惫不堪，迄今犹如大病初愈。人们装作长生不老，而几周后，我们甚至不知道自己是否能坚持到第二天。

那次经历的唯一好处是，当我放弃放荡的行为后，生活变得不再那么痛苦。疲乏啃噬着我的身体，侵蚀了我的内心。每一种过度行为都在削减生命力，因而也就削减了痛苦。与人们的想法相反，放荡没有任何狂热之处，它不过是一场长醉不醒的梦。您应该注意到，对于那些真正遭受嫉妒之苦的人来说，没有比和他们认为背叛了自己的女人上床更迫切的愿望了。当然，这是想再次验证那亲爱的宝贝是否仍然属于他们。如同人们所说的，他想占有她。但也有这样的情况，在这之后，他们就不再有嫉妒心。肉体上的嫉妒是想象出来的结果，同时也是一种自我判断。人们总以为在相同情况下，情敌与自己的想法一模一样。幸好，过度享乐会削弱想象力和判断力。这样一来，痛苦就会像阳刚之气一样蛰伏起来。同样的道理，年轻人有了第一个情妇后就不再终日遐想了。而某些婚姻，仅仅是权力允许的放荡，最后变成勇气和激情的坟墓。是的，亲爱的朋友，资产阶级的婚姻已经变成国家的拖累，并将很快把它引向深渊。

　　我在夸大其词吗？没有，只是偏离了主题。我只是想告诉您，我从那几个月的狂欢中得到的好处。我生活在迷雾中，笑声变得如此低沉，以至于最后我不再注意它。本来在我身上占据了重要位置的冷漠，因没有了任何阻碍而变得更加冰冷，没有更多的情感了。态度温和，毫无脾气。患有肺病的肺叶因干涸而痊愈，并逐渐使幸福的主人窒息。在我身上也是如此，因病愈而平静地走向死亡。我仍然靠我的工作生活，尽管我的声誉因辩词偏差而严重受损，正常的职务履行因我的生活混乱而受到影响。不过，值得注意的是，我因夜间的过度行为而引起的反感比我的言语挑衅要少。有时我在法庭上的辩护中，经常口头上的引证上帝，使我的主顾们产生不信任，他们可能是担心上天不能够像一个懂法律的律师那样代表他们的利益。从这里可以得出一个结论，我对神灵的援引与我的无知成正比。我的主顾也是这样认为的，于是客户变少了。现在，我还不时出庭辩护。有时，甚至因为我不再相信自己所说的话，我就能辩护得很好。我的声音引我前进，我凝神倾听，我没有像过去那样真正地翱翔，但我至少离开了地面，做了一些跳跃性的对冲。除了工作需要，我很少见人，只痛苦地保持着一两个疲惫不堪的关系。偶尔我还参加一两次晚会，没有任何欲望的成分。但有一点不同，就是有时因疲惫而听不清别人的话。最后，我终于能够相信，危机已经过去了，除了变老，什么都没有了。

　　有一天，我邀一女友出游，然而我没有告诉她我这样做是为了庆祝我的病愈。我们一起登上了横渡大西洋的客轮，当然是头等舱。突然，我在钢灰色的海面上看到了一个黑色的斑点。我马上转过身去，我的心开始狂跳起来。当我再次凝神注目时，那个黑色的斑点已经消失了，一会儿又瞥见它，我几乎发出惊呼，甚至愚蠢地想喊救命。那是轮船丢下的残物碎片之一，但我无法忍受，因为我一下子想到了一个溺水的人。于是，如同一个人早就知道一个念头的真实含义，但就是对它无可奈何一样，我明白了，几年前在我身后的塞纳河上响起的那声呐喊从未停止过，它被河水带到了英吉利海峡的水面上，不断地在世界上前进，穿越了无边无际的海洋，正在这儿等着我，直到我遇到它的那一天。我也明白了，它还将继续在所有的河流和大海上等着我。总之，只要在有苦涩的"洗礼圣水"的地方，就会有它。顺便说一下，这里不也是水吗？在这平坦的、单调的、无休止的水面上，海岸与陆地连成一片，怎么能知道我们是驶向阿姆斯特丹呢？我们永远也走不出这片无边无垠的圣水盂啊。您听，那不是杳无踪迹的海鸥的叫声吗？如果它们是朝着我们的方向呼喊，那么它们在呼唤什么呢？

就是那些哭泣的大海鸥，在我意识到我还没有痊愈的那一天，它们就已经在大西洋上空鸣叫了，我仍然被逼得走投无路，我必须尽力而为。辉煌的生活结束了，但愤怒和激动也结束了，我不得不屈服认罪，应该在受难牢房中生活。可以肯定的是，您不熟悉中世纪地沟里的小牢房，在中世纪被称为"小安乐窝"。但更多的时候，一个人被永远遗忘在那里。这受难牢房的独到之处是，体积设计得非常巧妙。它不够高，你不能站立，也不够宽，你也不能躺下。于是人们只能取不变的生活方式，在对角线中度日。想睡觉就得倒下，清醒时就得蹲下。亲爱的，这是个天才——我在权衡我的话——在这个如此简单的发明中包含着智慧。通过这种日日夜夜的折磨，这个被判刑的人意识到了他是有罪的，无罪就能快乐地伸展。您能想象一位惯于登高望远的天才在那个牢房里的情景吗？您说什么？一个人可以住在那样的牢房里而仍然无辜？不可能的。极其不可能！否则，我的推理就会不成立。让无辜的人弯着腰苟活，我不会接受这样的假设。更不用说我们不能肯定任何人是清白的，但可以肯定地指出所有人都有罪。每个人都在证实其他人的罪行——这是我的信仰和希望。

请相信我，当他们开始道德化和大肆宣扬戒律的时候，就已经走上了错误的道路。不需要上帝来制造罪孽或惩罚，有我们同类的互助就足够了。您指的是最后的审判吧，请允许我虔诚地笑一笑。我已经等它很久了，我已经知道什么是更糟糕的，就是人的审判。对他们来说，没有可以考虑的减刑情节，即使良好动机也被视为犯罪。您是否听说过，有一个种族的人为了证明他们是世界上最伟大的种族而发明了一种"唾笼"。那是一种水泥封固的囚笼，囚徒被禁锢在里面无法移动。笼门坚固，停在囚徒下巴的位置，因此只能看到他的脸，每一个路过的人都会在他的脸上吐口水。囚徒有紧闭两眼的权利，但无法擦脸。亲爱的，这可是人类的发明，他们根本不需要上帝的杰作。

那又怎样？好吧，上帝的唯一用处是保护无辜。而我却把宗教看成一个庞大的洗衣场，用以洗刷罪恶。就像它曾经做过的那样，但很短暂，正好三年，而且那时它还没有成为宗教。后来肥皂短缺，大家的脸都很脏，我们互相擦拭鼻子。大家都很懒，人人都会被惩罚，于是大家互相吐唾沫吧。唉！进土牢就好了。大家争着先吐口水，如此而已。我可以向您透露一个大机密，亲爱的。不要等待最后的审判，它每天都在发生。

不，这没什么，我只是在这该死的潮湿中有点发抖。我们已经到了，您先请。不过也请您多留一会儿，陪我走一段路，和我一起回家。我还没有说完，我必须继续，其实继续下去才是最难的。您可知道他为什么被钉在十字架上——我是指您此刻可能正在想的那个人。嗯，这有很多原因。谋杀一个人总能找到理由，而叫人不死却费尽口舌。因此，这就是为什么罪犯总是能找到律师，而无罪的人只是偶然才能找到。除了过去两千年来已经很好地解释给我们的原因之外，还有一个重要的原因是那种可怕的折磨，我不知道为什么它被如此小心地隐藏起来。真正的原因是他心里明白，他不是一个完全无辜的人。虽然他未曾犯下别人加于他的罪过，但犯了其他罪行——尽管他不知道是哪些罪行。难道他真的不知道？毕竟只有他自己知道前因后果。他一定听说过某次对无辜者的屠杀。犹太儿童惨遭屠杀之际，正是他们的父母将他带到安全之地的时候。如果不是因为他，孩子们会遭此厄运吗？当然这并不是他愿意的。但那些嗜血成性的士兵，那些被砍杀的儿童，让他感到恐惧。但鉴于他的本性，我确信他绝不能遗忘，以至于在他的一举一动中都可以感受到悲伤，这难道不是那无法医治的抑郁吗？他夜夜听到拉结为孩子哭泣的声音，并拒绝所有的安慰。哀号声撕裂了黑夜，拉结呼唤因为他而被杀的孩子，而他还活着。

他深知内情，洞悉人类的一切——谁会相信让别人死而自己不死不是一桩罪过呢？面对着自己无意的罪过，他发现他很难坚持下去。最好的办法是了结此事，宁愿去死，也不为自己辩护，以避免成为唯一的幸存者。到另一个地方去，也许在那里他将会得到支持。结果并不如愿，抱怨成了他最后一根稻草，他受到了指责。是的，我记得是从第三位福音传播者开始，便删除了他的控诉。"你为什么抛弃我？"这是一个煽动性的呼喊，不是吗？好吧，那就一剪了之。注意：假如路加不曾删减，这件事就不会引人注目，无论如何，它不会变得如此重要。结果是审查者大声喊出他所禁止的东西。世界的秩序也因此含混不清。

尽管如此，这并不妨碍被指责者继续下去。亲爱的，我知道我在说什么。曾经有一段时间，我没有丝毫的想法，在任何一个时刻，我都无法达到下一个目标。是的，人们尽可在这世上发动战争、谈情说爱、折磨同类，在报刊上自吹，或一边编织着你的毛衣，一边说几句邻居的坏话。但在某些情况下，继续下去，仅仅是继续下去，那就是超人。而他不是超人，您可以相信我的话，他大声哭了起来，这就是为什么我爱他，我的朋友，他连死都不知道。

不幸的是，他抛下了我们，无论在什么情况下，我们都要继续下去。即使我们进了土牢，反过来知道他所知道的，却不能像他那样去死。当然，有人试图从他的死亡中得到一些帮助。毕竟，他告诉我们："你们不光彩，这是事实。那好，不必细谈！一次了结，上十字架吧！"但现在有太多的人爬上了十字架，仅仅是为了从更远的地方被人看见，即使为此他们不得不在一定程度上践踏已经在那里待了很久的人。为了行善而不做慷慨的事，这样的人太多了。哦，不公正，这是对他的不公正！这让我心痛不已。

天哪，一个人是多么容易陷入一种习惯，我充当辩护律师了。请原谅，您要知道，我有我的理由。以前还有一家名叫"住在顶楼的上帝"博物馆，原本他们将圣人的墓穴放在地下。无奈的是，这里的地底全是水。不过如今他们可以放心了，他们的上帝既不在顶楼，也不在地下。他们把他挂在法官席上，藏在他们心头隐秘处；首先他们以他的名义审判。他轻声地对那个女人说："我也不责备你！"但这并不重要，他们没有赦免任何人。"以上帝的名义"，你得这么说。上帝？他从不要求那么多，他只是想被爱，仅此而已。当然，也有爱他的人，甚至在基督徒中也有，但不是很多。他也预见到了这一点，他有一种幽默感。您知道，胆小鬼彼得竟不认他："我不知道是谁？我不知道这人，我不知道你说什么……"。彼得太不像话。而上帝却跟她开了个玩笑："我将在这块石头（法语中"彼得"与"石头"字形相同）上修建我的教堂。"没有比这句话更讽刺的了，您不觉得吗？但是没有，他们还有更大的胜利！"你们看，他已经说了！"他的确说了，他很了解这个问题，然后他永远地走了，让他们去审判和判决，嘴上说着是宽恕，而心里却是惩罚。

不过也不能说不再有怜悯。不是的，我们从未停止谈论它。再也没有人被宣告无罪。在无辜者的尸体旁，法官们蜂拥而至，有各种法官，拥护基督和反基督的。他们是一丘之貉，在土牢里和解了。千万不要只责怪基督徒，其他人也参与其中。您知道，在这座城市里，笛卡儿曾住过的房子变成什么了吗？一家疯人院。是的，人人精神错乱，还有被迫害。当然，我们这些人也一样，不得不加入其中。您应当看出我是个什么都不放过的人，我知道您的想法和我一样。既然我们在彼此面前都有罪，都以自己恶劣的方式充当了基督，一个接一个地被钉在十字架上，并且始终不明真相。至少我们两个将被钉上十字架，如果我，克莱蒙斯，没有找到出路的话。那唯一的解决办法，就是让真相大白……

噢，我不再往下说了，亲爱的朋友，不必担心！而且我就要同您分开，因为我们已经到了我的家门口。在孤独和疲惫的时候，人毕竟是倾向于把自己当作先知。所有的事情都说了，并且做了，我确实是这样的人。我在一个由石头、雾气和沙漠组成的沙漠中避难——我成了空洞先知，一个空头预言家。我是没有救世主耶稣的以利亚，浑身发烧、酒精中毒，背靠着这扇发霉的门，手指向上天，对那些无法忍受的不法之徒发出咒骂。亲爱的，他们不愿忍受这一切，这就是整个问题所在。信奉法律的人不怕审判，那会将他重新置于他所相信的秩序之中。但人类的痛苦是在没有法律的情况下被审判。我们正处于这种煎熬中。法官失去了约束，一切全凭随意，他们在工作中飞奔。我们必须努力比他们走得更快，不是吗？而这是一个真正的疯人院。预言家和庸医层出不穷，在世界被遗弃之前，他们急于用一部好的法律或一个完美的组织来达到目的。幸运的是，我到了！我是终点，也是起点！我宣布法律。总之，我是一名忏悔法官。

是的，明天我会告诉您这个高贵职业的内容。您后天就要离开，所以我们的时间有点紧。到我这里来吧，您愿意吗？以摁铃三次为记。您要回巴黎？巴黎很远，很美，我记忆犹新。我大约记得这个季节的巴黎景色。夜色悄悄降临在被烟熏成深蓝色的屋顶上，空气干燥，尘嚣渐落，但城市仍有嗡嗡作响。塞纳河水似乎在倒流。我在大街小巷徜徉，我知道，其他人此刻也在游荡。他们在马路上行走，假装匆忙地赶回空气凝重的家，面对自己厌恶的女人……啊！我的朋友，您知道一个人孤独地在大城市中游荡是什么滋味吗？……

很惭愧，得躺着接待您。没什么，有点发烧，喝点杜松子酒就好了。这种突然发作我已经习惯了。我认为这是我当教皇的时候得的疟疾。不，不完全是开玩笑。我知道您的想法，从我的叙述中分辨真假很困难。我承认您想得对。我自己……您看，与我接近的一个人将人分为三大类：宁愿实话实说而不违心说谎者；宁愿说谎而不讲实话者；既爱说谎又装神秘者。请您把我归入适合的一类。

说到底，这又有什么关系呢？谎言最终不也通向真理吗？而我的故事不论真假，不也归于同样结局，具有同样的意义吗？如果在两种情况下，他们都表明了我过去是什么人，现在是什么人，他们是真是假又何妨呢？有时，人们看一个说谎者比看一个说真话的人还要清楚呢。真相如同光亮，炫人眼目。谎言倒像黄昏美景，衬出万物的真相。但信不信由您，反正我曾在一个俘虏营里被任命为教皇。

请坐。不妨看看这房间。空无一物，却干净整洁。一幅维尔麦尔的风景画，没有家具，也没有瓶罐，连书也没有，我很长时间不读书了。从前，我家到处是读了一半的书。这很可恶，正像有人咬了一口上好的鹅肝，然后就将之抛掉一样可恶。而且我也不喜欢看《忏悔录》了。

那些作者写书主要是为了不忏悔、不说已知的事。当他们声称要坦白时，也正是他们要提防的时候，他们要给死尸化妆了。请相信：我当过雕金器的工匠。因此，来个干脆利落。不再要书了，也不要无用之物，仅限必需品，如棺材一般干净、光亮。此外，这些荷兰床硬邦邦的，罩着洁白床单，死在这里等于裹好了尸布，散发着纯净的香气。

您想知道我当教皇的遭遇吗？您知道，实在平淡无奇。我还有跟您交谈的力气吗？有。我觉得烧退了。那是很久以前的事。地点在非洲，因隆美尔之功，战火在熊熊燃烧。请放心，我并未参战。我已避开欧洲战事。当然我也被动员了，但从未上前线。我有点儿遗憾。或许这本可改变许多事情。法军不需要我上前线。它只要求我参与撤退。接着我回到巴黎，又看见法国人了。我受到抵抗运动的诱惑，当时人人都在谈这事，差不多同时，我发现自己是爱国的。您在笑？您错啦。我是在夏特莱地铁站有此发现的。一条狗在那纵横交错的地方迷了路，它个头儿很大，毛又硬又直，一只耳朵负伤，两眼放光，它蹦跳着，嗅着行人的膝弯。我爱狗，因为它们总是宽大为怀，我叫它，它犹豫着，显然，它被征服了，在我面前几米远的地方，使劲地摇着尾巴。这时一名年轻的德国兵轻快地从我身边走过，来到狗的面前，他用手抚摩它的脑袋。那狗毫不迟疑，同样兴高采烈地跟上他，与他一同消失。我又失望，又对那德国兵不胜愤慨。如此看来，我必须承认我是爱国的。假如那狗是跟一名法国平民走了，那我连想都不会想。但这时，我想那条狗变成了德军某团的宠物，觉得极为气恼。因此，这测验很说明问题。

我来到法国南方，想了解抵抗运动。了解情况后我踌躇了。我觉得这不免是轻举妄动，至少是想入非非。我认为地下行动与我的气质不符，也不符合我对空气流通的高峰的喜好，我觉得人家是要我整日整夜在地下室里织地毯，等着一些畜生把我从这里赶出去，先是拆了我的地毯，然后把我拖到另一个地下室将我毒打至死。我佩服那些热心于这种深刻的英雄主义的人，然而却不能仿效。

于是，我转往北非，模模糊糊地想从那里去伦敦。但非洲形势不明，对立的党派似乎都有理，我就两方都不参加。您的表情似乎是说，我略去了有意义的细节。不错，我看出了您很聪明，所以长话短说，让您更得要领。反正我最后抵达突尼斯，一位多情的女友给我找了一份稳定的工作。这是位聪明的女人，从事电影工作。我跟她到了突尼斯市。直到盟军在阿尔及利亚登陆，我才弄清她的真实职业。就在这天，她被德国人逮捕。我也跟着被捕，自然并无根据。她后来如何我一无所知。至于我，他们未伤我毫发，担惊受怕一番之后，我才知道不过是防患于未然。我被囚在的黎波里附近，那里除了恶劣的待遇外，更为痛苦的是口渴和缺乏物品。我不给您描绘了，我们这些人，世纪中期的孩子，无须描绘就能想象这种地方。一百五十年前，人们一听到湖水和森林就会顿生柔情。而今天我们是抒牢狱之情。因此，我听凭您自己想象。只需加一些细节：酷热、直射的阳光、蚊蝇、沙漠、缺水。

跟我在一起的有一个年轻的法国人，他是有信仰的，简直是个童话人物。一位杜·盖克兰（法国军事统帅，百年战争前期屡建奇功，收复大量失地）式的人物，如果您愿意我这样说的话。他从法国潜入西班牙进行斗争，佛朗哥将军逮捕了他。在佛朗哥的集中营里看到鹰嘴豆是上帝派给的佳肴，未免郁郁寡欢。后来他到了非洲。非洲的晴空和牢里的文娱活动，都未能解其忧愁。但沉思默想（也有阳光之助）使他稍有改观。某日，在滚烫的帐篷下，我们十来个人气喘吁吁，而且被苍蝇团团围住。他又再次痛斥所谓的"罗马人"。他好几天不刮脸，眼睛直盯着我们。他赤膊，汗水涔涔，两肋毕露，手指轻叩每根肋骨。他宣称，应当有一位新教皇，与贱民同住，因此不必向祭坛祷告。这位新教皇应尽快产生。他的两眼把我们盯得更紧，一边还大摇其头。

他重复道："正是，尽快！"接着他平静了一些，用惆怅的声音说，应在我们这些人当中挑选，这个人要全面，既有优点又有缺点，大家要向他宣誓服从。他则必须对己对人维护这痛苦的团体。他又问："我们中间，谁的弱点最多？"我爱开玩笑，便举手，而且只有我举了手。"很好，就由这位让·巴蒂斯特来干！"不，他没有这样说，因为我那时用的是另外一个名字。至少他宣布说，我那样自告奋勇，意味着最大的德行，建议选举我。其他人同意，虽然说视同儿戏，但也带着一种庄严的意味。其实是杜·盖克兰令人生畏。我自己并不觉得完全可笑。我首先发现这位年轻的先知言之有理，后来骄阳似火，苦役累人，天天抢水……总之，我们情绪不高，日子难熬。不过，我行使教皇职权数周之久，并且越来越认真。

教皇的权力是什么？我的天，我是某种类似团队组长的身份。不管怎么说，其他人，甚至那些不信教的都惯于听我调遣。杜·盖克兰痛苦，我对他的痛苦加以引导，于是我发现，服膺教皇也不是容易的事。我昨天跟您讲了关于法官，我的兄弟们那么多轻蔑的话之后，又想起了这一段。集中营里的大事是用水的分配。其他团体也成立了，有政治的也有宗教的。谁都想优待自己的人，我也被迫那样做。这已有点偏离职守了。即使在自己人当中，我也做不到完全平等。根据他们的状况或他们要做的工作，我多给这个人或多给那个人。如此区分，后果自然严重，您可以相信我。不过现在我太累了，没有精力再想这段日子了。不妨说，那天我喝了一个垂死伙伴的水，终于大功告成了。不，那不是杜·盖克兰，他已经死了。他放弃得太多。假如他还在，为了他我可以多坚持一下，因为我爱他，至少我觉得是。但是，我喝掉了那水，这是肯定的，我说服自己，其他人需要我，比起那个反正要死的人来说更需要我，我应当为大家保住自己。亲爱的，当年众多的帝国和教会，就是这样在死神庇佑下诞生的。为了修正一点我昨天讲的话，我要告诉您一种伟大的思想，我也不知道它是自己的经历还是梦见的事。那个思想就是，应当宽恕教皇。首先是因为他比任何人都更需要宽恕。其次，这么做是凌驾他人之上的唯一方式……

哦，您关上门了吗？是的。请检查一下。实在抱歉，我总是害怕门闩出毛病。每天快入睡时，总是不知道门到底闩上没有。每天晚上，我必定起来检查。我对您说过，人们对什么都放不下心。您别以为我这毛病是有产者的恐惧症。从前我不锁门，也不锁车。我不嗜金如命，更不在乎财物。说真的，在内心深处我对"有产"颇有几分羞愧。我在公众场合演说时，也满怀信念地高喊："各位先生，财产就等于谋杀！"因为我没有足够伟大的心灵，还做不到跟一位值得赞助的穷人分产业，于是就把它留给可能来的盗贼了，希望这样用偶然来改变不公。如今我已一无所有。因此，我不担心我的财产，只担心自己的躯壳和智商如何。我坚持要封死自己这独立王国的大门，在这个小天地里做国王、教皇、法官。

还有，请您打开那个壁橱。对，就是这幅画，请欣赏。您没看出来？是《无私的法官》。您不觉得奇怪？您的文化素养也有漏洞？假如您读报，回想起1934年在根特圣巴翁大教堂发生的一起盗窃案。被窃的是凡·艾克（文艺复兴时期尼德兰画家）所绘的《神秘的羔羊》祭坛装饰画。其中一幅就是这《无私的法官》。画的是法官们骑着马向神圣的羔羊顶礼膜拜。后来人家用一幅极佳的描摹取代，因为原件失踪。您看，它在此地！不，我并未作案。墨西哥城的一位常客，您那天远远瞥见的那位。某日他大醉，以一瓶酒的价格把这幅画卖给了大猩猩。我先是建议老友将它挂在显眼处；许久之后，因为人家遍寻无果，忠实的法官们便来到墨西哥城，在醉鬼和妓院老板上方正襟危坐、察言观色。大猩猩乃应我之请，将画存放于此。最开始他颇不乐意，经我说明原委，他害怕了。自然，《无私的法官》只与我为伴了。

那边，您看见了，在店堂柜台上方，那是一块怎样的空白啊。

我为什么不物归原主？哦，您有警察式的条件反射。那好，假如有朝一日有人发现这幅画在我房间里，那我就像回答预审法官那样回答您。第一，它不属于我，而是属于墨西哥城的老板，他和根特城主教同样有权拥有他。第二，从《神秘的羔羊》前川流不息走过的人，没有人会识别出复制品与原作，因此，没有人会因为我的过错而受到损害。第三，因此应归我裁定。有人推出假法官，在世人面前展览，我是唯一善辩真假者。第四，我因此或将有幸入狱，从某种意义上讲，这也不无吸引力。第五，因为这些法官是找羔羊，羔羊已不复有，无辜亦然。第六，因为通过这种方式，我们就处于秩序之中了。正义与无辜永远分离，后者在十字架上，前者在壁橱里，于是我可以自由自在地按信念工作。我就可以心安理得地从事忏悔法官这一艰难的职业，我在其中摆脱了那么多的失望与矛盾。现在既然您要走，到了我向您说出这一职业是什么的时候了。

请先允许我坐起来，这样呼吸顺畅些。噢，我太累了！将审我的法官们禁闭起来吧，谢谢。这忏悔法官的职业，我正在行使。通常，我的办公室设在墨西哥城。但是伟大的使命超出工作地点。甚至在床上，甚至在发烧的时候，我还要工作。何况这个职业，简直不是在做，而是时时刻刻在呼吸着它。别以为这五天我跟您说了那么多话，仅仅是为了开心。不是的，从前我说了不少废话，可以不再继续说了。现在，我的话是有目的的，显然，它要制止笑声，使自己逃避审判，尽管谏官表面上没有出路。避免受审的最大障碍，难道不是我们第一个出来对自己宣判吗？因此，应该一视同仁宣判，将宣判扩及所有的人，以达到事先冲淡它的目的。

我一开始就有自己的原则：永远不原谅任何人。我否认良好的动机、值得尊重的错误、失足、减刑等情节。我不保护任何人，也不宽恕。只有加法，然后宣布"就这么多。您是恶棍、色鬼、撒谎者、异想天开的家伙，等等"。就是这样生硬、这么干脆。在哲学和政治上，我同意任何一种拒不承认人无辜的理论，同意任何一种把人视同罪人的实践。亲爱的，您在我身上看到一个奴役制的拥护者。

说实话，没有奴役，就没有明确的解决办法。我很快就意识到了这一点。从前，我总是在谈论自由。早餐时，我把自由延伸到面包上，整天把自由放在手上把玩。工作时，自由地呼吸令人愉快。我用这个关键词来打击那些与我唱反调的人，我让它为我的欲望和权力服务。我在床上的时候，对着熟睡的情妇轻轻地说着这个词，然后利用这词甩掉她们。我正在变得兴奋，失去了分寸。我有时确实对自由有更多的兴趣，我甚至为它辩护过两三次，当然还谈不到为之献身，但还是冒了一些风险。请原谅我这种轻率的行为，我不知道自己到底在做什么。那时我不知道自由不是用香槟酒来庆祝的奖励或装饰，也不是一个礼物，不是用来饱腹的美食盒子。不，都不是！相反，它是一项苦差事，是一场长跑，非常孤独，非常累人。没有香槟，没有朋友举起他们的酒杯，深情地祝福你。独自一人在寂寞的大厅里，在孤立无援的被告席上面对法官，独自为自己或为他人做出决定。在所有自由的最后，是法庭的判决，这就是为什么自由太过沉重！尤其是你在发烧、痛苦或爱任何人的时候。

哦，亲爱的，对于任何一个孤独、没有上帝、没有主人的人来说，日子沉重得难以忍受，因此，人们必须选择一个主人。此外，这个词已经失去了它的意义，不值得冒令人不快的风险。以我们的道德学家为例，他们是如此严肃，热爱他们的邻居和所有其他的东西，除了他们不在教堂里传教之外，他们与基督徒没有任何区别。据您看，是什么阻止他们信奉宗教呢？尊重？也许是尊重，对人的尊重。是的，自我尊重。他们不愿引起公愤，他们保留自己的看法。例如，我认识一个无神论小说家，他每天晚上都会祈祷。但这不妨碍他做什么：在作品中，他对上帝到底干了些什么啊！无异于鞭挞！就像有人说的那样，这是多大的一笔财富。我曾以为激进的自由思想家谈到这个问题时，他举起了手——我向你保证，他并不是有意的——对着天空说，"你告诉我的并不新鲜，"他叹了口气，"他们都是这样的。"据他说，我们80%的作家，如果他们可以不签署自己名字的话，他们一定会写卜帝之名并赞美卜帝。但正是由于他们爱自己，所以他们签署了自己的名字。而他们对什么都不赞美，是因为他们厌恶自己。但他们毕竟不能不审判，于是他们通过说教来弥补这一点。总之，他们是讲道德的魔鬼崇拜者。这的确是一个奇怪的时代！无怪乎当代思想混乱，我有一位朋友，当他是一个模范丈夫的时候，他是一个无神论者，与人通奸后却信起教来。这有什么可以大惊小怪的呢？

啊，阴险的小人、戏子、伪君子！做得却如此感人！相信我，即使在他们杀人放火的时候，他们也是这副样子。无论他们是无神论者，还是教会的人、莫斯科人或波士顿人，都是有信仰的人。但正因为没有父道了，没有规则了，他们是自由的，所以得靠自己想办法。可他们又特别不愿享受这自由，不愿被判决，于是就请人惩罚他们，还制定了严格的规则。他们堆起火柴堆以取代教堂。我跟您说，他们都是萨沃纳罗拉。不过，他们只相信罪过，从来不相信恩典。当然了，他们也想得到恩典——宽恕、肯定、放弃、幸福，也许还有，因为他们也是多愁善感的，订婚、鲜艳的少女、正直的男子、音乐。比方说我吧，我并不多愁善感，知道我过去的梦想是什么吗？无非是全心全意的爱情，日日夜夜拥抱在一起，享尽欢乐与爱情，就这样连续五年，以死亡告终。

既然没有婚姻或永久的爱情，就只好同权力的皮鞭联姻了。最重要的是，一切都应该变得简单，就像对孩子一样，每一个行为都被判决，善与恶都应该被指出来。而我，不管我是西西里人还是爪哇人，也不管我是否是基督徒，我都不认同基督徒，虽然我对第一个基督徒怀有友情。然而走在巴黎的桥上，我也知道了我害怕自由。所以，不管是谁替代上天的律条，还是主人万岁吧！"我们的父，我们的向导，我们令人愉快的严厉的主人，哦，残酷而敬爱的引路人……"最后您看，最重要的是废弃自由，并在忏悔中服从一个比自己更为皎洁的人。当我们都是罪人的时候，那就是民主了。亲爱的朋友，我们必须为不得不孤独地死去而复仇。死亡是孤独的，而奴役是集体的。同时，其他人也有自己的账，这是最重要的。最后，所有的人聚集起来，低着头，跪在地上。

像世界其他地方一样生活不是一件好事吗？为此，其他人不是也应该像我一样吗？威胁、侮辱、监视，都是这种想象的结果。我遭人蔑视，被人追捕，横遭压制，这才显出英雄本色，享受我的存在，最后回归自然。这就是为什么，在我向自由郑重致意之后，又悄然决定应该立刻将它交给任何一个出现的人。只要我能够，我都会在墨西哥城的教堂里布道，邀请善良的人们服从权威，要他们谦卑地去寻求奴役的舒适，哪怕是我将奴役说成真正的自由。

不过，我并不疯狂，我很清楚奴隶制是不能立即实现的。它将是未来的幸福之一，仅此而已。在这期间，我必须适应目前的情况，或至少要寻求一个临时的解决办法。因此，我必须找到另一种方法，将判决扩大到每个人，以便使它在我的肩上不那么沉重。我很快找到这个方法了。劳驾，请把窗子打开一点，屋里实在太热。别开得太大，我也怕冷。我的想法既简单又有效。如何把所有人都拉下水而让自己有权独享阳光？我是否应该爬上讲坛，像许多同时代杰出的人一样，诅咒全人类呢？这太危险！在未来某一天或一个夜里，笑声会突然不期而至。你给别人的判词，最终会落到你的头上，造成不可挽救的伤害。

您说该如何是好？我发现，在等待主人及其皮鞭之时，我们应如哥白尼那样，把推理倒过来，以便赢得胜利。既然人不审判自己就不能审判别人，那就先审判自己以获得审判别人的权力。既然任何一位法官最终都将成为忏悔者，那就必须在相反的方向上行走，当忏悔者，以便最后能够成为法官。听明白了吗？我的朋友。为了说得更清楚一些，我还要告诉您我是如何操作的。

首先，我关闭了我的律师事务所，离开巴黎，踏上旅途。我的目标是以另一个名字在某个不缺乏实践机会的地方安身。世界上有很多这种地方。但是出于机会、方便、嘲讽以及某种苦修的需要，我选择了一个充满水和雾的大都会，它被运河紧紧围住，特别拥挤，并且有地球各个角落的人来访。我在水手区的一个酒吧里设立了我的办公室。顾客是多种多样的，穷人不会去豪华区，而绅士们至少会去一次这种声名狼藉的地方，如您所见。我尤其留意资产者，跟他们在一起，我发挥出最大的能量。我以高手的姿态，从他们身上发掘出价值。

因此，我在墨西哥城从事我的职业已经有一段时间了。您已经知道了，这种职业首先是尽可能多地进行公开忏悔。我前后回忆，全面指责自己。这并不难，因为我现在记性很好。但请注意，我决不粗暴地指责自己，也从不捶胸顿足。我巧妙地驾驭着，讲究分寸，因人而异，引导他们与我竞相忏悔。我把自身经历与他人过失混在一起叙说，选取我们一起经历过的事情，共同经历的磨难，人人皆有的短处，以及流行的风尚、受人追捧的明星，如同他在我和在别人身上存在的那样，我用这些制造了一幅既是人人都有的，又不是任何个人的肖像。简而言之，一个面具，颇像那些狂欢节的面具，既真实又简化，以至于让人觉得："为什么，我肯定见过他！"当画像完成时，就像今天晚上一样，我带着极大的悲伤展示它："唉，这就是我，我就是这副样子。"

指控已经完成，但与此同时，我向我的同代人展示的是一面镜子。

我的脸被灰烬覆盖，头发被拉扯着，脸上划过一道道指痕，但目光依然有神，我站在全人类面前，重述了我的耻辱，同时看着我所制造的效果说："我无耻至极。"就在此时，又悄然将演说词中的"我"偷换成"我们"。当我说到"这就是我们"的时候，就大功告成了。我就可以揭示他们的真面目了。我跟他们一样，我们是一丘之貉。然而，我有一个优势，就是对这一切心知肚明，于是我有了说话的权利。我确信，您看到了这个优势。我越是自责，就越有权审判他们。更妙的是，我激起了他们审判自己，这使我感到轻松。啊，亲爱的，我们是奇怪而可悲的生物，只要我们回想一下自己的生活，使我们自己惊讶和反感的事情就不会少。您试试吧，请放心，我将带着一种博爱之情倾听您自己的忏悔。

别笑！是的，您是个难缠的客户，我一眼就看出来了。但您会来的，这是不可避免的。其他大多数人都是多愁善感的，而不是聪明的，用不了多久他们就会感到不安。对于那些聪明的人，需要一些时间。然而，只要向他们充分解释这个方法就够了，他们不会忘记，他们会反思。迟早有一天，一半做戏一半无奈，他们总会坐到我的桌旁。您呢，不但有头脑，而且似乎很老练。不过您得承认，今天的您对自己的感觉不如五天前那么满意了吧？我将等着您给我写信，或者再次造访。我相信你会回来的！您会发现我没有变化。既然我已经找到了适合自己的幸福，我为什么要改变呢？我已经接受了两面性，而不是为之苦恼。相反，我已经适应了它，并在那里找到了我一生都在寻找的安慰。实际上我错了，不该对您说最重要的事情是避免评判。最根本的是能够为所欲为，哪怕不时地大声宣扬自己的卑鄙。我把两面性接受下来，毫无怨言。我又开始恣意妄为了，这一次没有笑声了。我没有改变我的生活方式；我继续爱我自己并利用他人。只是，对自己罪行的忏悔使我的内心重新变得轻松，并品尝到双重享受，首先是我的本性，其次是迷人的忏悔。

自从我找到解决办法后，我就沉醉于一切，对女人、傲慢、无聊、仇恨，甚至对我此刻的寒热病感到高兴。此时，我正快乐地感到热度在上升。我终于处于支配地位，而且永远不变。我又发现一处高峰，我是唯一可以攀登的人，在那里，我可以评判所有人。然而，当夜色确实美妙的时候，我偶尔地听见一阵笑声传来，心中再次起疑。但很快我就以备受摧残之躯，痛责世上万物和造物者，于是又心安理得，重新振作起来了。

因此，我将在墨西哥城恭候您的光临，多久都可以。不过，请帮我掀掉这层毯子，我要喘口气。您一定会来的，是吗？我将告诉您，我的具体做法，因为我对您有一种亲切感，您会看到我夜以继日地教导他们，让他们知道自己是令人厌恶的。今天晚上，我将故技重演。我不得不为之，也决不会剥夺自己这样的时刻。这时他们当中的一个醉倒在地，双手捶胸。亲爱的，每到这时我就伟大起来，呼吸也分外酣畅。我站在高山之巅，极目远眺，平原在我眼前延伸。我感到自己就是上帝，并给自己颁了证书，这又是多么令人陶醉！我高居在自己卑鄙的天使之上，在荷兰上空，我看见很多人经过末日审判，穿过云水朝我升起。他们徐徐飘升，我看见第一名已经要到了。他以手掩面，怅然若失，我看见共同的命运所产生的忧伤，以及因不能避开它而感到的绝望。而我，怜悯而宽恕，理解而不原谅，尤其是，啊，我终于感到人们在崇拜我！

是的，我很激动，我怎么能像一个病人一样躺在床上呢？我必须比您高，我的思想使我升华。在那些夜里，不如说是在那些早晨（因为坠落发生在黎明时分），我出了门，步履迟缓地沿着运河走着。在青灰色天空中，羽毛状的云渐渐稀薄，鸽子飞得更高，屋顶上的玫瑰色光线预示我创造的新一天的来临。在达姆拉克大街上，第一辆有轨电车的铃声在潮湿的空气中响起，标志着生命在这个欧洲的最末端苏醒。于是，在这欧洲，在同一时刻，我的几亿臣民艰难地从床上爬起来，嘴里含着苦涩的味道，去做他们那些毫无乐趣的工作。这时，我的思想翱翔在整个欧洲大陆之上，整个大陆已在不知不觉中向我顶礼膜拜，它将吞饮着正来临的苦艾酒般的日子，并因诽言谤语而沉醉不起。我很快乐，我告诉你，我不会让你认为我不快乐，这种快乐就是极乐之乐！哦，阳光、海滩、楸花盛开的岛屿，我那朝思暮想、不胜眷念的青春！

我要回去睡觉了，原谅我。我担心自己过于激动，但我并没有哭泣。有时，人在徘徊，会怀疑明显的事实，即使是在发现了美好生活的秘密之后。当然，我的解决方案并非理想。但是，当你不喜欢自己的生活方式时，必须改变时，你没有任何选择，你有吗？一个人怎么做才能成为另一个人？根本不可能。你应该什么人也不是，然后忘掉自身，充当某种人，至少得有这么一次。但如何进行？不要对我太苛刻。我就像那个老乞丐，在一家咖啡馆的阳台上抓住我的手不放，喃喃地说："先生，我不是坏人，实在是看不见亮光啊！"是啊，我们已经失去了光明，失去了早晨，失去了那个自我原谅的人的纯真。

看，下雪了！哦，我得出门看看！阿姆斯特丹在这洁白的夜色中沉睡，在积雪覆盖的小桥下，水渠宛若暗暗泛着白光的玉带，街上行人稀少、空旷的街道，我的脚步悄无声息，这象征着瞬息间的纯洁明净，明日就将变成泥泞一摊了。看那巨大的雪花飘落在玻璃窗上。这一定是鸽子。这些可爱的小动物终于下决心回落地面，它们以厚实洁白的羽毛遮掩着屋顶和水面，它们在每家窗前飞舞。我希望它们带来好消息。是的，每个人都会得救，不只是选民和富人，苦难将被分担。比如说您，从今天起，每晚为我睡在地上。纯粹的友情。算了，承认吧，如果有一辆车从天而降，将我带走，如果白雪突然燃起大火，您将惊讶不止。您一概不信？我也不信。不过，我还是得出门看看。

好，好。我安心地躺着，您别担心！别太相信我的喜怒哀乐，也别相信我的胡说八道，那都有特定目的。现在该您对我谈谈自己了，我倒想知道，我热情洋溢忏悔的目的之一是否已经达到？是的，我一直希望对话者是警局暗探，以盗窃《公正的法官》罪将我逮捕。若以其他罪名，谁也逮捕不了我。至于该案，那已构成犯罪，我的所作所为，实属同犯；我窝藏赃物，并且随便出示。不妨将我逮捕，那将是良好的开端。也许有人操办未尽事宜，比如砍了我的头，那么我就不再怕死，算是得救。于是在万人大会上，您将悬起我那血淋淋的首级，让他们引以为戒，于是我成了典范，又高居于万众之首。一切都将完成，无人看见，无人知晓，我将结束在荒漠中呼喊而拒绝走出去的预言家的生涯。

当然，您并不是警察，否则那就太简单了。什么？哦，我料到了。我感到对您怀有的奇怪的友爱之情就有了意义。您在巴黎从事律师这一美妙的职业，我清楚地知道，我们是同一类人，我们不是都一样吗？不停地说，对着任何人说，总是去商讨同样的问题，而我们事先早就知道答案。那么跟我讲讲，我求求你，有天晚上您在塞纳河畔的路上遇到的事情，您如何做到从不冒生命危险。您自己说出那句话吧，多年来这些话在夜间不断地回响在我的耳畔，而我最后想通过您的口说出来："唉，年轻的姑娘，再往水里跳一次吧，让我第二次有机会来使我们两个人都得救。"第二次，嗯，多冒失啊！假使，我亲爱的大律师，假使人们根据我们的话来批判我们呢，应该勉为其难吧。哎呀……水这么刺骨！但是，让我们放心吧，现在太晚了，永远太晚了。谢天谢地！